DE CONFRONTATIE

Hans Münstermann

De confrontatie

roman

Nieuw Amsterdam Uitgevers

Dit boek is eerder verschenen onder de titel *De Hitlerkus*

© Hans Münstermann 2004, 2008

Alle rechten voorbehouden

Omslagontwerp Bureau Beck

Foto omslag © Stanislav Solntsev/Trevillion

Typografie Willem Geeraerds

Foto auteur © Chris van Houts

ISBN 978 90 468 0383 7

NUR 301

www.nieuwamsterdam.nl

'Alles wat interessant is, speelt zich af in het duister, zo is het nu eenmaal. Je komt nooit achter de ware geschiedenis van de mens.'

CÉLINE

Deel een

'Hoe vleiend zou het zijn om bij het weggaan zeker te weten
dat je een herinnering achterliet, dat ze vaker aan jou zou
denken dan aan de anderen,
dat je een plek had in haar hart.'

FLAUBERT

In een boekwinkel had hij het oude meesterwerk van Felix Metzelaar gekocht. De titel en de afbeelding op het omslag hadden zijn fantasie geprikkeld, alsof het ging om een langverwachte nieuwe roman. Hij was op weg naar huis om het boek na jaren weer te gaan lezen. Maar onderweg werd hij van dit voornemen afgebracht. In de Van Baerlestraat ter hoogte van het Stedelijk liep ze voor hem uit, net iets langzamer dan de andere passanten. Hij was stomverbaasd. Om beter zicht op haar te krijgen zwenkte hij ver naar links en naar rechts. Bekeek haar van achteren, van opzij als ze even een beweging maakte met haar hoofd. Ze droeg een wijde linnen broek en een dun vest en liep op open gevlochten schoenen met halfhoge hakjes. Vergiste hij zich niet? Was ze het wel? Andreas had gedacht dat hij Bibi nooit meer zou zien. Hij bleef haar volgen tot de hoek van de P.C. Hooftstraat, waar ze rechts afsloeg. Toen hij het zeker wist stak hij de straat over, verhoogde zijn tempo, passeerde haar terwijl ze voor een etalage bleef staan, stak weer over en naderde haar frontaal. Bleef toen brutaal voor haar neus staan. Geen twijfel mogelijk. Ze was het.

Bibi Halbzwei.

Zonder aarzeling of een spoor van schaamte stond hij haar in de weg, om een ogenblik te genieten van deze observatie van zijn idool. Rond de ogen was er iets veranderd, alsof ze geraakt was door zware ronde kogels, gebombardeerd, en alsof sommige kogels zich in haar huid hadden genesteld. Een beschoten vrouw, geschonden, maar daarom niet minder mooi, integendeel. Ze ontroerde hem. Na een snelle blik wou ze haastig weer doorlopen, had hem niet herkend, of deed alsof.

'Neem me niet kwalijk.'

Hij hield haar staande en zag haar verbazing over zijn vreemde gedrag. Haar ogen stonden dreigend. Gaat u alstublieft even opzij, laat me doorlopen, valt u mij niet lastig. Maar zo vreemd was het niet. Jaren terug moest het vaak zijn voorgekomen: mensen die haar op straat aanklampten, met verraste blik, maar u bent het echt, Ramona Fromm. Mensen die haar hand beetpakten en niet meer losieten, die om haar handtekening vroegen, die ernaar verlangden om met haar te praten, met haar op de foto wilden.

'Bibi!'

Ze gaf nog steeds geen enkel teken van herkenning. Het leek hem absurd om nu zijn eigen naam te roepen: maar ik ben het, Andreas, herken je me niet meer? Lazer nou toch op, zeiden haar ogen. Hij hield het niet uit. Het was ondenkbaar dat hij een stap opzij zou doen om haar te laten passeren – pardon, neemt u mij niet kwalijk, een pijnlijke vergissing, ik zag u voor iemand anders aan – om haar vervolgens weer voor jaren uit het oog te verliezen en misschien wel voorgoed.

'Herken je me niet...?'

Stotterend stond hij daar voor haar, de woorden kwamen er niet goed uit, alsof hij opeens last had van afasie. Ze keek hem niet meer recht in de ogen, eerder erlangs, alsof de hoofdzaak ergens achter Andreas te vinden was. De blik was ook iets meer naar binnen gericht. Maar ze was het beslist.

'Bibi!' riep hij uit, gebiedend, alsof ze een kind was dat zat te dromen in de les.

Haar hand streek even over haar kin en toen zei ze zacht: 'Andreas.'

Hij wilde impulsief een stap naderbij komen, om haar aan te raken, te zoenen, zijn neus in haar haar te drukken, maar Bibi bleef roerloos staan.

'Je bent ouder geworden,' zei ze peinzend.

'Hoe lang is het geleden, zeven jaar?'

Nog steeds scheen ze met zichzelf te overleggen of de ontmoeting plaats mocht vinden, of ze niet alsnog beter door kon lopen.

'Hoe gaat het met je, Andreas?'

'Niet zo goed.'

Nu zag hij belangstelling in haar ogen.

'Wat is er dan?'

Hij zweeg.

'Maken we een afspraak?'

'Ja,' zei hij. 'Ik zou je graag wat langer willen ontmoeten, praten over hoe het verder is gegaan. Je was weer van de aardbodem verdwenen.'

'Waarom gaat het niet zo goed?' vroeg ze.

'Relatie net uit.'

'Ach.'

'Zal ik het even kort samenvatten? Zoveelste niet zo heel erg belangrijke verhouding kapot. En toch die intense, schurende pijn.'

Hij had ook kunnen zeggen dat zijn liefdes nooit meer waren dan affaires omdat hij altijd aan háár was blijven denken.

'O, dat gedoe. Jongen toch.'

Ze keek uit over de smalle straat, peinzend, en pakte hem toen opeens bij zijn pols.

'Ik ben heel benieuwd hoe het met je gaat, wat je aan het doen bent. Waarom zouden we een afspraak maken, waarom kom je niet met me mee naar huis?'

Zijn hart klopte in zijn keel.

'Of heb je iets te doen?'

Nee, hij had niks te doen. Ze liepen naast elkaar door.

'Werk je daar nog steeds?'

Andreas werkte nog altijd op het Instituut.

'Hoe is het daar nu?'

'Rustig, fatsoenlijk.'

Flarden herinnering vlogen door zijn hoofd, haar rampzalige bewind, herinneringen als aan een kamp met rotzooi, een enge sekte met vreselijke uitwassen, maar ook schitterende momenten en daarom bleef het fascineren. De hele film werd in zijn hoofd weer afgedraaid.

Ze woonde in een straat in zijn oude buurt. Hij zag de lege, verwachtingsvolle stoepen en portieken. Naast haar voelde hij zich weer gelukkig. De wandeling maakte zoveel bij hem los dat hij er uren over zou willen doen om haar huis te bereiken. Om het hele effect tot zich door te laten dringen. Naast Bibi liep hij langs huizen en pleinen die altijd gevoelens van nostalgie bij hem opwekten, omdat zijn ouders daar ergens in een huis hadden gewoond, ooit, onheuglijk lang geleden, een huis met al zijn broertjes en zusjes. In deze straten voelde hij altijd het verlangen om te beschrijven hoe het was om een jongen te zijn in Oud-Zuid. En nu voelde hij het nog sterker, alsof Bibi vanaf dit ogenblik samen met hem verder zou wandelen, om hun liefde eindelijk de ruimte te geven. Hij wilde de tijd stopzetten. Elke gevel in deze buurt beschouwde hij als een uitnodiging – aan zichzelf, aan de kunstenaars, aan alle mensen – om er iets van te maken. Bijvoorbeeld aan de oude, allang overleden Willink, om hier te gaan zitten, met zijn verf en zijn penselen. Het was weer zo'n moment dat waarschijnlijk snel zou vervliegen, terwijl dat moment heel lang stil zou moeten staan, omdat Oud-Zuid zo mooi was en zo weemoedig maakte, omdat het ontwerp van de stad hier meer was dan een willekeurige verzameling onderkomens, omdat er een idee achter zat, gevoed door een enorm optimisme dat ooit de wereld bezighield, in een tijd die radicaal zou afrekenen met de fouten uit het verleden.

'Ik ben heel blij om je weer te zien.'

'Kom mee,' zei ze lachend.

Ze stonden voor haar huis. Een statig pand.

'Is dit het? Woon je hier?'

'Hier woon ik.'

'Alleen?'

'Met Paul.'

Ze ging hem voor door een lange, smalle gang die uitkwam op een ruime, lichte keuken, waar een man aan tafel de krant zat te lezen. Aan de muur hing een foto van Bibi, met een jonge leeuw op haar schoot.

'Dit is Andreas,' zei Bibi.

De reactie van Paul, een lange man met strenge, levendige ogen, was enigszins knorrig.

'Wie heb je nu weer meegebracht?'

'Doe eens aardig.'

De man deed helemaal niet aardig. Integendeel.

'Ben jij een indringer?'

Andreas wist niet goed wat hij hierop moest zeggen.

'Kom je hier inbreken?'

'Dat is niet echt mijn vakgebied.'

'Ramona neemt allerlei menselijk schuim mee uit de stad.'

Paul kwam niet overeind om Andreas een hand te geven. Zijn blik bleef over de krant gaan.

'Hebben jullie iets gehad?' vroeg hij.

'Zeg, hou nou eens even op,' zei Bibi.

'Ik vroeg het aan je gast.'

'Niet echt,' zei Andreas.

Paul draaide zijn hoofd weg van de krant en keek Andreas aan, alsof die het laatste nieuws bij zich had.

'Nee, niet echt,' zei Andreas nog eens. 'Echt niet.'

'Hoe kennen jullie elkaar dan?'

Toen hij hoorde dat Andreas een collega was geweest op het Instituut veranderde het gedrag van Paul op slag. Hij kwam breed lachend overeind, gaf Andreas een hand.

'Dat beruchte Instituut. Dus daar weet jij alles van? Van het fiasco.'

Andreas knikte, kreeg een stoel aangeboden.

'Dat wil ik van je horen, als het mag, als je het goedvindt; ik geef je een lekker glas wijn en dan moet je mij eens vertellen wat daar gebeurd is. Ik wil het graag horen uit de mond van een ander.'

'Laat die jongen even binnenkomen,' zei Bibi.

'Zou je het willen vertellen, zou je dat willen doen?'

Gastheer en gastvrouw lieten hem nu even alleen. Het ingepakte boek van Metzelaar legde hij voor zich op tafel.

Paul kwam terug met een fles en glazen.

'Wat mij betreft hoef je je niet voor te stellen, je kunt meteen beginnen. Sorry als ik zo gulzig lijk, maar ik moet van deze gelegenheid gebruikmaken.'

Bibi kwam binnen en duwde hem speels opzij met haar lijf.

'Je lijkt wel een journalist, met heel weinig geduld en nog minder fatsoen.'

'Dat ben ik ook, dat ben ik, mag ik je interviewen?'

Andreas had hier helemaal geen zin in. Hij was gekomen voor Bibi. Maar het vreemde gedrag van Paul bracht bliksemsnel een stroom van herinneringen op gang.

'Laat hem nou even met rust,' zei Bibi.

De honger van de gastheer naar het verhaal over Bibi was werkelijk verbazend, alsof hij Andreas heel snel het hof wilde maken, als een amechtige versierder, die vlug met hem naar bed wilde, gedreven door een hunkering en inschikkelijkheid die allerlei associaties opriep. Vraag hem om eerst champagne te halen, om geld te lenen, om een belofte te doen.

'Doe niet zo opdringerig,' zei Bibi.

'Maar, Ramona, het komt nooit voor dat we hier iemand over

de vloer krijgen die er zelf bij is geweest. Ik kan weer terug naar die tijd.'

Had Bibi hem niet zelf alles verteld? Het leek Andreas een beetje raar om een herinnering op te halen aan Bibi's eigen verleden terwijl Bibi er zelf bij was.

'Ramona is niet zo spraakzaam over dit onderwerp. En nu kan ik het horen uit de mond van een ander. Vertel me hoe jij het ervaren hebt.'

Andreas moest bliksemsnel schakelen. Vond Bibi het goed? Ze was weer even de keuken uit, door de openstaande deur de tuin in gelopen en uit het zicht verdwenen. Door de open deur had hij zicht op een zitje in de tuin. Op grote, lichte plavuizen stonden uit staal gesmede stoelen en een tafel met een dun marmeren blad. Andreas wist niks te zeggen, alleen gelaten met deze vreemde gastheer.

Paul schonk de wijn in de glazen. Hij stak zelf van wal.

'Als iemand net directeur is, op de eerste dag, dan kan alles bij het oude blijven, maar dat hoeft niet, want er is een andere baas, die kan meteen een andere toon zetten. Dat deed ze zeker. Natuurlijk, want zo is ze. Ik ken haar. En niet zo'n beetje. Proost.'

Ze namen een slok.

'Vertel daar eens wat over, dat interesseert me.'

Ze zaten ongemakkelijk tegenover elkaar.

'Dit gaat te snel,' zei Andreas.

'Maar ik stik van nieuwsgierigheid. Ik wil graag nieuwe details horen om me erover te verbazen! Er heeft zelfs iets over in de kranten gestaan.'

Bibi kwam weer de keuken in. Ging zitten, nam ook een slok wijn.

'Begin maar gewoon, doe of je thuis bent.'

Bibi gaf niet te kennen dat ze er bezwaar tegen had. Misschien moest hij een detail zoeken, een herinnering met een lichte toets.

'Op de eerste dag verscheen ze met een enorme Harley op de parkeerplaats.'

Zo was het inderdaad gegaan. Meteen stonden ze er allemaal omheen.

'Ik wist niet dat jij een motor had,' had een van de collega's gezegd.

'Had ik ook niet. Gisteren gekocht.'

Het was een mooi, blinkend model, haar motor zag eruit als de droom van iedere vrijbuiter.

'Wat voor type Harley was het?' vroeg Paul.

'Het was een knalgele Electra Glide,' zei Bibi. 'Een 1200 cc, die bijna driehonderdvijftig kilo woog.'

Terwijl Andreas aan het woord was liep Bibi weer de keuken uit.

'Ik wist helemaal niet dat zij motor reed. Zie je wel, we hebben meteen een nieuwtje te pakken. Een vrouw op een motor! Vertel verder.'

Omdat het over motoren ging was het heel makkelijk om op gang te komen. Andreas vertelde. De vorige directeur, Kraak, had een paard, en Bibi een motor. Het werd meteen een mode. Alle collega's die iets wilden betekenen namen rijles en gingen op zoek naar een model dat bij hun persoonlijkheid en postuur paste. Mandelbaum verscheen knetterend op een goedkope Japanse kopie van de Harley, Van Agsteribbe op een brommende Duitse motor, Carlos Huf op een stinkende oude Russische motor met zijspan, een Oeral, Andreas op een Engelse motor. Zo scheerden ze over de weg, met Bibi voorop, breed lachend op haar blinkende Harley. Ze vonden het allemaal heerlijk. Motorrijden hoorde tot die paar overgebleven ervaringen die je vrij maakten, het bloed door je aderen deden kolken, zoals vliegen in een F16. Volgens Bibi bestond er een verband tussen motorrijden en stierenvechten. Een elegante manier om tussen levensgevaarlijke monsters te laten zien dat je lef had. Als je er even helemaal uit moest, dan hoefde je niet een jaar in de WAO, dan rende je naar buiten, je slingerde je been over het zadel, maakte contact, draaide aan het gas, stoof weg en je brulde het uit.

'Maar ik neem aan,' zei Paul, 'dat ze het Instituut niet veranderde in een motorrijschool.'

Het eerste dat ze deed, in haar nieuwe functie als directeur, was een medewerker ontslaan. Een zeurderige man die Stoprogge heette. Stoprogge gedroeg zich heel emotioneel, met beledigingen en bedreigingen. Hysterische uitvallen. 'Wat heb je tegen mij?' krijste Stoprogge. Maar Bibi bleef kalm. 'Jij deprimeert mij,' was het enige dat ze zei.

'Ze had dus iemand ontslagen, om haar spierballen te tonen. En toen?'

De mensen van buiten vroegen vaak: gaat het wel goed daar, bij jullie op het Instituut? Bibi wilde dat die vraag nooit meer gesteld zou worden. De doelstelling moest helder worden, minder vaag in elk geval dan ten tijde van haar bewonderde voorganger Armand Kraak.

'Wat was die Kraak voor een gozer?' informeerde Paul.

'Een directeur die wilde dat het Instituut de authentiekste mensen van Nederland zou opleveren.'

'Goeie god. Terug naar het oerwoud.'

Zo bedoelde hij het natuurlijk niet, of misschien ook wel, maar enfin.

'Neem me niet kwalijk, hoor,' zei Paul, 'maar wat déden jullie daar?'

Bibi stond op. Ze had voor zich uit zitten kijken en af en toe gelachen.

'Ik ga even sigaren halen, en een flesje wijn. Bijvoorbeeld bij de buren. Want ik heb sterk het idee dat ik afwezig moet zijn.'

'Blijf maar even weg,' zei Paul met een beminnelijk lachje, alsof hij een kind toestemming gaf om een middagje bij McDonald's door te brengen.

'Verder,' zei Paul toen Bibi de deur uit was. 'Haar visie.'

Hoe moest je haar visie samenvatten? Andreas dacht na, zocht teksten van Bibi die hij kon citeren. Er kwam iets naar boven. Ze zei bijvoorbeeld het volgende: 'Ik wil onverschrokken in de mist staan.' Je wist niet precies wat het betekende, maar het bleef wel hangen.

'Ach gut,' zei Paul.

Bibi wilde de collega's een actieve grondhouding bijbrengen. 'Ga de confrontatie nooit uit de weg!' zei ze. 'Vooral niet met mensen waar je tegen opkijkt!' Zulke dingen zei ze met steeds grotere nadruk. 'Denk na over de vraag wie je vrienden zijn, maar ook over je vijandbeeld, heel persoonlijk, praat erover, doe er iets mee. Wat ga je met je vijanden doen? Ik wil hier geen afgedankte indianen, geen sovjets, geen culturele kwibussen. Dit Instituut is het centrum van de wereld. Laten we daarnaar handelen. Onze invloed op het hele maatschappelijke gebeuren moeten wij vergroten. Het zwaartepunt in dit land moet bij wijze van spreken verlegd worden van Den Haag naar hier.'

'Nou zeg,' zei Paul, terwijl hij zijn ogen dichtkneep en met kracht lucht tussen zijn lippen door perste.

Zo praatte ze dus. Ze somde haar bezwaren op tegen de tijdgeest in Nederland: dat alles maar gedoogd werd, dat iedereen een plaatsje kon krijgen in dit absurde landje. Dat er geen ruimte was voor zwier en goeie manieren. Maar er was ruimte in overvloed voor de botte onverschilligheid waar niemand zich aan scheen te storen, omdat we zo tolerant waren. Zo had ze een hele waslijst.

'Ze was maatschappelijk bewogen,' mompelde Paul.

Je kon beter zeggen dat ze het openlijke verlangen koesterde om heel Nederland bij zijn lurven te pakken en eens goed door elkaar te schudden.

'Je mag hier alles,' zei ze, 'behalve een ongezouten mening ventileren. Dat is het grootste taboe in dit vreselijke land. Elke opinie die iets meer wil zijn dan het zoveelste ironische commentaar van een debiele columnist is in dit afschuwelijke land verdacht. En dan dat gedoe in Den Haag! Als tijdens het zogenaamde Torentjesoverleg de ramen openstaan boven de hofvijver, dan komt er een stank naar buiten die alle Hagenaars naar het strand drijft. Waar het trouwens ook stinkt.'

Maar het ging niet alleen om wát ze zei. Het was ook de manier waarop zij deze strijdlustige woorden uitsprak: met charme, met haar lome lieflijkheid. De aantrekkelijke en elegante overtuiging waarmee ze bij de luisteraars ogenblikkelijk de gedachte deed postvatten: waarom ga ik me vanaf vandaag niet gedragen als een voldragen beschaafd mens? Onberispelijk. Waarom leef ik zo vrijblijvend? Laten we met z'n allen iets op het spel zetten. Onze goede naam, onze eer. De directeuren van het Instituut waren altijd vooruitstrevende lieden geweest, eigenzinnig en een tikje bohémien. Maar Bibi durfde een houding te kiezen waarvan men zou zeggen: conservatief. Andreas herinnerde zich de cruciale bijeenkomst, in de vergaderzaal van het Instituut.

'Als ik uit het raam kijk,' riep ze uit, 'zie ik een kaal landschap waar alles is afgebroken, omgehakt of afgeschaft. Een eindeloze parkeerplaats voor de voertuigen van de slechte smaak, het egoisme, de grabbel- en graaicultuur, grofheid, vadsigheid, criminaliteit en goddeloosheid. Kunnen wij, behalve toezien dat alles wordt afgeschaft, misschien ook nog iets aanschaffen wat we echt de moeite waard vinden?'

'De nieuwe BMW Sport Cabrio,' riep Carlos Huf, een van de steunpilaren van het Instituut, overtuigd dat hij de lachers op zijn hand zou krijgen.

Maar niemand lachte. En Bibi schonk er geen aandacht aan.

'Denk er eens over na, sta er eens bij stil.'

Ze zweeg, als een dominee of een priester die in zijn preek het punt bereikt had waar hij de gelovigen wilde hebben.

Paul viel uit: 'Noem je dat helder? Een heldere doelstelling?'

Andreas voelde zich aangesproken. 'Wacht nou even, dit was nog maar het begin.' Er waren mensen genoeg die precies zo reageerden als Paul nu. Bibi werd uitgedaagd. Laat je kunstjes eens zien. Paul moest niet denken dat er geen weerwerk werd gegeven. Andreas zag het weer voor zich. Hoe ze getart werd door de linke jongens, bespot door de snelle heren met branie.

'Hoe wil je dat dan doen, Ramona?' Met giechelstemmetjes.

Daar trok ze zich niks van aan. Ze vroeg zich in het openbaar af: wie ben ik? Wat is het thema van mijn leven? Voor welke visie wil ik me sterk maken? Want ik voel er niets voor om hier alles bij het oude te laten. Ik wil geen kleurloze en klootloze winkelbediende worden. Ik wil verschil maken door mijn stempel op dit Instituut te drukken. Ik wil niet inwisselbaar zijn. Want als dat is wat jullie van mij verlangen, dan treed ik vandaag terug en dan zoeken jullie maar een ander.

'Nee,' zei Stülpnagel, 'je moet het proberen.'

Stülpnagel was de oudste en meest ervaren medewerker, een man met gezag, en omdat hij haar een kans gaf werd het rustig.

'Ik zal alles geven wat ik in me heb. Daarom moet ik luisteren naar de stem die opstijgt uit mijn diepste oerbronnen. Dat kost tijd, concentratie en toewijding. Ik wil een heel concrete directeur zijn. Geen mystica. Zeker geen zonderling. Maar ik wil ook niet meegaan in de moderne jacht naar steeds sneller, groter, duurder en rijker; ik wil dezelfde fascinatie oproepen als een schitterende villa of een fantastische nieuwe Maserati. Maar ik ben geen makelaar en ook geen automonteur.'

'Wat ben je nou?' riep Carlos Huf.

'Je mag mij vergelijken met een religieuze afbeelding die jullie inspireert om de werkelijkheid naar je hand te zetten.'

'En wat zien we dan?' vroeg Huf.

Andreas moest haar teksten opdiepen uit zijn geheugen, maar ze kwamen verbazend makkelijk tevoorschijn.

'Ik wil opdoemen uit de ochtendnevel en heel scherp voor jullie staan. Herkenbaar. Met een totaal andere benadering dan jullie ooit hebben beleefd. Daar moeten jullie mij bij helpen. Door naar mij toe te werken. Door je te concentreren op de dingen die je met mij deelt; dan is het voor ons allemaal ook veel makkelijker om dicht bij jezelf te blijven, dat vind ik namelijk essentieel. Je moet elke dag naar dit gebouw komen alsof je voor zes weken op vakantie gaat naar je favoriete bestemming. Om te gaan doen waar je het meest zin in hebt. Probeer dat maar eens.'

Paul had zijn ogen opengesperd, alsof hij luisterde naar een idioot.

'Ik ben de rode pijl,' had Bibi gezegd, 'die precies aangeeft waar jullie interesse ligt. Ik wil een werkelijkheid die iets voor ons betekent. Want ik ervaar dit stomme stukje vaderlandse klei als een permanente godslastering, een absurde belediging, nietszeggende polders, een geestelijk gestoord land dat mij doet snakken naar mijn eigen volledige ontplooiing omdat het mijn geest en mijn vrije wil verlamt.'

'Maar wat moeten we doen? Wat wil je concreet?' had Stülpnagel gevraagd.

'Ik ga in elk geval geen verstoppertje spelen, ik zal me niet verschansen in mijn werkkamer om te werken aan een nota of een beleidsplan. Ik zal het hier en nu duidelijk zeggen.'

'Dus wat gaan we doen?' vroeg Stülpnagel.

Bibi was opgestaan en een paar passen naar voren gekomen;

haar stem ging omlaag, het volume ook, alsof ze wilde erkennen dat de juiste vraag was gesteld en dat ze bereid was om erop in te gaan.

'We moeten om te beginnen de retorica in ere herstellen. Dat is de speerpunt waarmee ik mijn doel wil bereiken. Met de waarachtigste woorden dit land door elkaar rammelen. Vanaf vandaag moeten wij schitterend spreken. De cultuur van het woord moet ons visitekaartje worden. Waarom? Omdat mooie woorden leiden tot mooie handelingen en dus tot een betere wereld. Met de uitvinding van het woord is ooit onze beschaving begonnen. Wij moeten allemaal bevlogen sprekers worden, mannen en vrouwen die op elk ogenblik naar voren kunnen treden om het woord te nemen en aandacht af te dwingen met hun taal, hun passie en hun presentatie. Als iemand van ons een keer een halve minuut op het journaal te zien en te horen is, dan moet de volgende dag het hele land erop terugkomen. Heb je die gezien? Die mogen ze van mij meteen minister maken. Daarom moeten wij de klassieken bestuderen, met name Cicero, maar ook de Bijbel lezen. Wij zijn de beste sprekers van dit land. Als iemand van ons daarbuiten het woord neemt, dan moet het stil worden. Omdat we origineel zijn, eigen; wij kijken niet naar anderen om te weten wat we moeten doen.'

Ze voegde er nog iets aan toe: 'Binnen een paar maanden wil ik samen met jullie een concrete maatschappelijke wantoestand aanwijzen en daar iets aan doen. Ik bedoel dus echt iets doen, zo duidelijk en zichtbaar dat iedereen naderhand kan zeggen: dit is geregeld.'

'Dat is best lollig,' zei Paul.

Stülpnagel was nog niet tevreden geweest.

'Maar wil je dan in de politiek, wil je politieke problemen oplossen? Ik vraag het maar even, voor de duidelijkheid, want dan moet je kennis vergaren over economie, over de infrastructuur, over natuurkunde en biologie, over de gezondheidszorg...'

'Dat hoeft helemaal niet. Maar ik sluit het niet uit. Ik wil heldere wenken geven, ook aan de politici. De politicus voert iets uit, wij moeten de stuwing veroorzaken die daarvoor nodig is. Ik wil wakker worden uit een nare droom. En volgens mij zitten daar miljoenen mensen op te wachten.'

'Dan kom je weer in een andere nare droom,' siste Huf.

Bibi reageerde als door een horzel gestoken.

'En het cynisme ga ik met wortel en tak uitroeien.'

Haar snelle reactie, haar boosheid op Huf, dat was eigenlijk het allermooiste; die boosheid maakte haar beeldschoon.

'Kom op,' had Huf gezegd, 'je moet toch het lef hebben om je eigen nest te bevuilen, dat is belangrijk, dat is het eerste dat je moet doen.'

Hij sprak die woorden lachend uit, alsof het een volkomen vanzelfsprekende opvatting was.

Maar Bibi pakte hem aan.

'Jij bent zo afschuwelijk! Ik haat jou!'

Stel je dat voor, met die verfijnde charme.

'Onze vijanden zijn schoothondjes, ik heb ze gezien,' zei ze met een kwaaie blik op Huf.

'Alle discussies schijnen in dit land al gevoerd te zijn. Welk onderwerp je ook aansnijdt, er komt een menigte op je af met vrome gezichten die allemaal zeggen: daar hebben wij al heel lang over nagedacht en ons besluit staat vast. Ze durven niet meer de vraag te stellen wat een echt mens is – te laf, te bang. Voorbeelden genoeg. Over de doodstraf durven ze al helemaal niet na te denken, de enige straf die ze hier kennen is vergeving. Ik zou het als een persoonlijk succes opvatten als in dit land weer lijfstraffen werden ingevoerd. Ik zou er hier wel mee willen beginnen.'

Met die woorden had ze de vergadering gesloten.

Paul viel van zijn stoel.

'Geloofden jullie dat? Gingen jullie daarin mee?'

De stemming kwam erin, alsof Paul te kennen gaf: goed, je mag blijven, we gaan dit gezellig uitspitten. Andreas raakte in een soort roes, kwam op dreef, vond het zelf ook weer een fascinerend verhaal, dat nog lang niet af was. Er werd weer een fles opengetrokken, alsof hij zojuist een nieuwe cliffhanger had bereikt.

'En toen?' zei Paul, met de kurkentrekker in zijn vuist. 'Vertel!'

De voordeur ging open en even later kwam Bibi de keuken in.

'Waarom zitten jullie niet in de tuin? Het is heerlijk buiten.'

Paul stond meteen op.

'Deze gast,' zei hij, met twee handen op de schouders van Andreas, 'deze zeer speciale gast, die zo mooi kan vertellen, mag bij ons blijven eten.'

'Blijf je eten?' vroeg Bibi.

'Wij moeten nog eten.'

'Paul maakt iets klaar,' zei Bibi, terwijl Paul om de tafel heen liep en met nieuwsgierige ogen naar Andreas stond te kijken, als naar een onverwachte bezoeker met heel belangrijk nieuws dat nog aan hem ontfutseld moest worden.

'Ik maak van die makkelijke recepten van Albert Heijn. Met die kaartjes, weet je wel.'

Terwijl Bibi in de keuken bleef, gingen ze naar buiten. Paul met de fles, Andreas met de glazen. Het boek van Metzelaar nam hij ook mee, onder zijn oksel geklemd, alsof hij bang was om het hier kwijt te raken. Over de plavuizen liepen ze de tuin in, langs een fontein, en kwamen uiteindelijk bij de tafel met vier stoelen. De tuin werd aan de achterkant afgesloten door een soort hofje. Langs de schutting liep een pergola met ijzeren sierwerk. In een boog stond een tuinvaas op een voetstuk, als blikvanger. Het zag eruit als nostalgisch oud straatwerk.

Andreas ging zitten en genoot van het uitzicht. Hier, in het heiligdom van Bibi, voelde hij dat de gebeurtenissen op het Instituut nog altijd geen geschiedenis waren. Welnee. De drang was er nog steeds. In hemzelf. De verscholen hunkering. Hij vroeg zich nog dagelijks af wat hij zou doen als hij echt vrij was, los van remmingen, los van angst, als hij zich spontaan kon uiten. Hij zou kunnen zondigen, losbandig leven, misschien zelfs gewelddadig zijn, zwaaien met een hamer, om iedereen duidelijk te maken dat de tuchtiging begonnen was. Maar het enige dat hij durfde was vragen stellen. Vragen die een gevoelige snaar moesten raken, of een open wond. Terwijl hij Paul het verhaal over Bibi vertelde kwamen de vragen weer naar boven. Vragen over de teleurstellingen die mensen verbergen. Over het geluk waarvan ze ooit dachten dat het wenkte, en dat niet kwam. En o, dat eindeloze en oeverloze gesukkel met seks. Terwijl hij vertelde kwam hij in een soort trance. Het was alsof het verhaal over de kortstondige macht van Bibi hem achteraf gelegenheid bood om iets te weten te komen. Iets wat hem eindelijk de macht zou schenken die nodig was om haar te veroveren.

'Dit is dus tien, twaalf jaar geleden? Ze was nog geen dertig. Zo jong. Ga verder. Wat gebeurde er als je 's ochtends dat gebouw binnenkwam?'

Bibi kwam elke dag meteen op de medewerkers af, in haar elegante mantelpakje, gaf ze een hand, als een politicus op verkiezingstournee in een provinciaal gat waar hij een wonder verricht. Het hele zootje staat te lachen en te zwaaien, want de politicus spreekt de mensen aan, geeft ze een goed gevoel en maakt meteen duidelijk dat er vandaag een speciale taak op ze wacht, maakt duidelijk welke taak dat is. Zo gedroeg ze zich in de eerste weken en maanden. Ze werd populair, want ze was het echte centrum, waar iets gebeurde. En ze was heel consequent, ze hield vast aan de uitgezette lijn. Iedereen was bezig met de randvoorwaarden van de retoriek: hoe je er bedreven in kon worden, hoe het je zwakke plekken blootlegde. Want goed spreken was goed denken, was goed.

Bibi kwam naar buiten met een hapje. Een schaal met olijven, zoute visjes en toast.

'Kun je mij elke ochtend opzwepen?' vroeg Paul. 'Kun je dat nog? Want dat doe je niet meer. Ben je uitgeblust, Ramona?'

'Ik zal er eens over nadenken.'

Elke keer als Paul de naam Ramona uitsprak, fronste Andreas zijn wenkbrauwen, alsof hij zo opzichtig mogelijk wilde zeggen: hoho, een ernstige vergissing, weet je dan niet dat ze Bibi heet, dat weet je toch? Andreas dacht terug aan de eerste fase van haar bewind. Wat hij altijd geweldig vond waren haar plotselinge toespraakjes in de hal. De oneliners die ze er na een stilte opeens doorheen strooide en die hij nog steeds niet kon vergeten. Uitroepen die de mensen bijbleven.

'Het gevoel is hier zo verkommerd!'

'Zoek een idee waar je pap van lust, ga daarmee aan de haal, laat je niet weerhouden door de herinnering aan een vroegere vergissing of een ongelukkige liefde, stel nog eens de vraag: in wie geloof ik? In wie? In wie?'

Elke ochtend zaten ze bij elkaar in de kantine en moest iemand een inspirerend betoog houden. Daarbij waren alle middelen geoorloofd. Imitaties van Lenin, bierhalfanatisme, Cicero, generaal Patton, de draaikonterij van Lubbers of Van Agt, I have a dream. Alles werd uitgeprobeerd. Stülpnagel gaf er steevast commentaar op. Stelde vragen die de retoriek moesten versterken. (Waarom doet het mij niks als jij iets zegt?) Dat ritueel versterkte de band, er groeide een groepsgevoel. Ze voelden hoe de onverschilligheid uit hun lijven wegstroomde en er kwam iets anders voor in de plaats: een hevige opwinding. De communicatie werd heel direct en dat was waanzinnig spannend.

'Je moet je maar eens voorstellen dat je elke dag door twintig mensen wordt aangesproken op je diepste drijfveren. Dat je wordt uitgedaagd om er concreet iets mee te doen. Om je overtuiging met anderen te delen. Wat het met je doet. We leken soms op een opleidingsinstituut voor commando's.'

Het impliceerde een zware selectie, omdat de goedgebekte dames en heren in eerste instantie heel sterk leken te staan. Maar er kwam veel meer bij kijken, daarom verschoven de verhoudingen in die pikhiërarchie voortdurend. Er werd veel gelachen, want met de middelen van de retorica kun je de idiootste dingen aanprijzen. En mensen met veel uitstraling kunnen de grootst mogelijke of gevaarlijkste onzin toch iets extra's meegeven. Ze kunnen die onzin geloofwaardig maken en bijna elke luisteraar met hun taal overtuigen.

Bibi maakte van haar natuurlijke autoriteit weldra gebruik om de selectie strenger en moderner te maken. Nog harder, nog meedogenlozer! Als er een nieuweling binnenkwam, dan was de gang van zaken heel simpel. Hoe heet je? Wat kom je doen? Zeg eens iets wat ons inspireert! Meestal vielen ze al door de mand bij het noemen van hun naam.

'Wat een terreur,' zei Paul.

Harde woorden, ja, maar de manier waarop ze die woorden uitsprak was ronduit lieflijk. Het klinkt misschien vreemd, maar ze kon een collega verbaal neersabelen en tegelijk poeslief zijn. Er waren mensen die er niet tegen konden. Mensen die weggingen. Maar de overgrote meerderheid wilde niets liever dan erbij horen. Er waren tien keer zoveel aanmeldingen en sollicitaties als in de tijd van haar voorganger. Ze gaf het Instituut een enorme uitstraling. Ook ons uiterlijk werd aangepakt. Bibi paste het uniform aan.

'Uniform? Droegen jullie uniformen?' riep Paul. 'Mijn bek valt open.'

Jazeker. Dat was al jaren zo. Ze vond het verouderd, we liepen er inderdaad bij als een stelletje achttiende-eeuwse kluchtspelers. Er kwam een ontwerpster uit Eindhoven om moderne kleuren, stoffen en vormen uit te kiezen. Bibi zat erbovenop, ze gaf ons uiterlijk langs die weg meer glamour, meer schwung. We liepen rond in schitterende maatpakken. Het Instituut werd modern en sexy.

'Volgens mij,' zei Paul, 'zit jij maar een eind weg te zwetsen.'

'Hoezo?'

'Het bestaat niet, dat Instituut, dat bestaat eenvoudig niet.'

'Het bestaat wel degelijk, ik kan je het telefoonnummer geven. Wacht maar tot je de rest van het verhaal hoort. Er bestaan wel meer dingen die ik gek vind die toch bestaan, of mensen van wie ik me afvraag: waarom besta jij eigenlijk?'

'Ik begrijp er echt helemaal niks van. Het doet me denken aan een idiote hobby, gepruts met luciferhoutjes en zilverpapier.'

Op een dag was ze op hem afgekomen. Ze wilde dat Andreas 'een soort Goebbels' zou worden. Stel je maar voor, zei Bibi, dat je over drie minuten op het spreekgestoelte staat van de Verenigde Naties in New York, de hele wereld luistert, jij gaat een eind maken aan de klerezooi in Afrika. Vanaf dat moment was hij steeds bezig zich voor te bereiden op een onverwachte spreekbeurt. Maakte studie van beroemde en beruchte redevoeringen. Andreas zocht de hele dag en vaak de hele nacht naar fundamentele waarheden waarmee hij zijn spreekbeurten kon verrijken. Hij proefde de narcotiserende werking van het ritme waarin hij opgenomen werd. De eerste aarzelend uitgesproken woorden riepen weer nieuwe woorden op, frisse associaties schoten in zijn hoofd tevoorschijn. Vaak raakte hij thuis voor de spiegel in vervoering van zijn eigen woorden, maar nog vaker schoot hij in de lach of raakte hij in de war. Als hij iets in zijn hoofd had, dan zei hij spontaan tegen een paar collega's in de kantine: 'Ik moet jullie even spreken. Ik moet jullie iets zeggen! Het is belangrijk.'

Alleen maar om te oefenen, om te zien wat hij met zijn luisteraars deed.

'Mag ik even interrumperen?' zei Paul. Hij wees op het pakje met het boek van Metzelaar. 'Wat zit daarin?'

'Een boek.'

'Mag ik het uitpakken?'

'Ga je gang,' zei Andreas.

Toen het boek was uitgepakt zei Paul: 'God, nee', en schoof het met een snelle beweging van zich af. Daarna werd er een tijd niks gezegd. Op een gegeven moment moest de stilte weer verbroken worden. Paul had zijn schoen uitgetrokken en zat met een norse blik aan het eelt op zijn voet te plukken. De linnen broekspijp had hij opgestroopt tot boven de knie. Maar verder deed hij niks, knikte even met zijn hoofd, alsof hij wilde zeggen: ga maar door.

'We gaan een actievere buitenlandse politiek voeren,' zei ze op een ochtend. 'Houd jij morgenochtend een speech over ons buitenlands beleid, de speerpunten.'

Andreas beweerde dat ze leegstaande gebouwen en noodlijdende ondernemingen moesten gaan overnemen. De Harde Bikkel, een slecht lopende kroeg naast het Instituut, werd langs deze weg onderdeel van het bedrijf dat ze geworden waren. Omdat Bibi zich elke avond even in het café vertoonde om een borrel te drinken begon de zaak weer te lopen. De winsten lagen bij wijze van spreken elke ochtend op de tafel van de directeur. Het Instituut kreeg zeggenschap over oude gebouwen, leegstaande kloosters. Er kwam post van allerlei instellingen die zichzelf aanboden. Kunt u voortaan voor ons zorgen? Zelfs uit Duitsland. Het was echt een heel vreemd verschijnsel, die plotselinge hang om bij het Instituut te willen horen. De mensen wilden Bibi ontmoeten, met haar omgaan. Allerlei uitnodigingen vonden hun weg naar de brievenbus van het Instituut, serieuze voorstellen om in stichtingsbesturen plaats te nemen, om te praten met wethouders van kleine gemeenten. Burgemeesters lieten weten dat zij graag een bezoek zouden brengen aan het Instituut, dat soort dingen. Ze had status. En daar speelde ze handig op in.

'Wacht nou eens even,' zei Paul, 'jullie waren bezig een heel nieuw soort bedrijfscultuur te ontwikkelen, dat moest dan toch geformaliseerd worden, er kwamen allerlei bestuurlijke taken bij, er waren regelingen nodig, betrouwbare afspraken.'

Bibi hield alles in eigen hand, zij was de spin in het steeds groter wordende web.

'Een *one woman*-dictatuur,' zei Paul.

Bibi kwam naar buiten met een strijkplank en begon overhemden te strijken. Terwijl Andreas vertelde ging de strijkbout heen en weer. Af en toe knikte ze instemmend, of schudde nauwelijks merkbaar haar hoofd.

'Moet ik van jou nog iets strijken?' vroeg ze opeens.

Andreas keek om zich heen, terwijl Paul opstond en naar binnen ging. Zijn hand streek over het omslag van het boek van Metzelaar, over de afbeelding van een schilderij van Goya, *Colossus*. Met zijn wijsvinger volgde hij de gouden omlijsting. Hij merkte dat zijn lichaam meeging in de beweging van Bibi. Terwijl hij meedeinde bekeek hij haar tuin, proefde de sfeer, hoe het was om daar te zijn.

'Wat is het hier heerlijk.'

Hij sprak ontspannen, alsof de afwezigheid van Paul hem vrijer maakte. Hij zou eindeloos over deze tuin willen uitweiden, over moeder natuur en de herinneringen die hier naar boven kwamen. Praten om Paul zo lang mogelijk op afstand te houden. Maar hij hoorde zijn voetstappen alweer door de keuken gaan. Paul zou hem weer bij de les brengen, rokend en drinkend, knus en vreemd tegelijk. De voetstappen kwamen dichterbij, hij moest weer terug naar de vreemde verwikkelingen die in het verhaal op komst waren. Kom maar op, dacht hij, Paul moest eens weten! Hij zou nog van zijn stoel vallen. Ja. Paul kwam terug met een paar overhemden, drapeerde ze over de uiterste punt van de strijkplank.

Iedereen op het Instituut merkte dat er vreemde dingen gebeurden. Dat het een bepaalde kant op ging. Ze beluisterden haar toespraakjes over de noodzaak van expansie. Ze moesten contact zoeken met de Kerk. Met sponsors. Met de kunstenaars. Met de vijanden van het Instituut.

'Wij moeten onze invloed in deze stad, die onze stad is, verder uitbreiden. De bewoners verlangen dat ook van ons. Als de burgemeester een toespraak wil houden, dan moeten wij de tekst van die toespraak controleren en corrigeren, en wij moeten durven zeggen: laat ons die toespraak schrijven en laat ons hem houden. Ik zie in de media alleen nog ongeïnspireerde koppen die niet kunnen praten, maar wauwelen en kakelen.'

De eerste keer dat ze in het openbaar optrad was op het stadhuis, als gewone gast van de burgemeester, bij een bezoek van de minister van Sociale Zaken. Bij haar binnenkomst, samen met Andreas en Stülpnagel, kon je al merken dat ze iets meebracht, een bepaalde uitstraling. Ze maakte de mensen blij, je kon het niet anders zeggen. Ze hoorden de minister aan de burgemeester vragen: wie is dat? Daarna hield de minister een toespraak over de werkloosheid, een volstrekt saaie woordenbrij, waar die man zelf met verbazing naar stond te kijken. Terwijl hij zijn tekst oplas was Bibi opgestaan en had die vent onderbroken. 'Meneer de minister, sorry dat ik u onderbreek. Wat u daar zegt en doet is inhoudelijk matig, uw presentatie is onvoldoende en in retorisch opzicht is uw optreden meelijwekkend.' Dat was iets wat helemaal niet kon, dat deden ordinaire demonstranten. De mensen keken op. Wie was zij? Een goedgeklede, elegante, geestelijk gestoorde vrouw? Doordat ze er niet uitzag zoals demonstranten er meestal uitzien hadden haar woorden een geweldig effect. Ze kreeg aandacht. Je voelde haar vreemde, volkomen heldere présence. 'Meneer de minister, uw woorden doen niets met ons.'

De minister vouwde lachend zijn papieren op en probeerde uit het hoofd zijn verhaal af te maken. Dat lukte hem natuurlijk maar half. Maar Bibi waardeerde zijn poging. De bijval die ze kreeg had alles te maken met de pure zekerheid die ze uitstraalde en die nog werd versterkt door de hofhouding om haar heen. Stülpnagel liep altijd twee meter achter haar, als de schitterende mummie van een veldheer, en Andreas liep er ook bij alsof hij een hoge officier was, met de kin hoog, en alsof hij een degen droeg.

'Klaas Bruinsma,' mompelde Paul.

Het ging ver, hoor, die cultus rondom Bibi. Er kwamen bezoekjes uit andere delen van het land, studenten op schoolreisjes, managers, directeuren, bewonderaars. Wie eigenlijk niet?

Interviews voor schoolkrantjes, dat deed ze nog in het begin. Hoe doet u het? Wat is uw geheim? Mensen die beweerden dat ze een boek over haar wilden schrijven. Journalisten uit het buitenland die belang stelden in de nieuwste totalitaire variant van het poldermodel. Soms was er een oploop voor het gebouw als er weer een buslading fans was gearriveerd. Dan deed Li Peng, haar secretaresse, het raam van haar werkkamer open en verscheen Bibi heel even om naar de fans te zwaaien. Op een ochtend hield ze vanuit het raam een opgewonden toespraak. Haar kreten spookten nog weleens door zijn hoofd.

'Er is geen passie in dit land! Het is allemaal zo leeg, zo gratuit. De enige hartstocht in onze samenleving is die van een paar duizend grote en kleine, miezerige, egoïstische smeerlapjes! Tegen hun passie zijn we niet opgewassen, en daarom leggen we het af. Er staat niks anders tegenover dan een zee van ondermaatsheid.'

Zijn kennissen en familieleden vroegen weleens aan Andreas: kun jij niet een ontmoeting regelen met die Ramona Fromm?

'Het ziet er zo protserig uit,' zei Paul opeens, wijzend naar het boek. Hij stond op, liet zijn bovenlichaam omlaag komen boven de tafel, tot zijn neus boven het stofomslag hing.

'En het stinkt ook nog,' zei hij, en hij ging toen weer zitten.

Paul deed geen moeite meer om te spotten. Hij staarde diep in gedachten verzonken naar zijn strijkende vriendin.

Ze wilde een band creëren met alle arme drommels die hun fatsoen nog hielden, hoewel ze eenzaam waren of hopeloos ongelukkig, alle hemelbestormers, alle heimelijke oprichters van een nieuwe politieke partij, de buitenstaanders, de verstotenen, alle vrouwen die politiek vuiligheid vonden, alle mannen die zin hadden in een lekker wijf. Elke dag sprak ze in de kantine haar medewerkers bezwerend toe en begon nu met de openingswoorden: 'Ik ben uw moeder.' Dat werkte aanvankelijk op de lachspieren, maar omdat ze fanatiek bleef proberen om een gevoelige snaar te raken ontstond er een eigenaardige chemie. Ze zei het elke dag weer anders. Ik heb jullie gebaard. Ik ben jullie moeder. Het dreunde door hun hoofden. Dat zij hun moeder was. Dat er op de wereld iemand was die nog veel verder durfde te gaan dan hun eigen moedertjes. Om het hun naar de zin te maken, om ze te tuchtigen, om via deze curieuze omweg de opperste zaligheid te bereiken.

'Wat had jij voor moeder?' informeerde Paul.

'Zij heeft geen moeder gehad, kent haar moeder niet,' zei Andreas.

'Ik vroeg het aan Ramona.'

'Natuurlijk heb ik een moeder,' zei Bibi, 'maar daar heb ik niks mee.'

'Hoezo niet?'

'Gewoon.'

'En je vader?'

'Ik heb niks met mijn ouders.'

Ze was zelfs op de televisie geweest.

'De televisie? Zijn jullie op tv geweest met die onzin?'

'Ja, in zo'n intellectueel praatprogramma.'

Er was gebeld door een redacteur. Hij was heel enthousiast, in de studio had iedereen het over dat Instituut, daar zat iemand met lef, die zei waar het op stond.

'Waar stond het dan op?' vroeg Paul met een lach.

Bibi werd even stil achter de strijkplank, zette de strijkbout neer.

Er kwam een herinnering in haar naar boven. Ze zei: 'Ik probeerde alleen maar te vertellen wat er gebeurde. De interviewer stelde van die domme, voorgebakken vragen, daar wilde ik helemaal niet op ingaan, dus toen ben ik maar tegen de camera gaan kletsen.'

Ze sloeg haar armen over elkaar en sprak Paul en Andreas toe.

'Ik hou jullie aandacht vast, zei ik tegen de camera. Jullie beleven plezier aan mij, want jullie dromen allemaal over mij. Maar jullie krijgen mij niet helder in beeld. De camera is niet oppermachtig, ik blijf in nevelen gehuld, ook al is dit een close-up. Ik ben het plezier dat je kunt beleven aan iets wat nog niet helemaal is uitgekristalliseerd. Ik ben op komst. Je kunt het nog niet goed zien, je droomt, mijmert, je bent melancholiek. Ik ben een enigma. Ik ben heel moeilijk te analyseren, in elk geval moeilijker dan de minister van Financiën. Misschien ben ik een stoornis in uw geheugen, iets wat nog niet ontwaakt is, ongrijpbaar en soms uiterst irritant. Ik ben jullie geheime potentie. Wacht maar.'

'En heeft die journalist daar braaf naar zitten luisteren, is die niet razend geworden van zo veel onzin?'

'Nee, hij had er plezier in.'

Paul schoot overeind en liep met de handen in de zakken over het gras, kromde zijn schouders, maakte een schoppende beweging met zijn blote voet tegen een bloembed.

'Laat dat,' zei Bibi meteen.

Met een ruk griste hij het boek van de tafel en keek naar de foto van de auteur op de achterflap.

'Wat een ijdeltuit.'

Hij smeet het weer op tafel.

'En dan die afgrijselijke titel.'

Het hele Instituut ging naar een voorstelling van *Madame Butterfly*. Hun fraaie maatpakken concurreerden met de kostuums op het podium. Het publiek zat vooral naar de dertig mannen en vrouwen van het Instituut te kijken, delegatie uit de wereld van het nieuwste sociale experiment. Eigenlijk waren zijzelf de opera. Ze brachten een soort opwinding mee, iedereen moest zich daartoe verhouden, door met het hoofd te schudden, of breed te lachen en vriendelijk te knikken.

'Wat was haar geheim?' vroeg Paul.

'De meeste mooie vrouwen zijn alleen maar mooi,' zei Andreas, 'ze hebben iets, ze krijgen aandacht en al dat soort dingen, maar verder hebben ze niets, laat staan dat ze het toonbeeld zijn van een splinternieuwe stroming. Een nieuwe mens die eens-klaps naar voren treedt, nooit eerder vertoond. Nee, ze blijven heel alledaags, als je ze op straat ziet lopen zijn ze bijna onher-kenbaar gewoon. Er gaat niets van ze uit. Maar Bibi! Daar kon je niet omheen.'

Paul schudde niet meer alleen met zijn hoofd. Hij schudde met zijn hele lichaam. Waarschijnlijk was hij sprakeloos en woedend tegelijk, zoals wanneer je kijkt naar spelende pubers die niet kunnen rusten voordat ze een glasplaat hebben stukgegooid. Hij liep dieper de tuin in, handen in de zakken, liet zijn voeten zwaar neerkomen, wierp zijn hoofd in de nek, hief ineens zijn handen ten hemel. Ging hij proberen een boom te ontwortelen? Nee, hij kwam weer terug.

'Het irriteert me. Wat heb ik eraan, wat koop ik ervoor? Mis-schien moeten we erover ophouden.'

Ze konden net zo goed abstracte geluidjes maken. Andreas merkte dat de drank zijn denken begon te beïnvloeden. De ge-beurtenissen daar in de tuin begonnen heel geleidelijk aan zijn greep te ontsnappen.

'Wat doe jij eigenlijk?' vroeg hij aan Paul. 'Heb jij ook een be-roep?'

'Jazeker.'

'Paul is therapeut,' zei Bibi.

Paul lachte hard, met lange uithalen.

'Hij is een genezer.'

'Nee, zo mag je het niet zeggen, maar therapie heeft altijd zin, je wordt er altijd beter van. Misschien niet genezen, maar wel be-ter.'

Paul observeerde de strijkende Bibi met een mengeling van spot en geamuseerdheid.

'En voor zo'n vrouw ben ik gevallen,' zei hij.

'En jij, Andreas?'

'Ik?'

'Ja, jij. Wat betekende het bewind van Ramona voor jou?'

'Ik was een gelovige, en dat ben ik eigenlijk nog steeds. Ze doet nog steeds iets met me.'

'O jee.'

Paul greep een hand met nootjes en vroeg kauwend: 'Waar geloofde je dan in?'

'Dit verhaal, de hele toestand, met alles erop en eraan, die hele vitalistische storm die over ons heen denderde en waar we ons aan overgaven.'

Paul trok een lang gezicht. 'Ikke niet begrijpen.'

'Ik kan het je niet uitleggen.'

'Maar luister,' zei Paul, die naar voren kwam en vlak voor Andreas zat, zijn handen op de knieën van Andreas legde. 'Wat heb je eraan om van dat Instituut te komen, wat is het praktische nut in de ware werkelijkheid, zal ik maar zeggen? Wim Kok heeft op Nijenrode gezeten, daar zal die man wel wat aan hebben. Toch? Maar als Kok op dat Instituut van jullie had gezeten? Wat voor verschil had dat dan gemaakt?'

'Maar,' zei Andreas, 'wat doet Kok met zijn Nijenrodebul als Srebrenica op de agenda staat?'

Paul stak zijn arm weer uit naar de nootjes. Dacht even na.

'Jij lijkt mij veel te intelligent om mee te lopen met deze zwakzinnigheid. Dat begrijp ik gewoon niet.'

'Maar dat geldt dan toch ook voor Bibi, en voor alle anderen?'

'Ik heb het nu over jou, met alle respect. Waar stond jij in die tijd, ik bedoel politiek?'

'Ik was een soort anarchist.'

'Een anarchist? In zo'n totalitair programma verzeild?'

'Ik voelde me vrij, ik was enthousiast, ik voelde elke dag inspiratie. Misschien was die vreemde toestand daar wel een buitenkans voor mij. Je moet niet vergeten dat de meeste anarchisten toch behoorlijk verloren rondlopen, die zoeken ook een soort houvast. Ze willen toch meedoen.'

Paul schudde zijn hoofd.

'Weet je,' zei Andreas, 'er was iets op komst en ik wilde weten wat dat was.'

'Vertel op dan: wat was er op komst?'

Bibi wilde een gebeurtenis zijn in de naoorlogse vaderlandse geschiedenis. Wie had hier ooit de hitte gevoeld van het politieke debat? Er bestonden niet eens schandaaltjes. Wat waren de vetste politieke krantenkoppen in Nederland na de oorlog? De val van Aantjes, de val van Bernhard, dan had je het wel gehad. Anderhalf persoonlijk drama en meer niet. De eerste de beste Amerikaanse tv-dominee met loeiende hormonen was wereldwijd veel groter nieuws. Ramona zou daar verandering in brengen door op het Binnenhof voor het oog van de camera's de oprichting van haar politieke partij bekend te maken. Ze zouden eerst een oriënterend uitstapje maken naar Den Haag, om daarna het partijprogramma vast te stellen. Op een A-viertje.

'Tegenwoordig,' zei Paul, 'staat alles op een A-viertje. De hele wereld. Als het niet op een A-viertje past, dan bestaat het eenvoudig niet.' Hij plukte weer heftig aan zijn grote teen.

De enige die gemengde gevoelens koesterde was Stülpnagel. Hij zei dat het hem opviel dat er in het gedrag van de directeur, die ooit zo spontaan en zwierig het Instituut was komen verfrissen, een nieuw trekje was geslopen. Ze was zo ijdel geworden dat ze was gaan geloven in haar status als halfgodin. Stülpnagel ergerde zich aan het uiterlijk vertoon dat zo veel nadruk begon te krijgen. Hij kon de elegante, luchtgekoelde arrogantie van Bibi

Halbzwei niet langer verdragen. In kleine kring had hij af en toe op subtiele wijze zijn ongenoegen kenbaar gemaakt, door een ogenblik van intens oogcontact, door het schudden van de dunne manen op zijn schedel. Hij gaf in de vergaderzaal zonder omwegen te kennen dat hij die hele zogenaamde Mars op Den Haag verfoeide en dat hij er niet in zou meelopen. Over zijn lijk! Want welk beeld zouden de burgers te zien krijgen? Sukkelende actievoerders, nog net niet op geitenwollen sokken, in een slinkend groepje op weg, nauwelijks toeschouwers, geen journalisten, geen animo, geen puf. Verpoeiering.

'Zien jullie ons al komen, onze zogenaamde massabeweging, als een stelletje boeren van het Portugese platteland met hun eigen versie van het Mariawonder? Ze hebben Maria bij zich, nog net niet in een gouden kooi, en ze willen serieuze aandacht, zoals al die andere gekken die ooit het einde van de wereld hebben aangekondigd. Jongens, kom nou toch, ik ben een serieuze man.'

Bibi was overeind gekomen en op Stülpnagel afgelopen, om hem toe te spreken. Stülpnagel stond achter zijn stoel, zijn handen om de rugleuning geklemd. Toen Bibi voor hem stond ging de stoel langzaam omhoog – tien centimeter, twintig. En kwam toen opeens omlaag, precies op haar voet. Niemand geloofde dat het opzet was, het was een idiote vergissing, zoals er elke dag vergissingen gemaakt worden. Zelfs de president van de Wereldbank krijgt weleens per ongeluk een krukje of een stoelpoot op zijn grote teen. Maar Bibi zou nooit kunnen geloven dat ze per ongeluk geraakt werd. Ze kermde het uit. Ze hadden verwacht dat Stülpnagel zich zou excuseren. Maar Stülpnagel excuseerde zich niet. Omdat hij bereid was eventueel het loodje te leggen deed hij er nog een schepje bovenop. Hij richtte zich tot zijn collega's, alsof hij een ultieme poging deed om ze tot rede te brengen.

'Wat begonnen is als een scheut broodnodig optimisme is helaas verworden tot een ramp voor dit Instituut. De cultus rond onze directeur is uitgelopen op een trieste uitwas.'

Bij deze laatste woorden keek hij eindelijk naar Bibi, deed een paar stappen in haar richting, bekeek haar van top tot teen, met afkeuring op zijn gezicht, alsof ze een vreemd insect was dat verdelgd moest worden. Strekte zijn arm uit en wees op haar, begon te fluisteren.

'Nu ervaren we dagelijks wat vreselijk aan haar is en deprimerend. Haar humbug. Het belachelijke schijnvertoon, ijdelheid en bluf, boerenbedrog, retorische chantage. Ik weet niet hoe het met jullie is, maar ik weiger langer van het werk in dit gebouw een farce te maken.'

Van fluisteren was hij overgegaan op verstaanbaar spreken, en daarna begon hij ineens als een gek te tieren. Toen bedaarde hij opeens weer. Bibi reageerde niet meteen, met een krachtige tegenaanval, zoals ze van haar gewend waren. De rust in het lokaal kon je op de gedachte brengen dat er niks gebeurd was, dat er niks opgehelderd hoefde te worden, maar toen bracht ze nieuw geschut in stelling. Ze verborg haar gezicht achter een zakdoek, zachtjes snikkend.

'Het laatste wapen van de vrouw,' zei Paul.

Stülpnagel had een bloedhekel aan tranen. Maar nu stond hij tegenover zijn baas. Bibi hervond haar kalmte en kwam overeind. Ze verzocht Stülpnagel met haar mee te komen, voor een ogenblik van ruggespraak op haar werkkamer. En zo zat het hele gezelschap zonder de hoofdrolspelers te wachten in de vergaderzaal. De tijd verstreek. Een kwartier, een half uur, een uur. Andreas wist hoe het was om alleen te zijn met Bibi. Meestal verrukkelijk. Maar één keer had ze hem opgetrommeld om hem tot de orde te roepen. Hij wist het nog heel goed, hoe schrijnend het was. Hij verschilde met haar van mening over het functioneren van een collega. 'Jij gaat niet dwarsliggen, Andreas!' Ze had hem aangekeken en hij had toen pas echt gevoeld hoe gevaarlijk ze was. 'Anders ontsla ik je.' Hij had er wijselijk voor gekozen om de zaak niet op de spits te drijven. En nu zat ze daar in die kamer met Stülpnagel, die de confrontatie wel aandurfde. Aanvankelijk probeerden ze nog iets op te vangen door heel stil te zijn, maar er klonk geen geschreeuw. Tot ze werden opgeschrikt door rumoer op de gang. Stülpnagel kwam achter Bibi aan de vergaderzaal binnen. Ze kondigde aan dat hij toch mee zou gaan naar Den Haag. Hij zat erbij alsof hij gehypnotiseerd was.

Op de motor gingen ze naar Den Haag. Bibi voorop, aan het brede stuur van haar Harley, in een zwartleren jasje en een roodleren broek. Twintig mannen en vrouwen die loeiend de snelweg af raasden om poolshoogte te gaan nemen in het machtscentrum. Met knetterende uitlaten denderden ze door het poortje van het Binnenhof. De gebruikelijke groepjes actievoerders en belangstellenden schrokken op van het geweld. Nee, wat zich hier kwam melden bij het parlement was geen onschuldige drumband.

Ze stonden bij de ingang van het Tweede Kamergebouw. Omdat ze uiteraard geen pasjes hadden mochten ze niet naar binnen. Het was meteen aan Bibi te merken dat ze zoiets niet meer gewend was. De laatste tijd had ze alleen maar deuren zien opengaan. Omdat men iets van haar verwachtte. Blij was met haar komst. Opwinding veroorzaakte. Maar daar in Den Haag waren ze wel wat gewend. Je kon ook niet zeggen dat de hele vaderlandse pers op deze happening af was gekomen. Er waren daar elke dag wel oploopjes van actievoerders en demonstranten. Er vormde zich ook geen menigte rondom Bibi, in afwachting van een gloedvolle toespraak. Een paar dagjesmensen keken aandachtig naar hun leren jassen en broeken, maar toen uit een deur de voorman van de socialisten tevoorschijn kwam liepen ze snel weg. Daar stonden ze op hun geitenwollen sokken. 'We hebben dit slecht voorbereid,' zei Bibi. 'Maar er komt een dag dat de heren hier bij de deur zullen buigen als ik binnenkom. Dan zal ik naar de vergaderzaal gaan om de beraadslagingen te onderbreken.'

Er kwam een ordebewaker op ze af. Om te vertellen dat het Binnenhof geen parkeerplaats was voor motorfietsen. Dat begrepen ze best. Het was heel normaal. Ze zouden zich snel weer uit de voeten maken. Maar er hing toen al iets in de lucht, je kon niet precies zeggen wat het was – de aanvaring tussen Bibi en Stülpnagel, die nog niet helemaal verwerkt was, een onderhuidse agitatie – omdat er hier een soort eindpunt bereikt was, dat het hier opeens niet meer verder ging.

'Laten we maar gaan,' zei Stülpnagel.

De ramp van de dag, die zich binnen een paar minuten voltrok, begon met de verschijning van een paar echte Hells Angels. Een eigenaardig schouwspel, dagjesmensen uit de hel, die stomverbaasd waren over wat ze zagen. Met een haast niet te onderdrukken ergernis bleven ze staan kijken naar de motoren op het midden van het Binnenhof. Waarom waren ze zelf dit pleintje niet op komen knetteren? Nu moesten ze deze branie gunnen aan het softe clubje verderop, meer uitgedost als mannequins dan als motorduivels. En dan die motoren! Allerlei mislukte varianten en kopieën van het enige echte, ware metaal. Ze konden er wel tegenaan trappen. En dat deden ze ook. De motor van Huf viel om. Huf kwam meteen aanlopen om zijn motor weer overeind te zetten.

'Rot op met dat stomme ding,' zei een van de Angels, die eruitzag als een kogelronde reclamezuil voor de hel, versierd met kettingen, gouden tanden en vet lang haar, waarmee hij zojuist de kont van Lucifer moest hebben afgeveegd.

'Rot zelf op,' zei Huf.

Bibi kwam erbij. Met een opgestoken middelvinger stond ze de heren te woord.

'Zijn jullie nou Hells Angels?'

Ze keken haar spottend aan, lurkten aan de bierflesjes in hun handen.

'Jullie zien er helemaal niet uit alsof jullie uit de hel komen. Jullie zien eruit als vieze vuile vetvlekken.'

De dikste zette de hak van zijn laars tegen een motor.

'En jij ziet eruit als Billie Turf op wielen,' krijste Bibi.

De Angel had met open mond naar haar geluisterd. Hij trapte de Harley van Bibi om.

'Grote klootzak!' Bibi begon uitvoerig te schelden. 'Hoepel op.' Heel begrijpelijk, maar ook veel riskanter dan alles wat ze de afgelopen periode had gedaan of gezegd. Stülpnagel was erbij komen staan om de gemoederen tot bedaren te brengen, hij wilde helpen om Bibi's Harley overeind te zetten. Wat Bibi kon, met woorden, dat kon hij ook, en misschien wel meer. Hij bulderde dat het afgelopen moest zijn. Maar de Angels vonden hem alleen maar grappig. Ze duwden hem weg. De Angels hadden losse handjes. En ze lachten gul.

Was dit nog een spel? Waren dit de broeders van de ronkende uitlaat?

Het duwen en trekken werd ergerlijk. Stülpnagel verdroeg geen aanrakingen. Toen de dikke hem zogenaamd speels op zijn buik bleef tikken verloor hij zijn zelfbeheersing.

Hij wierp zich op de dikke knul en belandde meteen in een worsteling met de andere Angels. De collega's stonden erbij, in stomme verbazing. Waarschijnlijk gingen ze er nog steeds van uit dat het incident snel voorbij zou zijn. Misschien was het toch een dolletje.

Maar het pleit was in een oogwenk beslecht. Stülpnagel hing als een vreemd ding op de borst van de dikke, werd toen op de grond gekwakt, werd geschopt en op zijn hoofd geslagen. Er viel weer een motor om.

Stülpnagel trok zich terug, er leek in eerste instantie niets ernstigs aan de hand te zijn. Hij had een paar oppervlakkige schaafwonden. De dagjesmensen op het Binnenhof bleven inmiddels niet langer nieuwsgierig staan kijken wat er aan de hand was. Ze vluchtten weg door het nauwe poortje. De ordebewaker riep bevelen in zijn telefoon en in de richting van een raam dat opengeschoven werd. Sommigen hadden gezien dat er benzine lekte uit een van de omgevallen motoren. Een brandende sigarettenpeuk flitste door de lucht en belandde precies op de dikker wordende stroom brandstof.

Daarna voltrok het drama zich razendsnel. Terwijl iedereen terugdeinsde bleven de Hells Angels bij de brandende motor staan. Het was alsof ze zich op dit plein ineens thuis voelden. Maar ook Bibi bleef in hun buurt. Ze vloekte nog steeds, met schorre stem, terwijl de rook het pleintje begon te vullen. Ze danste om de dikke lijven heen, met vreemde gebaren en bewegingen, graaiend en grijpend, als in een delirium, terwijl de ene na de andere motor door de vlammen werd gegrepen, en zo vormde zich een brandstapel, met daaromheen de lachende gezichten en blikkerende tanden van de Angels. Het sudderende rubber van de banden vulde het intieme pleintje met een walgelijke stank, en een dikke walm die het Binnenhof bijna onzichtbaar maakte. Achter de ramen verschenen tientallen somber kijkende gezichten, sommige af en toe even beschenen door de gloed. Toen de brandweer verscheen werd het beeld apocalyptisch:

mannen die slangen uitrolden in de hitte en de walm, naast het hete staal, terwijl op de achtergrond drie uitzinnige Hells Angels werden omringd door een overmacht van bange, voorzichtige agenten, die er later in slaagden de Angels met de handen op de rug geboeid als slachtvarkens af te voeren en in hun arrestanten-auto's wegstoven uit dit inferno, waar stank bleef hangen, alsof er zojuist een ketter was verbrand.

•

Paul en Bibi vouwden samen een laken op, dat daarna door Bibi nog even op de strijkplank werd gelegd. Ze ging eroverheen met de strijkbout, met haar bovenlichaam vooroverleunend. Paul stond ernaar te kijken als naar een gevaarlijk trapezenummer in een circus.

De laatste vergadering met Bibi als voorzitter en officiële direc-teur leidde bijna onmiddellijk tot een discussie over haar positie. Ze werden getroffen door haar sufheid, apathie. Het was alsof ze kleiner werd, ineens tot haar ware proporties was teruggebracht. Jarenlang was ze in hun ogen groter geweest dan een normaal mens. De mens Bibi was een schaalmodel geweest van het feno-meen, dat opeens niet meer bestond. Ze leek Andreas veel ouder geworden. Misschien had ze verwacht dat de collega's haar met een grote meerderheid zouden wegstemmen. Maar dat gebeurde niet. Ze gaf zelf plotseling te kennen dat ze zou aftreden. Ze stond op, liep het gebouw uit, en werd niet meer gezien.

'Wat heb je gedaan?' vroeg Andreas. 'Ik heb je zeven jaar niet ge-zien. Wat heb je gedaan in al die jaren? Waar heb je je verstopt?'

'Ik wilde begrijpen wat me dreef, wie ik was. Ik ben een tijdje in therapie geweest. Om het beest in mij te temmen.'

Ze staarden naar het uitzicht van de kleine, intieme tuin, die de illusie wekte dat hij onmetelijk groot was. Het bewind van Bibi was voorbij.

'Denk je er nog weleens aan terug?'

'Natuurlijk.'

'Hoe kijk je er nu tegenaan?'

'Weet je, in die tijd was ik volledig mezelf. Je hebt geen idee hoe aangenaam dat is.'

Ze maakte een gebaar alsof ze de tuin zegende en daarmee het verleden wegschoof.

Nu was het tijd voor vederlichte kwesties, ver weg van de zware luchten die Bibi kon oproepen. Paul moest een paar keer diep ademhalen. Voorlopig zou hij geen vragen meer stellen. Het zou langzaam donker worden, ze zouden nippen van de wijn. Ze zouden proberen te babbelen over banaliteiten, luchtbelletjes die uit hun monden kwamen en bijna direct uiteenspatten.

'Is dat een buxushaag?' vroeg Andreas, wijzend op het hofje achter in de tuin.

'Dat is een haagbeuk; die groeien heel langzaam.'

Hun ogen gingen loom heen en weer tussen de rozen en de clematis.

'Alleen om deze tuin zou ik al een relatie met Paul willen,' zei Bibi.

Zo zaten ze samen tussen de bloemen, rustig ademend, de vingers om het glas, verlangend om elk vederlicht thema direct aan te vatten, om de zinnen te verzetten, pratend over fijne dingen, pasgeboren koetjes en kalfjes, leuke herinneringen, kwinkslagen die niet te hard aan zouden komen. Ze zouden voelen hoe het bloed vrolijk door hun lijven stroomde. Ze waren eraan toe. Het leek alsof het een gewone zomerse avond zou worden na deze wervelende herinneringen. In Nederland had je elk jaar maar een paar van dit soort avonden. De ideale temperatuur om je in de buitenlucht volkomen behaaglijk te voelen. En om over van alles te praten. De rust zou weerkeren. Maar al gauw bleek dat rust in de nabijheid van Bibi een illusie was.

•

Hij hoorde Bibi opeens de naam uitspreken. Paul hoorde het ook. Het was alsof Bibi's stem nieuwe letters en klanken schiep, klanken die een wereld opriepen, het werd een naam die een heldere gloed veroorzaakte. Een toverwoord dat aan de hemel verscheen als een komeet. In eerste instantie leek het overigens heel normaal. Op datzelfde moment waren er in Amsterdam misschien wel honderd andere tuinen waar gesprekken werden gevoerd over de man die deze naam droeg, en over zijn werk. Of over zijn exhibitionistische karakter. Waarom zou Bibi niet opeens zijn naam kunnen uitspreken? In een bijzin, in een terloopse opmerking. Je zou bij wijze van spreken in slaap kunnen vallen omdat het zo alledaags was. Paul was opgestaan en naar de keuken gelopen. Wat was er gebeurd? Bibi had het boek beetgepakt.

'Felix Metzelaar,' zei ze.

Ze sprak de naam nog eens langzaam en ritmisch uit, om de faam van de schrijver te benadrukken.

'Felix Metzelaar.'

Bibi had de mannen weer wakker geschud en even later, toen Bibi in het voorbijgaan een aanvullende opmerking maakte, sloeg de komeet met veel geweld tegen de aarde. Een voetnoot waarmee ze alle begroeiing van haar eigen tuin verschroeide.

'Daar heb ik toen even iets mee gehad.'

Hadden ze het goed verstaan?

'Wat hoor ik daar?' fluisterde Paul, die zijn hoofd bij de keukendeur naar buiten stak. 'Heb jij iets gehad met Felix Metzelaar?'

Even later kwam hij naar buiten, met de fles en de kurkentrekker, en zakte achterover in zijn stoel, de handen dramatisch aan het hoofd.

'Dat heb je me nooit verteld.'

Bibi schoot in de lach en wilde eigenlijk meteen overgaan op een ander onderwerp. Dat zouden de heren haar toch wel toestaan? Hadden ze zelf geen herinneringen aan kortstondige affaires, bijvoorbeeld in de roerige jaren zeventig? Bijschenken dus. Babbelen, zomerse invallen over het weer en de vakantie. Let niet te veel op mij. Ik heb niks gezegd. Geen aandacht aan besteden, niet belangrijk. Laten we het gezellig houden, en licht.

Overal in aangrenzende tuinen zaten mensen buiten te eten, te drinken, te praten of zomaar te genieten van de heerlijke avond. Andreas nam weer een slok wijn, wat hij beter niet kon doen. Maar van controle was allang geen sprake meer. Hij kon het allemaal niet meer volgen. Er klopte niets meer van. Zelfs de zwaartekracht liet het afweten. Hij was van de grond gekomen en de ruimte in geschoten. Tussen de boomkruinen kon hij de tuin nog steeds zien en opvangen wat er gezegd werd. Hij hoorde de messen en de vorken.

'Is dat echt waar, Bibi, had jij een relatie met Felix Metzelaar?'

'Doe niet zo raar, wat is daar nou zo vreemd aan?'

'Wanneer was dat dan?' vroeg Andreas.

'Dat is eeuwen geleden.'

Het was alsof Bibi perfect aanvoelde wat er door hem heen ging, en vast en zeker ook door Paul, die eeuwen later opeens met de brokken zat, vreemde brokken, die hem werden toegeworpen, achteloos, op een mooie zomeravond die ineens veranderde.

'Jongens, doe daar nou niet zo opgewonden over.'

Andreas streek weer neer op zijn stoel, beschonken, misselijk en bijna bewusteloos. Het zitten was onprettig, alsof hij elk ogenblik kon overgeven. Hij steeg weer op en hing zo stil als hij kon boven de tafel. Probeerde te luisteren. Inderdaad, ze had gelijk. Je moest wel een abnormaal hartstochtelijk mens zijn om daar zo veel jaren later nog pijnlijk door te worden getroffen. Maar Paul zat recht overeind met de armen over elkaar, alsof hij stomverbaasd was.

'Jullie zijn ineens zo geagiteerd,' zei Bibi.

'Geagiteerd?' zei Paul met een paar enorme ogen. 'Wij zijn helemaal niet geagiteerd. Wij zijn kalm.'

Het bleef even stil. Ze hoorden de metalige tikken op de borden bij de buren. De zomeravondrust keerde weer terug.

'Ik ben nog altijd boos op die man,' zei Bibi ineens.

'Hoezo? Op die gozer?' vroeg Paul met enig sarcasme. Bibi's boomlange vriend was net bezig met een nieuwe poging om de fles open te trekken.

'Ik wil dat wel horen, hoor, schat, dat verhaal over jou en Felix, echt waar.'

Met veel zuchten en steunen stond hij met gestrekte arm kracht uit te oefenen zonder dat de kurk omhoogkwam. Hij maakte woeste gebaren en rauwe geluiden, zwaaide dreigend met de fles, als een dorstige kapitein Haddock. Paul wilde weten waarom ze nog steeds boos was op die man, maar ze gaf geen antwoord en dat maakte hem kribbig.

'Heeft hij je afgewezen?'

Maar zo simpel lag het niet. Heel langzaam schudde ze haar hoofd. De maaltijd ging weer gewoon verder, met de in en uit lopende Paul, die er niks meer over zei. Een gewone fijne avond in augustus. Maar er zijn van die dingen, doodgewone dingen, die je vergeten bent en die helemaal niet belangrijk zijn, die toch blijven knagen. 'Wat was het ook alweer?' vroeg Paul zich hardop af. 'De vleugelslag van een mus op een besneeuwde boomtak in Peking?' Hij rukte uit alle macht aan de kurk.

'Du Scheissflasche! Bouteille abominable!'

Bibi kwam overeind en samen legden ze een hand op de flessenhals en de andere hand om de kurkentrekker. Maar hoe ze ook trokken, de kurk bleef vastzitten.

'Praten jullie rustig verder,' zei Paul.

Toen hij de naam Metzelaar weer hoorde deed hij alsof het hem niet interesseerde en liep met de fles naar binnen. Ze hoorden hem brullen, in zijn clowneske taaltje. 'Amforo pathetico! Vino impertinente!' Nu Paul er even niet bij was leek de toestand iets minder ongemakkelijk. Bibi zei dat ze nog een appeltje met Metzelaar te schillen had. Andreas vond het raar, beweerde hij, zo dronken als hij was: al zo lang geleden en nog steeds die appels die geschild moeten worden.

'Al bijna vijfentwintig jaar.'

Uit zichzelf kwam Bibi er niet op terug. Het onderwerp Metzelaar leek weg te drijven. Andreas was nu zo dronken en zo opgewonden door het horen van die naam dat hij het niet meer aankon. Het was te veel. Hij was er niet meer. Als er ooit behoefte was aan een moment van reflectie en kalmte, dan was het toch op dit ogenblik. Hij was nog buiten adem van zijn verhaal, van het schandaal op het Binnenhof. Hij had geprobeerd in een half uur iets samen te vatten wat je helemaal niet kón samenvatten. En nu dit weer. Hij wilde even rust.

Paul kwam naar buiten met een andere kurkentrekker.

'Ik ga er lucht onder persen, dan komt hij omhoog.'

Maar de kurk bleef op zijn plaats.

'Boccàle fascistica!'

'Misschien heeft Bibi een andere fles?'

'Ze heet Ramona, hoor, Ramona Fromm.'

'Jongens, toe.'

Paul observeerde Andreas aandachtig, nadat hij de fles met

een zucht op tafel had gezet. Hij keek met een professionele strengheid, alsof hij Andreas in één oogopslag de pols opnam, en de rest gelijk ook even controleerde – hartslag, bloedsuiker-spiegel, mentaal evenwicht –, en dat alles volkomen laconiek, vanuit beheersing. Ik heb dat even voor je vastgesteld. Doe ermee wat je wilt. Maar misschien wilde hij iemand de hersens inslaan met die rotfles. Bibi kwam met een nieuwe fles, die ze zelf ont-kurkte, en vertelde, ter afleiding, het verhaal over haar relatie met Paul: dat ze meteen viel op zijn humor, dat ze niet langer onzicht-baar wilde zijn na de stormen op het Instituut, dat hij haar be-greep, een huis gaf met een tuin om in op te gaan.

'Want ik had mijn hand overspeeld, dat schept toch een be-hoefte om er niet meer te zijn, niet meer op die manier, je moet er een punt achter zetten, je moet gewoon weg.'

En weggaan, dat was haar specialiteit.

Andreas observeerde vanuit het heelal haar bewegingen om te zien wat er over was gebleven van haar vroegere uitstraling. Ze had die ene baan gehad die samenviel met talloze baantjes, de hele sector van het menselijke bedrijf had ze bij wijze van spre-ken bediend, ze had zich ervoor opgeofferd, de mooiste jaren van haar leven was ze verbonden geweest aan het Hoger Instituut Voor Uitbeelding Van De Ware Werkelijkheid; als baas van die werkelijkheid had ze zonder enige schroom alles uit de kast ge-trokken, met alle tumultueuze gevolgen van dien, en je kon nu zien wat het met haar gedaan had, hoe zij geleidelijk veranderde, hoe de tijd tekeningen maakte in haar vlees, nieuwe gravures die gewoon over de oude heen gekerfd werden; elke keer als hij van-uit de ruimte even naar haar keek, zag hij weer een nieuwe Bibi, alsof hij in een flits op en neer schoot tussen toen en nu, hij zag de vele jaren ertussen, de aantasting van zijn droom; er waren momenten, daar hoog in de hemel, dat hij de drang voelde om dit proces stop te zetten – stop, dit kan zo niet verder gaan, straks herken ik je niet eens meer als ik je op straat tegenkom. Want hier en nu was ze in zijn ogen mooier dan ooit.

Paul deed zijn uiterste best om serieus genomen te worden, om zijn ironie te beteugelen. Hij zou misschien liever een komisch nummer hebben opgevoerd met de fles die niet open wilde, 'You fucking bloody bottle!' Terwijl hij met zijn lange vingers lijnen trok over de tafel pakte hij de draad weer op.

'Ik zal je iets onthullen, Andreas, iets wat me bezighoudt. Ramona verzwijgt nog iets. Er is hier iets aan de hand, ik weet ongeveer wat het is, maar er komt steeds weer iets anders bij en daardoor kan ik er niet goed greep op krijgen. Ken je dat, Andreas? Dat er steeds weer iets nieuws de kop opsteekt. Ik kan daar niet tegen, snap je, ik word er gek van. En nu is er alweer een onbekende episode opgedoken uit het bestaan van de mysterieuze Ramona Fromm. Het houdt niet op. Ik kan er niet tegen en toch hou ik van haar.'

Een aardige man, dacht Andreas, aardig en kwetsbaar. Vanbinnen waarschijnlijk een kolkende oceaan, ten prooi aan de grillen van Bibi, voortdurend heen en weer geslingerd. In dat opzicht misschien een pechvogel omdat hij met haar samenwoonde. Maar Andreas was er niet veel beter aan toe. Zijn hunkering naar zijn oude vlam Bibi, voor de zoveelste keer volstrekt onbereikbaar, moest zo groot zijn dat zijn hersens de waanzinnige drang om alles over haar te weten niet aankonden. Hij verzette zich tegen de slapte in zijn hoofd, tegen het verlangen om weg te dromen en zich dan maar over te geven aan de vreemde macht van dit mens. Uit alle macht hield hij zijn ogen open, keek haar aan, doopte een paar vingers in een kom water en bette zijn gezicht.

Maar toen werd alles zwart. Hoe het diner verder verliep kon hij zich later niet herinneren. Na de eerste flessen wijn moest er een moment geweest zijn dat hij opeens uit de avond verdween, alsof hij elders verplichtingen had. Maar hij was nog wel aanwezig en liet dat merken ook. Dat werd hem de volgende dag duidelijk gemaakt. Het moment van verdwijnen probeerde hij zich later voor de geest te halen. Het hoofdgerecht was in aantocht, dat herinnerde hij zich. Hij wist dat er iemand in de keuken stond te zingen, dat er iemand naar buiten kwam met een dienblad. En toen? Na dat dienblad? Van koffie of een dessert wist hij naderhand niets meer. Laat staan van een digestief. Of gezellig natafelen – want dat kon hij heel goed, daar was het om begonnen, dan kwam het allemaal naar boven, het diepe genot op de tong en in het hoofd, van dingen zeggen die je overdag voor je hield en die je nu op tafel legde, tot algemene vreugde, uitvoerig alle roerselen uit de ziel opdiepend, eraan zuigend en erop sabbelend, als op de zachte scheutjes van een zorgvuldig gekozen armagnac.

Deel twee

'A great writer creates a world of his own and his readers are proud to live in it.'

CYRIL CONNOLLY

De volgende ochtend zat hij met een kater aan de ontbijttafel in de tuin. Hij was wakker geworden op een smal bed in een piepklein kamertje. Wakker en beroerd. Het leek hem onmogelijk om op te staan. Daar zouden bovenmenselijke krachten voor nodig zijn. Hij kwam overeind om een slok water te drinken en viel meteen weer achterover. Elke beweging deed pijn. Zo lag hij nog een uur te suffen. Hoorde stemmen in de tuin. Paul die hijgend terugkwam van een rondje joggen door het Vondelpark.

'Ligt ie nou nog in bed?'

Toen hij een douche had genomen en zich beneden in de tuin aandiende werd hij met enige reserve begroet. Ze zeiden dat hij zo dronken was geweest dat ze hem daarom op zolder in een bed hadden gelegd. En dat hij zich had misdragen.

'Misdragen. Ik? Maar hoe dan?'

Ze waren heel verbaasd dat hij het kwijt was.

'Dus je weet niet wat er gebeurd is?'

'Nee, ik herinner me niets van gisteravond, wat is er dan gebeurd?'

Het bleef stil.

'Wat raar dat je dat niet meer weet. Weet je het echt niet?'

Alarm!

'Ik was hersendood.'

'Ik had het wel in de gaten,' zei Paul, 'dat er hier een man vertoefde die het heel moeilijk had.'

Ze wilden er niet over praten, dat voelde Andreas. Maar hij was hun gast – konden ze hem niet terugbrengen naar de werkelijkheid, op beide benen neerzetten, door in een paar woorden te schetsen wat zich had afgespeeld?

Bibi kwam met koffie en muesli uit de keuken.

'Ja, je was helemaal van streek over die totaal oninteressante affaire.'

'Noem jij dat maar oninteressant,' zei Paul.

Die woorden van Paul raakten een snaar – alsof hij balanceerde tussen zijn gewone ironie en bittere ernst – en het leek heel even alsof Andreas zich plotseling alles weer herinnerde. Maar de vorige avond bleef een zwarte vlek. Hij keerde tastend terug naar het gespreksthema. Paul vertelde hoe de avond was begonnen met een samenvatting van het bewind van Bibi op het Instituut.

'Was ik daar zo opgewonden over? Over die affaire?'

'Nee, je was opgewonden over iets anders, iets wat daarna kwam.'

'Wat was dat dan?'

'Iets wat jij niet wist, en ik trouwens ook niet. Iets wat nog langer geleden was.'

Andreas nam een hap van zijn muesli, maar het smaakte hem niet. Het zou nog uren duren voor hij iets door zijn keel kreeg.

'Je hebt een rel geschopt over die Felix Metzelaar. Weet je dat ook niet meer?'

Nee, hij wist het niet.

'Wel terecht, overigens,' zei Paul, 'dat je herrie maakte.'

Er was geen spoor van Metzelaar te vinden, alles was nog pikzwart. Misschien moest hij een algemene opmerking maken over Metzelaar, om te zien of ze erop reageerden.

'Je kunt van die man vinden wat je wilt,' zei Andreas, in een poging om weer aan te haken bij het punt waar hij meende dat hij de vorige avond was weggezakt. 'Maar er bestaan nu eenmaal mensen die iets betekenen.'

Paul en Bibi namen allebei tegelijk een hap van hun muesli en zaten te kauwen.

'Wat betekent hij dan?' vroeg Bibi.

Hoewel Andreas een kater had en niet zeker wist of hij zo dadelijk moest overgeven, was er niks aan de hand met zijn fantasie.

'Allure,' zei Andreas, 'iets belangrijks dat boven het persoonlijke uitstijgt, iets algemeens, zoals Schiphol of het Deltaplan.'

'Het Deltaplan?' zei Paul met een vies gezicht.

'Ja.'

'Felix Metzelaar beschermt het Nederlandse volk niet tegen het water.'

'Nou ja, of een nationale feestdag, of het Holland Festival.'

'Dus jij vergelijkt Felix Metzelaar met het Holland Festival,' zei Bibi met een spottend lachje.

Ook deze vergelijking was heel ongelukkig. Het Holland Festival was niet meer wat het ooit geweest was. Een geur van hoger honing werd vroeger vanuit het culturele centrum van de gemeenschap over de rest van het volk verspreid. Als je nu om je heen keek zou je denken dat er iets heel anders verspreid was en dat er behoefte bestond aan een algehele schoonmaakactie, alle bevlogen burgers met bezems en dweilen op straat en in de instituten, om het volk een echt lesje te leren. Nee, het Holland Festival bezorgde deze ochtend geen inspirerende impuls.

'Hoe dan ook, je wou hem graag leren kennen,' zei Paul.

'Natuurlijk wou ik dat,' zei ze heel vanzelfsprekend. 'Ik wilde hem interviewen.'

'Maar, wacht even,' zei Paul, 'je vond hem dus vreselijk.'

'We gaan niet dat hele gesprek overdoen,' zei Bibi.

'Nee, er komt iets nieuws.'

'Ik vond het een kwal.'

In gedachten ging Andreas terug naar iets wat Bibi hem ooit op het Instituut had verteld. Dat ze op de middelbare school van plan was geweest om naar Metzelaar toe te gaan voor een interview. Dat was niet zo eenvoudig gebleken. Hij deed gewoon niet open als je bij de voordeur aanbelde en hij had een geheim telefoonnummer. Er waren nu eenmaal honderden of misschien wel duizenden middelbare scholieren, voorzitters van leesclubs, redacties van schoolkrantjes, verslaggevers, roddelbladen, en allemaal wilden ze ooit een gesprek met Felix Metzelaar. Hij had destijds begrepen dat haar zoektocht naar Metzelaar was doodgelopen. Maar Bibi was niet het type dat na de eerste poging opgaf. Ze had dus wel degelijk zijn pad gekruist. Later. Er was geen interview gevolgd, want daar had hij geen zin in. Hij had alleen maar zin in haar.

'En jij?' vroeg Paul. 'Jij vond Metzelaar vroeger toch ook een kwal?'

'Zo simpel lag het niet,' zei Andreas.

'Een kwal is een kwal.'

'Nou,' zei Bibi, 'nou...'

Ze rekte de woordjes uit alsof ze wilde aangeven dat een kwal ook heel mooie en fijne eigenschappen bezit. En nu merkte Andreas dat het hem stak. Zijn liefde voor Bibi en zijn bewondering voor Metzelaar zaten elkaar in de weg.

'De kwallen van twintig of dertig jaar geleden doen ons geen pijn meer,' zei Paul. 'Die zijn verteerd. Vandaag de dag zijn er weer nieuwe kwallen die ons kwellen.'

Uit alle macht probeerde Andreas iets terug te vinden. Paul had niks geweten over Bibi en Metzelaar. Daarom was de vorige avond troebel geworden: omdat er zoveel aan de hand was dat dronkenschap onvermijdelijk werd. En de black-out van Andreas was een sportieve geste van de gast die zich terugtrok uit het terrein van een huiselijk conflict dat opeens zou kunnen oplaaien. Zo kon je de kwestie samenvatten. Maar nu, bij dit heldere daglicht, was hij ondanks zijn misselijkheid nieuwsgierig. En nu voelde hij ineens weer de drang die hem de vorige avond had voortgedreven, dwars door een dikke muur van hoog gras, op weg naar de geheimen van een ondoordringbaar continent. Het kwam terug in zijn lijf en in zijn hoofd: ik moet de historie van deze romance vastleggen, mijn ogen en oren openhouden, en mij zonder enige schaamte laten sturen door dit verlangen naar het oerwoud en de wilde dieren, om uit te komen op een geheime plek, om iets recht te zetten – ja, om op die plek de belichting zodanig te wijzigen dat deze mensen zullen zeggen: ja, zo kun je het ook bekijken, dat is misschien nog wel dichter bij de waarheid, en het is mooi, het doet me iets, vraag me niet wat, maar het raakt me. Was de liefde tussen Bibi en Felix Metzelaar hevig geweest? Was er nog altijd iets van over? Andreas verbaasde zich over zijn ergernis. Hoe was het mogelijk dat hij zo-veel jaren later nog afgunstig kon zijn vanwege een banale flirt. Te dwaas voor woorden. Maar het deed nu eenmaal pijn, vroeger deed het pijn en nu deed het weer pijn. Bibi was onbereikbaar, er kwam altijd iets tussen, hier die eigenaardige Paul, en nu weer dat verwarrende verhaal over Metzelaar. Er schoof altijd iets of ie-mand tussen. Bibi luisterde afkeurend toen Paul de naam verbas-terde – Mestemaar, Stempelaar –, maar schoot in de lach toen hij een kwal probeerde te imiteren.

'Nou ja zeg!'

Het leek een bittere lach, en die lach maakte de verwarring bij Andreas nog groter.

'Doe niet zo moeilijk over Metzelaar.'

Ze sprak de naam Metzelaar smalend uit, wat misschien haar goed recht was, niemand wist tenslotte wat zich precies ooit had afgespeeld, maar het kwam op Andreas over als een ontheili-ging. Als een openbare belediging aan het adres van een al-gemeen gewaardeerde landgenoot. Kort gezegd kwam het erop neer dat Andreas woedend was. Hij had het gevoel dat hij weer helemaal terug was op het spoor van de vorige avond. Waarom zei Bibi onaardige dingen over Metzelaar? Besefte ze wel hoe voornaam hij was? Ze was uitverkoren, had een moment het geluk geproefd om Metzelaar van nabij mee te maken. En nu ging ze op hem zitten afgeven. Was ze nou helemaal besodemieterd! Het uitverkoren jonge meisje mocht later niet bitter zijn over zo'n ongewone ontmoeting. Ze moest blij zijn en gelukkig dat ze heel even zijn gezegend leven mocht raken.

'Het is een groot voorrecht voor zo'n jong ding, en dan ook nog een affaire, neem me niet kwalijk, dat spreekt toch niet vanzelf.'

Ze vonden het curieus dat hij dit zei en vergaven hem omdat hij een kater had.

'Zoiets zei je gisteravond ook al.'

De gastheer knikte hem bemoedigend toe, alsof hij wilde zeggen: ik sta aan jouw kant, ik begrijp het wel. Paul scheen bevangen te zijn door eenzelfde belangstelling. Hoe was die banale flirt in zijn werk gegaan? De mannen zaten uitdagend te wachten of er nog wat kwam. Kom nou, Bibi, het is al zo lang geleden, licht een tipje op van de sluier. Voor de lol.

'Je woonde toch in Venray?' zei Paul.

'Soms was ik in Amsterdam. Dan zat ik bij een vriendin.'

'Ga door,' zei Paul, 'spreek ons toe.'

'Ik heb een tijdje met Het Parool op het Stationsplein gestaan. Toen heb ik hem ontmoet.'

Daarmee was voor haar de kous af, meer was er niet over te zeggen.

'Wanneer was dat?'

'Dat weet ik nog heel goed: in 1973, omdat ik me de krantenkoppen nog herinner.'

Ze haalde een hand door haar haar en glimlachte.

'Dus toen was je zeventien,' zei Paul nadenkend. Hij schoof

onrustig heen en weer op de zitting van zijn stoel. 'Godsamme! Een vent van vijftig met een meisje van zeventien.'

'Hij was geen vijftig.'

Ze zaten alle drie te denken aan het getal 17.

'Vertel verder,' commandeerde Paul.

'Hij kwam een keer een krant bij me kopen en bleef toen voor me staan. Gewoon, zonder iets te zeggen. Ja, god. Een man die naar je staat te kijken. Aandachtig, zoals een toerist kan kijken naar de klimop op onze lantaarnpalen, of de lelijke ingang van de metro. Kijken. Toen vouwde hij de krant open en las staande. Daarna keek hij over de krant weer naar mij, alsof ik veel interessanter was dan het nieuws. Misschien vergeleek hij mijn profiel met dat van Joop den Uyl, of met het profiel van het Centraal Station. Ik vond hem inderdaad een kwal van een vent. Een totale engerd.'

'Aha,' zei Paul, 'dat is tenminste een houvast. In elk geval zal die Metzelaar niet zonder slag of stoot met de eer gaan strijken. Hij zal al zijn verleiderskwaliteiten uit de kast moeten halen.'

Paul boog voorover, in zijn handen wrijvend als iemand die op het punt staat een heerlijk hapje te verorberen. Andreas probeerde nog steeds koortsachtig de gebeurtenissen van de afgelopen avond en nacht te reconstrueren. Hij merkte dat er een aspect verscholen bleef, dat er iets belangrijks was gebeurd de vorige avond, dat voor de gastvrouw en gastheer heel spannend was, maar ook voor Andreas, iets wat hij niet mocht missen. Was deze avond, met de dronkenschap en het overnachten en de geheugenstoornis, onderdeel van het verhaal dat Bibi vertelde? Er was iets eigenaardigs in hun gedrag. Wat was het woord? Omfloerst? Misschien dachten ze dat hij er toch bij was geweest, dat hij alles wat er gezegd en gebeurd was had opgeslagen. Andreas voelde dat hij even wegzakte. Sloot zijn ogen, opende ze toen weer – een paar seconden later? een minuut? – en hoorde haar stem.

'Het leek me niks om hem te zijn,' zei Bibi. 'Zo'n man die overal bekend was en die door iedereen een arrogante kwal werd gevonden. Als je zijn naam noemde, dan was de reactie steevast: die engerd!'

'Heel juist,' juichte Paul.

'Een week later stond hij weer voor mijn neus. Op zich niks bijzonders. Ik had vaste klanten. Vaak keek ik niet eens naar de mensen die een krant bij me kochten. Ik zag eigenlijk alleen een hand die me het geld gaf, en zelfs dat vaak niet. Hij zei iets wat ik niet verstond. Ik ging er niet op in. Man, hoepel op. Je hebt elke dag van die mensen die denken dat je een stuk straatmeubilair bent waar je alles tegen kunt roepen of waar je tegenaan kunt wateren. 'Hé, schoonheid!' zei hij. Dat vond ze ordinair.

'Maar ja,' zei Paul, 'die man moest toch iets hebben, dat kon niet anders, je wordt niet zomaar beroemd.'

Hij was toen al wereldberoemd, in elk geval in de buurt van het station.

'Ik had dit boek van hem gelezen,' zei ze, wijzend op het exemplaar van Andreas, 'over zijn ervaringen in de eerste oorlogsdagen.'

Ze vond het een jongensboek en begreep niet waarom iedereen daar zo weg van was. Maar het had wel iets, zeker, het had iets. 'Hij heeft me een eerste druk gegeven, met een opdracht. Ik heb het nog ergens liggen.'

'Mag ik het eens zien?' vroeg Andreas.

Terwijl ze het huis binnenging om ernaar te zoeken luisterden de mannen naar haar voetstappen, het opengaan van deuren, geritsel, geschuif met stoelen, stilte.

Hij dommelde weg in een droom, een documentaire over Metzelaar: *De opmaat naar Felix*, een film met een eindeloos lang durende inleiding door een vrouwelijke professor in de Nederlandse letteren. Over de jeugd van Metzelaar, over de oorlog als zijn belangrijkste thema, over de enorme status van zijn eerste boek op de middelbare scholen. Het stond op alle lijsten. En toen schoot Andreas weer wakker. Achter in de tuin zag hij een bloempot liggen, aan diggelen, alsof ermee gegooid was, de aarde zinloos verstrooid op het pad, de scherven van de pot eromheen. Hij wist zeker dat die scherven er gisteravond niet hadden gelegen. Gewaaid had het ook niet. Misschien moest hij zoeken naar meer van zulke details.

Bibi kwam naar buiten met een oude beduimelde pocket.

De Hitlerkus. Het debuut van Metzelaar uit 1949. Het lag nu op tafel naast de fraaie, veel dikkere, nieuwste editie van Andreas.

'Is dat vodje hetzelfde boek?' riep Paul uit.

'Heb je het ooit gelezen?'

'Nee,' zei Paul, 'van die man heb ik niks gelezen, en dat zal ook zo blijven.'

Met een vies gezicht duwde hij tegen de lucht als het te dicht in zijn buurt kwam, alsof hij bang was om het aan te raken en erdoor besmet te worden. Hij gaf een snelle verhandeling over zijn verhouding tot Metzelaar en alle andere artiesten. Paul had niks met kunstenaars en hun kunstjes. Commerciële handstandjes, spielerei van vrije geesten, zogenaamd belangeloze aanstelleritis. Maar de ergste kunstenaars vond hij degenen die hun kunstje vertoonden met de pretentie dat het kunstje ergens over ging, dat ze op de proppen kwamen met nieuwe informatie. Maar dat was nooit het geval. Meestal werd je niet eens diep geraakt.

'Ik zie toch waar het over gaat? Als die man voorbijkomt op straat, dat zie je toch, of je moet wel stekeblind zijn. Daar hoef ik zijn boeken niet voor te lezen.'

'Wat zie je dan?'

'Die zelfstrelende opzichtigheid, dat gloriëren, die frivole leegheid. Ik ben belangrijk!'

Andreas had het wel gelezen. Dit eerste boek van Metzelaar had hij altijd fascinerend gevonden, omdat het zo incorrect was, in veler ogen, en omdat het je toch ontroerde, omdat het ergens boven uitsteeg. Het bevatte een vreemde kijk op de gebeurtenissen van mei 1940. Een manier van schrijven die volslagen persoonlijk was, origineel en totaal los van alle conventies over goed en fout. Het einde van het boek had hem destijds diep getroffen en ook had het hem verbaasd dat hij er zo door geraakt was. Hij had altijd gedacht dat je zo moest schrijven: als een argeloos kind dat geen idee heeft met welke misdadigers het te maken heeft. Je moest overal naast staan, naast de juiste levenshouding, om goed te kunnen kijken. Je moest dit allemaal meenemen in je vertelling, op zodanige wijze dat het overtuigde als onderdeel van het verhaal, als iets wat niet gemist kon worden om het te begrijpen en om het te volgen, en vooral om ervan te genieten. Het raakte aan zijn persoonlijke fascinatie voor dat stukje verleden, waar hij evenmin van loskwam als Metzelaar. Andreas was van alles losgekomen, van verliefdheden, van passies, zelfs van zijn opwinding over het voetbal. Het enige dat hem nooit losliet was het jaar 1940.

'Jij zou het moeten lezen, jij zeker,' zei Andreas.

'God bewaar me,' zei Paul.

'Je moet het lezen, om het te begrijpen.'

'Spaar me,' riep hij uit. 'Bijna alle boeken die ik lees vind ik onecht, het is zo gemaakt, zo bedacht.'

Een sterk standpunt, een opvatting die Andreas in feite met Paul deelde. Maar toch ook choquerend. Hij zou hier en nu moeten aandringen op een experiment. Als Paul bereid was om het boek van Metzelaar te lezen, dan konden ze vaststellen hoe het zat. Alle mensen die het ooit gelezen hadden waren erdoor gegrepen, ook de tegenstanders van Metzelaar, ook de mensen die hem een kwal vonden. Het zou heel vreemd zijn als Paul het echt niks vond, dan klopte er iets niet met de wereld. Ze moesten de kwestie meteen aanpakken, ze zaten toch maar een beetje bij te komen van de vorige avond. Want het hield hem bezig. Waarom zou je iets lezen of geloven wat niet waar was? De enige uitzondering op deze leefregel was het circus. Je kon het ook anders noemen: de religie. Hij geloofde, hoewel hij niet precies kon zeggen waar hij nou eigenlijk in geloofde en ook niet wist of er een geloofswaarheid bestond. Over God hoefde je het niet te hebben, die bestond gewoon, als een degenslikker, als een vervelende buurman over wie geklaagd werd, een man die in een ontzettende rotzooi woonde en die soms opeens heel vriendelijk uit de hoek kwam. Het schrijven vatte hij op als een speurtocht naar het huis van die vervelende buurman. Vaak stond zijn deur wagenwijd open, maar niemand had de moed om er binnen te gaan, waarschijnlijk uit angst. Er kwamen geluiden uit dat huis, je hoorde soms gekreun als je langs zijn voordeur liep, of je hoorde hoe een deur met kracht werd dichtgesmeten. En 's nachts zijn voetstappen. Waar het om ging: dat het lezen van een boek iets met je kon doen. Omdat het je door die openstaande deur loodste. Heel even was je niet meer de buitenstaander, kwam je misschien dichter bij God. Het ging om de enige vraag die hem persoonlijk bezighield. Een vreemde stuwing die hem bij veel mensen in diskrediet bracht. Andreas, die altijd het naadje van de kous wil weten. Waarom eigenlijk? Wie dacht hij wel dat hij was?

Andreas zakte weer weg in de laatste resten dronkenschap, de kater kwam weer over hem heen hangen, hij verdween in de vacht, de warme, harige nevel die zijn verlangen naar slaap sterker maakte. Hij wou eraan toegeven, hier in slaap vallen, in de tuin, ze zouden het hem niet kwalijk nemen. Dan hield hij tenminste zijn brutale mond.

'Door sommige vrouwen wordt begeerte opgewekt,' hoorde

hij Paul zeggen. 'Eén op de honderd, als je het oppervlakkig bekijkt, één op de duizend als het over meer gaat dan zuiver seksuele begeerte, de totale begeerte die in staat is om alle bestaande verhoudingen omver te werpen. Denk er eens over na, sta erbij stil, in Nederland zijn er minstens vijfduizend van zulke vrouwen.'

De woorden waren tegen hem gericht, maar hij zakte weg.

'Het dringt niet meer tot hem door. Er zal toch niks anders met hem aan de hand zijn?' hoorde hij Bibi zeggen. Hij voelde haar hand op zijn rug. 'Wil je soms een bruistablet?'

Hij droomde dat hij een soort detective was: Andreas Klein, die een verdwenen avond uit zijn leven probeert terug te vinden, als Sherlock Holmes die op zoek gaat naar een verdwenen kind, of een moordenaar. Ze stonden allemaal om hem heen, al zijn kennissen en vrienden, in een grote kring; ze probeerden hem te helpen, maar hij boekte geen enkel resultaat. Bibi kwam naar buiten met een blad waarop een pot koffie stond, kopjes, een glas water en een bruistablet op een schoteltje. Ze zei: 'Wat nu?'

Hij werd wakker doordat ze met een hand aan zijn schouder stond te schudden.

'Er is verse koffie, maar je kunt natuurlijk ook nog blijven suffen. Of even gaan liggen.'

Meteen kwam hij overeind en nam een slok koffie. Voor hem op tafel lagen de twee boeken van Metzelaar. Zijn hand ging naar de oude pocket, die hij oppakte en doorbladerde. Hij bracht de vergeelde pagina's naar zijn neus, snoof het stof van de jaren op, zag de naam van de schrijver, met vulpen geschreven onder de tekst: 'Voor het meisje met *Het Parool*, muze.' De roman intrigeerde hem nog steeds. Een boek over het jaar dat zijn leven veranderde, ook al was hij er toen nog niet, over het jaar dat de Nederlanders allemaal hun onschuld verloren, zelfs degenen die nog niet bestonden. Het was toch wel vreemd dat Andreas er niet over op kon houden. Alsof hij zelf, vijftig jaar na de oorlog, nog steeds ondergedoken zat. Onder de grond, in een oude loopgraaf, onder de werkelijkheid, bezig met het in stand houden van iets. Het boek raakte een snaar die hij beschouwde als iets persoonlijks, een eigen spier of pees. De eerste lezers, in de jaren veertig, wisten niet goed wat ze ermee aan moesten. In Nederland werd het boek in eerste instantie dan ook met verontwaardiging begroet. Maar de critici moesten al gauw hun deskundige meningen herzien. Het was een schandelijk boek – maar ja, het was goed geschreven. En later zou hun verontwaardiging smelten als sneeuw voor de zon. Want het boek werd vertaald in Engeland en Amerika, en zelfs in Duitsland. Metzelaar had prijzen gewonnen met zijn boek. Werd uitgenodigd door de internationale club van grote en erkende schrijvers. Tegenwoordig zat hij in forums, verscheen op de Duitse televisie, stond op de nominatie voor de Nobelprijs.

'Kan ik iets voor je doen?'

Hij lachte breed.

'Ik zou willen dat je me dit verhaal heel methodisch vertelt,' zei Andreas.

'Over gisteravond?

'Over Metzelaar.'

'Methodisch?'

'Ja.'

'Zeg, toe!'

Andreas vond dat het een heel normale vraag was, maar aan haar ogen kon hij zien dat hij te ver ging, dat het anders moest. Ze legde een vinger op haar lippen.

'De buren zitten gewoon mee te luisteren, en dat ergert me.'

'Nou ja, gewoon, lullen.'

'Lullen?'

'Omdat het me interesseert.'

'Dan ga ik wel even naar binnen,' zei Paul, 'een paar monsters afstraffen.'

Ze staarde nadenkend naar de takken van de kastanjeboom. Hij articuleerde zorgvuldig, maar matigde zijn volume: 'Ik zou wensen dat je mij vertelt hoe je zijn aandacht hebt bespeeld, of het een bewuste manoeuvre was. Zoals destijds op het Instituut. Toen deed je het met ons allemaal. Je was daar razend knap in. Maar de aandacht van Felix Metzelaar, dat is wel even iets anders.'

Hij wist dat hij dergelijke vragen aan haar kon stellen. Ze had er zelf altijd een handje van gehad om hem de haren van het hoofd te vragen. Het naadje van de kus (zoals ze zei), de vork in de steel, de essentie, wat er nog verscholen zat. Bibi maakte een afkeurend geluid: 'tsss', alsof ze wilde laten horen hoe kinderlijk hij de zaak benaderde. Of, anders bekeken: Andreas, luister, je maakt het veel te serieus. Elke slet die zich heel even voor de spiegel wilde concentreren kon de aandacht van Metzelaar opeisen. Maar misschien betekende het geluid iets anders. 'Tsss.' Hij wist niet wat ze dacht, daar onder de bladeren van die heerlijke kastanjeboom. Haar boom. Wat er voor herinneringen in haar opkwamen – want die kwamen natuurlijk –, herinneringen die ze met veel schaamte bedekte, of met afkeer, of wanhoop, of spot, of nostalgie en weemoed.

'Laten we het er maar eens over hebben, dan zullen we wel merken of het allemaal niks voorstelde. Gooi maar eens een balletje op.'

Paul kwam weer naar buiten, de rotfles in de hand, en stapte tussen de struiken, waar hij zich omkeerde en bleef staan, naar hen kijkend, zwijgend.

'Nou, er is niet zoveel te vertellen,' zei Bibi.

'Maar vast wel een detail, iets, een sappige herinnering?'

'Nou, nee.'

'Jawel, man ontmoet vrouw, *boy meets girl*, het gaat om een klassieke ontmoeting.'

'Klassiek? Ach welnee, het is heel banaal.'

'Wat een vreemde man ben jij eigenlijk,' riep Paul vanuit de struiken.

'Dat kan wel wezen.'

Ze nam een slok koffie, de schouders opgetrokken, haar handen om het kopje geklemd, alsof het koud was.

'Hij heeft er vijfduizend gehad, voor het grootste deel machinaal afgewerkt, waarschijnlijk. Maar jij bent niet zomaar iemand, dat had hij heus wel in de gaten, jij kon bij hem binnenkomen. Dat was toch iets, dat hadden de meeste anderen nooit gekund. Jij had iets waar hij... nou ja, een soort munitie waar hij niet tegen opgewassen was. Zulke munitie heb ik niet.'

Ze observeerde hem nadat hij dit gezegd had, met knikkend hoofd, alsof hij pardoes een fundamentele waarheid had beroerd waar ze nooit eerder bij stil had gestaan. Ze moest er nu, zo veel jaren later, om lachen.

'Ja, god,' zei ze, 'ik wist ook niet hoe dat allemaal moest. Ik was wel op een bepaalde manier in het voordeel, ik raakte die man nu eenmaal. Ik hoefde er niks voor te doen.'

'Het is toch een soort deal.'

'O, zeker.'

Uit de keuken en de woonkamer hoorden ze het geknetter van de computer en daartussendoor nog steeds de droge reacties van Paul, in de bosjes, tot hij het niet meer uithield en zei dat hij weg zou gaan. Het huis uit. Hij liep naar binnen, stond even in de deuropening met zijn lange gestalte.

'Doe niet zo idioot,' zei Bibi.

Toen de voordeur was dichtgevallen begon ze eensklaps te praten. Hij hoefde haar geen vragen meer te stellen. Andreas wilde alle paden begaan die in dit landschap gebaand waren, alle mogelijkheden aftasten, en dan de jungle in. Hij wist zeker dat er in het verleden iets verborgen bleef. En Bibi wist het ook, daar was hij van overtuigd. Ze gedroeg zich, dacht hij, als een kind dat zich haast onvindbaar verstopt heeft en dat vurig wenst dat het gezocht wordt. Het grote onbekende. Er liepen rillingen over zijn rug.

'Ik kan nu wel even praten. Paul is een lieve, zorgzame schat, maar soms zo'n zeikerd.'

Dat laatste woord bracht hem in verrukking. Als Andreas nu in staat was in een kwartier de grote versiertruc toe te passen, als hij dat kon, vijftien minuten om haar duidelijk te maken dat ze met hem mee moest, weg uit dit bestaan, weg uit deze tuin, om met hem voortaan heel vertrouwelijk door het leven te gaan, voor altijd. Er waren mannen die dat presteerden. Die het lot van een vrouw in een half uur deden kantelen. Bij haar voelde hij zich thuis. Er waren geen taboes, alles kon gezegd worden, de mantel der liefde was niet nodig, maar wel altijd beschikbaar. Ze konden herinneringen ophalen, hoe ze met elkaar omgingen, hoe ze destijds naar het casino gingen en hoe hij haar overhaalde om met groot geld te gokken, omdat het toch maar geld was, stom geld, en daar was ze in meegegaan, zelfs verder dan Andreas ooit zou doen. Hij had de eerste keer, om indruk op haar te maken, duizend gulden op het groene laken gelegd en geluk gehad. Haar grote ogen. Ze was zijn voorbeeld gaan volgen, eerst in het klein, met soms geluk, en later in het groot, met vaak pech maar nog vaker geluk.

'Waarom vond jij hem een kwal?'

'Neem me even niet kwalijk! Dat vond haast iedereen, bijna heel Nederland ergerde zich aan die kwast. Weet je nog hoe hij in die tijd over straat ging? Een ijdeltuit die in een geel pak met gelakte laarzen en witte handschoenen door de Leidsestraat gaat lopen. Neem me niet kwalijk! Een soort idioot, maar omdat hij zo veel succes heeft maakt hij je razend. Dat had ik eigenlijk ook. Misschien is het een soort jaloezie: typisch Hollands – man, doe gewoon. Dat maakte hij los: dat je zelf zo lullig, laf, burgerlijk en doorsnee was.'

Andreas zat erbij als een journalist, maar dan zonder opnameapparatuur of blocnote en potlood. Hij gebruikte Bibi om de beelden op te roepen, als een magazijn met zetstukken voor een episode uit het leven van Felix Metzelaar. Er zat iets ondankbaars in, om niet te zeggen: iets onbeschaafds, alsof hij een profiteur was die gewetenloos en cynisch om zich heen greep, louter voor zijn eigen genoegen, zonder oog voor de persoonlijke noot, zonder sympathie, of empathie. Maar het begon al: *De Metzelaar Show*. Foto's waarop de jonge Metzelaar te zien was. De beelden hadden een enorme aantrekkingskracht op Andreas. Met name de foto's die genomen waren vlak voor het uitbreken van de oorlog. Hij hield ervan om zich te vergapen aan schijnbaar onbelangrijke details. De auto waar de jonge Felix tegenaan leunt, de tuin waar hij aan tafel zit in april 1940, en later aan diezelfde tafel met zijn literaire vrienden, de kamer waar hij woont aan de Ceintuurbaan, vlak na de oorlog. Het raam waar hij naar buiten kijkt, naar de boom waar hij in de nazomer van 1951 een beroemd vers over schreef. We beleven hoe hij de stad bewoonde en bezat die Andreas later bij wijze van spreken van hem zou erven. Kijk, daar heb je Metzelaar, aanvoerder van een nieuwe stroming, die na de oorlog zijn trawanten optrommelt in de cafés. Wat was het toch dat Andreas zo boeide? Er hing iets omheen. Bijvoorbeeld dé foto van Metzelaar als twintigjarige bohémien-dichter. Hij zat toen nog niet in de fase van de mooie pakken, daar had hij trouwens het geld niet voor. Kijk maar. Een magere jongen in een verkreukeld pak dat eruitzag alsof hij het geleend had van de kolenboer. Kroezend lang haar dat om zijn hoofd hing als een wolk van kolen-

gruis op de verduisterde Olympus. Zijn ogen hadden een drome-
rige uitdrukking, maar zonder enige sentimentaliteit, alsof hij
bezig was al zijn fantasie te mobiliseren voor een wereldschok-
kende daad. De huid was korrelig. Het was een man die eruitzag
alsof hij zich zijn hele leven nog niet had gewassen. Metzelaar
werd in die dagen regelmatig door de politie opgepakt, gewoon
omdat hij eruitzag als een zwerver, een landloper, iemand die
waarschijnlijk een diefstal zou gaan plegen of een meisje zou
schaken. Het was zijn plicht om er zo uit te zien, om deze indruk
te maken op de fatsoenlijke voorbijgangers, op de veldwachters
in de Hollandse provincieplaatsen waar hij soms kwam, als de
Hollandse variant van Rimbaud. Vaak zag je op zijn gezicht en op
zijn handen blauwe plekken, bloedkorsten, kneuzingen, alsof hij
geraakt was door harde voorwerpen, hamers en bijlen, of vuisten
die op hem ingeslagen hadden. Dat hoorde bij zijn visitekaartje.
Laat ze maar voelen wie er in hun midden is neergedaald. Het was
ook iets in zijn gezicht, de arrogante brutaliteit, als van een gevallen engel die zijn zelfvertrouwen nog niet heeft verloren, een brutale jongemannentronie, met pokdalige plekken, een gezicht als
een brokkelig landschap waarop zich de halve wereldgeschiede-
nis had afgespeeld. En o zo romantisch, want alles moest in die
dagen wijken voor de woorden van het geniale vers, en hij, Felix,
was de zoeker van dat vers, de aanvoerder, de Livingstone van de
literatuur, met achter zich aan een hele meute jonge mannen en
vrouwen die hem een goddelijke status toedichtten en waarschijnlijk net zo gefascineerd waren als Andreas.

Vlak na de oorlog was hij een felle en overtuigde communist,
maar daarna alleen nog een kunstenaar met een van God gegeven
talent. Mensen die hem toen kenden raakten soms volkomen betoverd. Ze herkenden in zijn ogen het licht van de profeet, of misschien van God zelf, en alle slonzigheid die uit zijn kleding sprak
was een bewijs te meer: hij is het die ik zoek! Maar je kon er niet

meer bij, het was weg, zoals de koetsjes op het Damrak in de jaren dat Willem Kloos daar rondslenterde. Wat bleef er over van Willem Kloos, een van de grote favorieten van Felix Metzelaar? Kloos was vergeten voor hij het wist. Hij was ooit veelbelovend, een jonge god die je op straat tegen het lijf kon lopen. Een belofte waar je vriendschap mee wilde sluiten, zoals Andreas dat ooit deed met de inquisiteur. Het was zwaar werk, de onsterfelijkheid. Nachtenlang doorhalen, ouwehoeren, drugs, een hoop romantische nonsens waar je in zwolg. De pertinente onsterfelijkheid die door je aderen gierde. Er bleef niks van over – ja, de beroemde verzen van Metzelaar, vlak na de oorlog geschreven, ademtocht van de jongste Apollo, over een dag die nooit ophield. Daar zat 'm de kneep: de eindeloze zwerftocht met een vriend aan je zijde, een avond in de stad en je wist ineens dat je nooit meer naar huis wilde. Het hoefde niet meer, je was los, vrij, en daar ging je. Naar de eindeloze afwisseling die langs je vloeide, met rivier en al steeg je op. Het was begonnen. Felix Metzelaar was als het ware de laatste Tachtiger, door een gril van het noodlot neergestreken in het midden van de twintigste eeuw. Hij wekte nostalgie op bij iedereen die met hem te maken kreeg. Het verlangen om terug te keren naar een zoet moment. Naar de Tachtigers in het jaar van hun opgang. Wat een leven! De wereld en alle menselijke emoties, het mysterie van de liefde en van het heelal en van de tijd en de seizoenen, allemaal vastgelegd in een romantisch, superindividueel vers van een geniale knaap. Een paar Amsterdamse jongens die dat in hun mars hadden kwamen elke avond bij elkaar in een rokerig café. En ze hadden een god in hun midden. Elke avond samen met God aan de borrel. Zo'n type was Metzelaar in de eerste naoorlogse jaren. Een in de tijd verdwaalde Tachtiger. Een fenomeen dat vrij rondzweefde door Amsterdam, als een onbekend hemellichaam, zonder vast adres in het sterrenstelsel. Weet iemand nog hoe vaak Metzelaar in de eerste jaren na de oorlog verhuisd is? Wel twintig

keer. Van het ene adres naar het andere, als een grotestadsnoma-
de, met een plunjezak en een oliekachel, op een handkar. De ro-
mantiek van de jonge kunstenaars, zwart-witfoto's, de jaren veertig. En begin jaren vijftig: na de roes van het enorme succes dat
zijn boek hem had geschonken kwamen zijn depressies, die
steeds erger werden, zijn aanvallen van razernij als iemand hem
onheus bejegende, zijn zelfmoordpogingen. De doktoren die
zich met zijn geval bezighielden werden door hem verwelkomd.
De hele wereld begon zich met hem bezig te houden. De intelli-
gentsia die zich voor zijn geval interesseerden hielpen zijn reputatie te vergroten. Elke psychiater die zijn geval typeerde legde
nieuwe bloemen en lauwertakken in de tuin van Metzelaar. Elke
ziekte die aan hem werd toegeschreven, zijn narcisme, zijn psy-
chopathische trekjes, het waren evenzoveel verlokkingen in de
ogen van de vrouwen die hem aanbaden, soms tot in het bespot-
telijke. Hoeveel verlovingen had hij verbroken? Welke mooie jonge vrouw had hij géén huwelijksbelofte gedaan? En dan die een-
mansparades over de Amsterdamse straten. Met het succes
veranderde de kolenboer geleidelijk in een curieuze modepop.
Hij was zo concreet als je maar kunt zijn, een puur stoffelijke dandy, maar ook een legende die in staat bleek steeds de juiste scènes
te spelen om zijn lezers en bewonderaars te vermaken en mee te
sleuren. En dan zwijgen we nog over zijn drankzucht, het verlangen om God te zijn, en hoe hij het dieptepunt bereikte toen hij
zich zelfs afkeerde van de vrienden die hem wilden helpen, die
hulpacties op touw zetten om het grote talent Felix Metzelaar te
behoeden voor de ondergang.

En dan verrees hij weer, deze man van wie men zich nu al heel
lang afvroeg: is hij nou uit of is hij nog in? Iedereen in het land
had een mening over hem. De grote Metzelaar, een monumenta-
le ijdeltuit die voor het gewone volk een afbeelding wilde zijn van
het ware geluk. Een man met het juiste pak, de juiste maten en de

juiste grammatica. Overal in de stad waren plekken waar zich bekende scènes hadden afgespeeld in zijn jonge jaren. Je kon voor toeristen en andere belangstellenden een rondrit door de stad organiseren langs de monumenten van zijn verleden. Een kroeg op de Heiligeweg, die allang geen kroeg meer was, de trappen van het Stedelijk Museum, de Oosterparkbuurt, waar hij later woonde, de kamers die hij huurde en waar vergaderd werd voor het nieuwe tijdschrift, *De Nieuwe Batavier*, waarin het moderne naoorlogse Nederland op de hak werd genomen, de villa bij het Vondelpark waar hij zich misdragen had. De verhalen over de roerige ontmoetingen aldaar met buitenlandse beroemdheden die op bezoek waren in Amsterdam om de grote Hollandse dichter Felix Metzelaar te ontmoeten. De onbeschoftheden die hij zich permitteerde. Hoe hij bij een bezoek van de Italiaanse schrijver Antonetti vanaf het balkon in de tuin van de onderburen stond te pissen, zingend over de heiligheid van zijn natgouden confetti, en door de vrouw des huizes uit het huis werd gezet.

'Maar wat vond jij dan van Felix Metzelaar?' vroeg Bibi.

'Wat mij nog altijd aantrekt in Metzelaar is zijn interesse in het mysterie van de Tweede Wereldoorlog.'

Metzelaar noemde zichzelf de arena van de oorlog, en zo beschouwde Andreas zichzelf ook, maar dan als erfgenaam uit de tweede generatie. Daarnaast was hij waarschijnlijk altijd jaloers op hem geweest, zoals duizenden anderen, omdat hij succes had, bij uitgevers, bij vrouwen, bij de media. Was het geen bijzonder voorrecht om zo door het leven te kunnen gaan? Bij iedereen op bezoek kunnen, al die meiden die met je naar bed willen. De fotografen die steeds bij hem op de stoep stonden. De bladen. Hij was een soort mannequin en daarnaast ook een man van de geest. Maar omdat hij zijn vader kon zijn had die jaloezie hem nooit gehinderd. Andere mensen, zowel mannen als vrouwen, kregen zowat een spuwing als ze zijn naam hoorden. Andreas niet. En nu Metzelaar bejaard was hadden zelfs zijn grootste tegenstanders een soort sympathie voor hem opgevat, voor de oude Casanova die hun huwelijk niet meer bedreigde. Wat was er verder nog? Curieuze overeenkomsten. Zijn vader was fout in de oorlog, de vader van Andreas ook. Zijn vader was veel ouder dan zijn moeder, de zijne ook. Hun vaders zaten op hetzelfde moment in hetzelfde Nederlandse concentratiekamp.

'Zijn er misschien ook nog verschillen?' informeerde Bibi.

'Sorry, er zijn ook verschillen. Zijn onmetelijke talent, waar ik voor kniel. Ik maak reclame voor hem. Mensen die hem nog steeds haten of zich aan hem ergeren wil ik laten zien dat hij respect verdient. Hij is zeldzaam. Als hij er niet meer is zullen we hem vreselijk missen.'

'Waarom wil jij zo graag die banale affaire oprakelen?'

Deze vraag van Bibi moest hij met de grootst mogelijke scherpte beantwoorden, zo scherp dat ze zou opveren omdat ze de fascinatie voelde van haar eigen zogenaamd banale herinnering. Dat ze zou zeggen: wel verdraaid, Andreas, je hebt gelijk.

'Ja, god, omdat het me intrigeert. Omdat ik niet begrijp waarom ik gisteravond boos op je was. Weet je, iedereen zou denken dat zo'n affaire een soort cliché is waar niks aan te beleven valt. Volgens mij was het heel spannend.'

'Ja ja,' zei ze meteen, 'dat was het zeker.'

'Dus daarom wil ik stapje voor stapje meemaken wat er gebeurd is.'

'Ik weet niet of ik je alles wel wil vertellen.'

'Dat moet je juist wel doen. Het is al zo lang geleden, dan heb je daar toch geen rem meer op, of schaamte? Je hebt het toch verwerkt?'

'Zeg dat niet.'

Hij moest nu een luchtige toon vinden, anders haakte ze definitief af.

'Laten we gewoon beginnen.'

'Maar...'

'Hij was een kwal, en die kwal staat voor je neus. Hij toont belangstelling. Dat moet hij toch gedaan hebben? Je bent niet zwijgend achter hem aan gelopen, zwijgend met hem naar bed gegaan en later zwijgend weer naar huis gegaan.'

'Nee, natuurlijk niet.'

Er veranderde iets in haar blik, alsof ze er toch van afzag om dit prijs te geven. Nu moest hij oppassen. Ze stribbelde weer tegen.

'Weet je, ik wil het er eigenlijk liever niet meer over hebben. Het was niks om trots op te zijn, hoewel ik dat toen zeker was. Laten we erover ophouden.'

Andreas gedroeg zich vreselijk en hij schaamde zich. Zelf zou hij het heel interessant hebben gevonden om serieus ondervraagd te worden over een banale affaire van langgeleden. Maar niemand vroeg hem naar zijn verleden. Hij draaide zich in de raarste bochten, als een ordinaire paparazzo die op een scooter achter een soapsterretje aan jakkert. Hij legde uit waarom ze toegeeflijk zou moeten zijn. Bibi zou er ook iets van opsteken, dacht hij in zijn arrogantie, zij was tenslotte ook een soort journalist. Wat was zij eigenlijk? Had ze eigenlijk nog een beroep, of werk? Ze had genoeg in huis. Dat zei hij ook tegen haar. Ze kon bij wijze van spreken elke dag een verhaal vertellen, of een redevoering houden die zo sterk was dat je uitgedaagd werd om er nog iets aan toe te voegen, als een gewetensvolle schrijver, om de lezer nog sterker te prikkelen.

'Of iets weg te laten,' zei Bibi.

Hij deed alsof hij dit niet hoorde. Waarom was ze verdomme zo terughoudend?

'Ik benader het ook als een meesterlijk kort verhaal.'

Ze veerde op.

'Het is geen verhaal, Andreas, het is echt gebeurd.'

'Des te beter! Het was een korte, banale affaire, maar toch met scherpe hoogtepunten, en het loopt keihard af. In dat korte bestek beleef je alles van een oorlog, een liefde, met alle heerlijkheden en alle verwondingen en sterfgevallen. Maar na afloop is er geen overblijvend leed, geen trauma.'

Bibi maakte een zoekend gebaar met haar handen, alsof ze iets uit de lucht wilde plukken maar niet precies wist waar het zich bevond.

'Dat lijkt wel waar,' zei ze, 'maar in dit speciale geval kun je dat zo niet zeggen.'

'O nee?'

'Je weet er te weinig van om het zomaar even samen te vatten.'

Geen banale affaire dus? Maar dan had hij gelijk! Zijn intuïtie bedroog hem niet. Als hij nu even mocht beschikken over de vreemde charme van Metzelaar, de Metzelaar van 1973, dan kon dit gesprek gewoon plaatsvinden; dan zou ze vertellen, alsof het een praatje was over haar bezoek aan de tandarts. Maar waar haalt een gewone sterveling die charme vandaan? Een impasse. Hoe deden schrijvers dat? Hoe konden ze voorkomen zich overal onmogelijk te maken door hun verregaande nieuwsgierigheid, hun vreemde drift om iets te achterhalen, hoe kon een goeie schrijver niet onhebbelijk gevonden worden? Zijn eigen hand voor zijn eigen mond leggen? Af en toe een anekdote? Een kleed van beminnelijkheid om zijn schouders? Er lak aan hebben?

Hij stond bij de kastanje. Er hingen touwen van de takken omlaag. 'De boomsnoeiers zijn bezig de takken te kandelaren,' zei Bibi. Het stond vol bloemen. Ze wees op een vlinderstruik, en op het steentje dat het graf van een poes markeerde. Bij het verweerde vogelbadje maakte ze haar vingers even nat. Hij zag aan haar pols het grote vierkante herenhorloge dat ze op het Instituut al droeg. Bij de schutting draaide ze aan een kraantje. De molensteen op het grindpad dat naar de achtertuin liep werd opeens een fontein. Naast elkaar stonden ze naar het stromende water te kijken.

Ooit had hij in de trein tegenover een Engelsman gezeten die in gesprek was met een Hollandse vrouw. Ze hadden het over Felix Metzelaar. Hij wist nog goed hoe die Engelsman de naam uitsprak. Het klonk als 'Mazzelaar'. Hij herinnerde zich de vragen nog die hij stelde over de schrijver en zijn werk, waar de vrouw soms geen raad mee wist. Andreas had zich moeten beheersen om niet tussenbeide te komen, met de juiste antwoorden. Hij zag Metzelaar nog weleens op straat lopen. Toen hij op de middelbare school zat had hij ooit op de radio een gesprek met Metzelaar beluisterd. Metzelaar was kennelijk aangeschoten geweest en had zichzelf getypeerd, lacherig, studentikoos. Hij had de zinnetjes onthouden. Nog altijd kon hij ze opzeggen. Als een gedicht van Metzelaar dat hij zelf bedacht had:

Ik ben de Slag om Stalingrad
Meer nog:
Het takje onder de laars
Van de dansende Führer,
Een nog altijd fluitende kogel
Op de magere hellingen
Van de Grebbeberg,
De muis in het Achterhuis,
De enige molshoop
Die de vijand nog niet bezet heeft

Door zijn hoofd maalden zinnen uit het werk van Metzelaar:

'Nog altijd het gedreun van de bommen, dagelijks. Ik heb de oorlog meegemaakt. Ik was erbij op de eerste oorlogsdag.'

En zo ging die oorlog altijd maar door. Andreas liep vijftig jaar later, als volwassen man, nog altijd aan de hand van de jonge knul Felix door de hel van de oorlog. Bijna dagelijks hoorde hij zinnen uit zijn debuutroman. Of hij hoorde de stem van Metzelaar uit recente interviews: 'Onze eigen politionele acties en later Korea en Vietnam en Joegoslavië, dat alles maakt op mij weinig indruk. Ik koester het oerverhaal van de oorlog, mijn oorlog, zoals Homerus de oorlog om Troje koestert. Daarom was ik heel geschikt om dat verhaal te vertellen. Ik was de ideale verteller. Ik zou ze de kost niet willen geven die denken dat de aanslagen in Baskenland net zo belangrijk zijn als de 10e mei 1940. De jeugd is die dag allang vergeten. De meeste tijdgenoten weten niets. Ze denken dat de krant van vorige week achterhaald is, als ze hem überhaupt lezen. Maar er zijn mensen die nog steeds vinden dat de Tweede Wereldoorlog de ergste, wreedste, gemeenste en mensonterendste oorlog was die ooit heeft plaatsgevonden. Dat is natuurlijk helemaal niet waar. Maar toch behoor ik tot dat slag.'

De voordeur ging open en dicht. Paul kwam zich weer bij hen voegen. Met ijs.

'Ik ben,' zei Paul, 'op een of andere manier, op ontuchtige, zeg maar op misselijkmakende wijze nieuwsgierig naar deze anekdote uit het rijke verleden van mijn dierbare echtgenote.'

Maar stond haar hoofd er wel naar? Andreas had gevist naar de omstandigheden van hun eerste ontmoeting. Als een roddeljournalist. Kennelijk had Paul ook nagedacht, want hij stelde een heel concrete vraag.

'Met welk boek was hij toen bezig?'

'Ja, dat weet ik nog,' zei Bibi meteen. 'Kom, hoe heet het ook alweer? Het ging over een korte ontmoeting. Ergens in een donkere buurt, tussen twee mannen die elkaar niet kennen.'

'*Een vies zaakje?*' zei Andreas.

'Ja, dat was het. *Een vies zaakje.*'

Het schoot opeens door hem heen, iets geks: de mogelijkheid dat Bibi in een boek van Metzelaar was terechtgekomen. Koortsachtig ging hij alle titels na die hem te binnen schoten. Of zat zij in dit boek? Zat zij in *Een vies zaakje*? Volgens sommige vijandige critici ging het over zijn latente homoseksualiteit. Hij was woedend geweest dat ze zelfs maar het vermoeden opperden. Als er één ding was waar hij niet mee koketteerde, dan was het homoseksualiteit. Bibi kwam in dat boek over twee mannen niet voor. Tenzij Metzelaar net zo te werk ging als Proust. Als Proust verliefd was op een liftboy, dan werd die liftboy in zijn roman een kamermeisje. Toen hij Proust voor het eerst las had hij het niet in de gaten, omdat hij het niet wist, maar toen hij het wist dacht hij: ik heb het in de gaten. Bibi in een boek van Metzelaar? En dan nog wel als man. Ze vond het zelf een onzinnige gedachte.

'Ik ben toch geen man!'

'In een boek van Metzelaar misschien wel.'

Met die mogelijkheid had ze nooit rekening gehouden.

'Hadden jullie het daar weleens over?' Er verscheen een glazige blik in haar ogen waaraan je kon zien dat er een stroom van herinneringen op gang kwam.

•

(1973)

Felix Metzelaar vulde het hele plein. De zon scheen door zijn donkere krullen. Zijn gezicht was een grote zwarte vlek. Maar hij kon Bibi heel goed zien, en hij gaf zijn ogen waarschijnlijk goed de kost. Ze zat op een laag houten krukje, in haar roze hotpants.

'Tot hoe laat ben je hier nog mee bezig?'

'Tot ik ze allemaal kwijt ben.'

Hij bekeek haar benen, de lage witte instappers met dikke houten hak en zool. De korte witte sokjes. Ze zag eruit alsof ze nog aarzelde tussen de kleuter, het schoolmeisje en de voldragen femme fatale. Hij zag het stapeltje kranten. Bukte zich. Telde. Kwam weer overeind, leek bij zichzelf te overleggen of hij niet haar hele oplage zou opkopen.

'Maar hoe lang duurt dat nog?'

'Ik sta hier nog wel tot drie uur.'

'Dan kom ik je halen. Dan breng ik je naar huis.'

Ze zag hoe hij wegliep en dacht eraan hoe spannend het zou zijn als hij terug zou komen.

Wou ze dat? Ze moest kranten verkopen en niet in de menigte voorbijgangers blijven staren om nog een spoor van Felix Metzelaar te vinden. Was ze er met haar gedachten nog wel bij?

Deel drie

'Het was alsof de tijd, die gewoonlijk zo onomkeerbaar
voorbijgaat, hier stil had gestaan, alsof de jaren die achter ons
lagen nog moesten komen.'

AUSTERLITZ

Bibi had een manier gevonden om er heel rustig over te praten: de kranten en het nieuws van dat jaar. Het zat nog in haar herinnering, alsof het zojuist op de telex was verschenen.

'Ik heb later nooit meer zo aandachtig de krant gelezen. Ik zie sommige koppen nog voor me. Allerlei kwesties die me helemaal niet interesseerden zijn blijven hangen en zijn me daarom toch gaan interesseren. Richard Nixon is me echt gaan bezighouden, terwijl ik niks met politiek heb. De geheime tapes. Zelfs vandaag de dag zijn ze nog niet allemaal vrijgegeven. Dan moet daar toch iets zitten? En al die bomaanslagen. Ik ken zelfs de namen van Molly Geertsema en Schmelzer. Herinneren jullie je die nog?'

Voor haar hele leven had ze in die periode kranten gelezen, want nog steeds stond precies hetzelfde nieuws in de krant.

'Net als toen denken we dat de zeden verwilderen. Dat de veiligheid achteruitgaat. Dat het allemaal agressiever en harder wordt.'

Als je de kranten mocht geloven holde de mensheid al tweeduizend jaar achteruit, steeds harder, steeds wilder. En toch was het jaar 1996 heel modern, allerlei producten waren dit jaar weer sterk verbeterd ten opzichte van het vorige jaar. Als je echt iets goeds in huis wilde halen kon je beter nog even wachten, volgend jaar was het nog beter; het beste was om alleen nog maar te wachten en voorlopig niks te kopen, dan wist je zeker dat je geen achterhaalde spullen aanschafte. Want voor je het in de gaten had was dit jaar hopeloos achterhaald, zelfs de politieke thema's sleten onder je handen weg terwijl je de krant opensloeg.

'Al dat nieuws van toen staat me nog helder voor de geest, ik zie de koppen nog. Daarna heb ik nooit meer zo aandachtig het nieuws in me opgenomen. Ik weet nog idiote details, letterlijk.'

'Noem eens wat.'

'De kettingbotsing bij Breda. Ik weet het nog zo goed dat het me verbaast dat het zo lang geleden is. Het zit nog vers in mijn hoofd. Ik kan de koppen letterlijk citeren.'

'Doe eens,' zei Paul.

'Frans Stangl overleden.'

'Wie? Wat?'

'Zegt die naam jullie nog iets? Dat was een oorlogsmisdadiger.'

Nee, het zei ze niks.

'Voor Sagan is het leven een feest.'

'Mailer schrijft boek over Monroe.'

Zo ging ze door. De koppen buitelden over elkaar heen. Ze was er zo goed in dat ze ook nieuwe koppen kon verzinnen. Zo waren er wel meer dingen uit die tijd, het kwam allemaal naar boven. Bibi was op gang gekomen, vertelde ontspannen, zonder enig voorbehoud te maken, nam ze mee terug in de tijd. Het leek wel of ze in een bioscoop zaten. De film *American Graffiti* kon ze nog steeds dromen.

'Raar, hè?'

Paul was naar binnen gegaan en weer teruggekomen met een stapeltje kranten. Hij vouwde de kranten open en las.

'Regeringswijk Paramaribo in as,' zei hij opeens.

'Politie graaft tuin af in moordzaak.'

'Paramaribo rouwt na bezoek van de duivel.'

•

De tijd ging langzamer. Vooral als ze zich afvroeg of Metzelaar terug zou komen. Het stapeltje kranten, waarvan ze regelmatig exemplaren verkocht, leek even hoog te blijven. Als ze het hele geval vergat ging de tijd ineens weer sneller. Binnen een uur onderging ze allerlei variaties in haar tijdsbeleving. Hij kwam natuurlijk niet terug, welnee, normaal gesproken gebeurde dat niet. Er waren grenzen. Maar de voorbijgangers op het Stationsplein bekeken haar met nieuwsgierige en soms uitpuilende ogen. Wat zit daar een lekker meisje! Wat een prikkelend wezentje! Moet je haar dijen zien! En die heerlijke ogen. Ze zouden wel even naast haar willen gaan zitten. Om met hun vingers door haar staartjes te gaan. Sommigen konden zich niet inhouden, ze stapten op haar af, hoewel ze de ochtendkrant al gelezen hadden en helemaal niet van plan waren om een andere krant te lezen. Het leek wel of ze haar wilden helpen.

Het uur was verstreken.

Wie zag ze daar aan de horizon verschijnen? Zijn hoofd stak letterlijk boven het maaiveld uit, boven de voorbijgangers, boven de trams en de bussen, de bovenleidingen, de bomen, de straatlantaarns, de verkeersborden, boven de gevels en dakkapellen, de torens, de vlaggen. Hij kwam haar kant op.

Nou goed, toevallig liep hij weer over dit plein, dat kon, zo gek was het niet, er liepen hier elke dag honderdduizend mensen die met de trein ergens naartoe moesten. En een doodgewone wandeling bracht de wandelaar dikwijls terug op zijn uitgangspunt. Maar hij week niet af van zijn koers, als een passant die een krant bij haar kwam kopen. Het zou toch niet waar zijn? Maar jawel. Het joeg door haar lijf: opwinding en trots en een vreemd verlangen. Wat nu? Haar instinct liet geen enkele twijfel bestaan. Aan het lijntje houden. Ook al stond hij hier en daar slecht bekend. Ook al vond ze hem een kwal. Dat was helemaal niet erg.

Een kwal aan een lijntje. Want er was ook nog iets anders. Iets wat onderzocht moest worden, gevoeld, ondergaan.

Toen hij weer voor haar stond en zij omhoogkeek moest ze een besluit nemen. Dit was het moment dat ze overging in een andere identiteit, van krantenmeisje naar... ja, naar wat eigenlijk? Naar het kind dat ervoor kiest om nu mee te gaan met die heer. Ze kon ook een andere keus maken. Dat was een comfortabele positie. Maar uiteindelijk moest ze toch kiezen, na rijp beraad, dat wel, maar dat beraad moest nu binnen een paar seconden worden afgerond. Wat ging ze doen? Ze stond voor het blok. En opeens was er geen spoor van twijfel. Ach welnee. Het was net zoiets als een jonge kerel die uit het raam kijkt en aan de overkant ziet hoe een mooie vrouw zich in de slaapkamer begint uit te kleden. Die deed heus de gordijnen niet dicht om het niet te hoeven zien. Welnee. Die keek! Ze maakte een heldere keus. Ik ga met je mee. We zien wel waar we uitkomen.

'Wacht even,' zei Paul, 'ik wil het je nog een keer vragen: waarom ging je met hem mee als je het zo'n gedrocht vond?'

'Wat ben jij simpel!'

Omdat zij het een domme vraag vond kreeg hij geen antwoord.

'Kun je zijn uiterlijk beschrijven en wat het met je deed?'

Ze schoot in de lach.

'Dit klinkt misschien stom en ongeloofwaardig, maar hij droeg een korte broek, want het was tropisch warm.'

Een korte broek? Felix Metzelaar, de grote Effèm, zoals hij in de media meestal genoemd werd, in een korte broek op het Stationsplein?

'Ik kan het ook niet helpen. Ik weet dat ik nog heb gelachen toen ik hem zag, want toen hij voor me stond zag ik eigenlijk alleen zijn benen. Kennelijk had hij zich omgekleed. Ik zat op mijn hurken achter dat stapeltje kranten. Dus ik zag zijn benen – nou ja, wat er van zijn benen te zien was, want het was een tamelijk lange korte broek.'

Door dit detail werden Paul en Andreas verrast. Ze merkten hoe nieuwsgierig ze waren naar het verdere verloop. Ze zaten er lekker in, het was een verhaal dat hun harten sneller deed kloppen.

'Ga je mee? Ben je klaar?'

Het was alsof ze aangespoord werd door de directeur van *Het Parool*.

'Maar ik heb er nog vijf.'

'Die koop ik van je.'

Hij betaalde haar.

'Ga je nou met vijf kranten lopen?'

Ze liep met hem mee. Af en toe gaf hij een exemplaar aan een voorbijganger. Ze herinnerde zich een foto van Jean-Paul Sartre die in Parijs op straat kranten uitdeelde aan voorbijgangers. Met een zekere schroom liep ze naast hem. Het was een eigenaardige vorm van lopen. Ergens bij horen waar je nog nooit bij hebt gehoord. Welke afstand moest ze bewaren? Daar ging ze, met een mengeling van trots en spanning. Later zou ze zich realiseren dat dit hun eerste gezamenlijke optreden was in het openbaar. Iedereen kon hen in de menigte zien lopen. Naast elkaar, bij elkaar horend, maar met toch weer zo veel afstand tussen hem en haar dat ze evengoed ineens een zijstraat in zou kunnen schieten zonder dat iemand het merkte. Maar ze bleef natuurlijk naast hem, in een iets ander ritme. Niet een paar meter – nee, honderden meters, duizend, en meer, over het Damrak, langs de Beurs. Eerst in de richting van haar eigen kamer. Ze had gezegd dat ze een kamer had. Maar ze had geen kamer. Dat zou ze nu moeten toegeven.

'Ik heb geen kamer, niet echt.'

'Heb je geen kamer?' zei hij, in opperste verbazing. 'Waar lopen we dan heen?'

'Naar mijn adres.'

'Daar woon je dan toch?'

'Dat zou ik zo niet noemen.'

'Hoe dan?'

'Ik woon in een kast.'

'Een kast?'

'Ja, bij kennissen die niet veel ruimte hebben, in een soort kast.'

Het was aan zijn gezicht te zien dat hij geen zin had in die kast.

'Waar woonde je toen?' vroeg Paul.

'In Venray. Bij mijn ouders. Maar daar kwam ik bijna nooit. Ik was altijd aan de zwerf.'

'Maar bij wie woonde je dan in Amsterdam? Bij wie?'

'Bij een vriendin. Ja, god, dat is al zo lang geleden. Ik ging van het ene naar het andere adres.'

Paul zat zijn hoofd te schudden, het beviel hem absoluut niet.

Metzelaar had heel wat meisjeskamers gezien. Hij kon tegen een stootje. Bij de meisjes, in hun eigen omgeving, kon je van alles verwachten. Je hoefde hem niks te vertellen, hij kende de landschappen, de bergen kleren, hun rommel, de afwas, post van papa en mama, de muffigheid, soms de verrukkelijke weelde van een rijke-ouders-meisjeskamer, met Laura Ashley-gordijnen, schoenendozen, schalen met bloemen en fruit, bankbiljetten en munten op tafel. Goed, hij kon zich laten meevoeren naar die kast. Maar een meisje mee naar huis nemen, wegrukken uit haar element, overplanten in zijn heiligdom, als een waanzinnige professor die een zeldzame ocelot stiekem mee naar huis bracht en daar ging onderzoeken, misschien wel een spuitje gaf – dat ging boven alles.

'Kind, dat is toch helemaal niet erg?'

'Nee?'

'Dan moet je mij maar thuis brengen.'

•

'Weet je wat heel gek is?' zei ze. 'Dat herinner ik me nu ineens: dat ik zijn figuur zo opvallend mager vond. Hij was een magere man, een dunne spriet. Waarom zeg ik dat nu? Ik was bezig met zijn uiterlijk. Hij had iets van een aangeklede pop van ijzerdraad. Ik stelde me al voor hoe het zou zijn om dat ijzerdraad te voelen. Nou ja, dat hield me bezig, vinden jullie dat gek? Dat ik zijn pols zou voelen, tussen mijn duim en mijn wijsvinger. Ik was geloof ik van mening dat interessante mannen niet klein en dik konden zijn, dat was eenvoudig ondenkbaar. Intussen heb ik iets meer ervaring opgedaan. Ik weet nu bijvoorbeeld dat een kleine dikkerd net zo interessant kan zijn als een magere dichter die tot mijn verbeelding spreekt. Maar dat heeft me wel moeite gekost. Ik heb geloof ik aanleg om een afkeer te hebben van groot en sterk. Dat mag gewoon niet tot mijn verbeelding spreken. Te plat, te grof. Het postuur van Metzelaar paste heel goed bij mijn aanleg.'

Paul was ongeduldig.

'Hoe wist je nou dat je met hem mee moest gaan? Wat gaf de doorslag?'

Hij vond dat zelf een goeie vraag, maar Bibi vond 'm bespottelijk. Hij ging weer naar binnen om wijn te halen. Bibi riep hem na: 'Ik was nog een kind!'

Paul stak zijn hoofd om de deur.

'Ik pik dat niet. I don't buy it! Jij was geen kind. Dat merk ik toch aan hoe je erover praat?'

Ze keek op, meteen boos.

'Maar dat is achteraf.'

'Andreas, zeg eens: was ze een kind?'

'Nou,' zei Andreas, 'zoals ik haar kende, een paar jaar later, beschikte ze over een enorme macht. Misschien is ze nu wel meer een kind dan toen.'

'Kinderen van zeventien, achttien,' zei Paul, 'neem me niet kwalijk, die weten het allemaal zo goed. Je houdt ze niet tegen, ze gaan hun gang.'

Hij aarzelde even en ging toen verder.

'Maar die man maakte misbruik van zijn overwicht, zijn roem. Daar valt elk jong meisje voor, dat is rotzooien met kinderen.'

'Je zegt net dat ze geen kind was.'

'In dat opzicht wel.'

Ze verschilden van mening. De ongelijkheid zat volgens Andreas niet alleen in roem en status, maar ook in kleine dingen, die onder de oppervlakte heel sterk kunnen werken. De macht van deze jonge vrouw was enorm en ze mochten die macht niet onderschatten; misschien was zij in bepaalde opzichten wel bezig die enorme macht te misbruiken om te rotzooien met zeer grote mannen. Dat was dan de eigen schuld van die grote mannen.

'Zo maak je haar macht nog groter,' zei Paul. 'Ze kan doen en laten wat ze wil.'

'Dat is ook zo. En ik hoop dat ze het doet. Ik word nu heel nieuwsgierig.'

•

Ze stonden even stil en kwamen weer in beweging. Er begon nu een wandeling, waarvan nog niet precies duidelijk was waar die hen heen ging brengen. Het was niet duidelijk of ze mee zou gaan naar zijn huis. Daar liepen ze weer, over dat eindeloze Damrak. Hij deed geen moeite om een gesprek op gang te brengen. Hij wandelde daar gewoon. Haar vragen over zijn werk probeerde hij te ontwijken. Ze dacht dat hij misschien graag met haar over zijn werk wilde praten. Nou, dat was dus helemaal niet de bedoeling. En hij was heel duidelijk. 'Praten over mijn werk – nee, dank je feestelijk. Ik wil van jou genieten, intens naar je kijken en je aanraken.'

En hij voegde er iets aan toe wat ze heel schokkend vond: 'Je hoeft niet bang te zijn, hoor, ik zal je niet opeten. Maar ik heb het wel dagelijks nodig, het is voor mij net zoiets als dineren. Je kunt er ook geen rechten aan ontlenen.'

Hij zei het met een gulle lach. Een normaal mens zou zijn woorden opvatten als een belediging, maar zij onderging een gevoel van trots. Ik ben persoonlijk beledigd door Felix Metzelaar, dat had wel iets. Maar het leek geen inleiding voor een zwoel rendez-vous. Nee, want zo sprak Casanova niet, dacht ze, zijn gedrag strookte niet met haar romantische beeld van de ideale minnaar. Hij leek meer op een moderne advocaat die bij voorbaat de procedures vastlegt en alle consequenties heeft doordacht.

'Weet je wat heel gek is, nu ik er weer aan terugdenk?'

'Nou?'

'Dat ik zijn houding ontzettend grappig vond. Ik beschouwde zijn gedrag als iets wat je zelden meemaakt, interessant. Hij kwam helemaal niet koel op me over, het was juist heel prikkelend, schuimend, als champagne. De meeste jongens van mijn leeftijd waren toch ongelooflijke slijmerds. Niet te vergelijken met Felix Metzelaar, die kwam van een andere planeet.'

Paul maakte een afkeurend geluid. 'Hè, gèt.'

Ze wilde meteen de confrontatie aangaan met die buitenaardse advocaat. Om hem te laten voelen dat zijzelf ook een heel goeie advocaat was, en trouwens nog veel meer dan een advocaat, iets waar de hele juristerij van zijn leven geen vat op zou krijgen. Zo belandde ze dus in dat spel van aantrekken en afstoten. Wat moest ze anders doen? Rechtsomkeert maken? Bedankt voor de interesse in mijn vrouwelijke charmes, meneer de procureur, heel attent, maar ik stap weer eens op? Ze zou wel gek zijn.

'Wat banaal,' verzuchtte Paul. 'O, god.'

'Mag ik even?' zei ze bits.

Bibi sabbelde op een koekje en sprak met grote droge kruimels op haar lippen, die langzaam vochtig werden.

'Het was vulgair,' zei Paul, 'een vulgariteit.'

'Dat was het niet.'

'Dat was het wel!' zei Paul.

Nou, goed. Hoe dan ook, Metzelaar had ervoor gekozen om haar mee te nemen. Hij had het goed aangevoeld. Op het Stationsplein had hij een ontdekking gedaan en hij had meteen ingegrepen. Daarom stond hij ook met uitpuilende ogen voor haar neus. Het fenomeen Bibi liep vrij rond en niemand wist ervan.

'En dan haar absoluut unieke conversatie!' zei Paul.

'Ik moest ervoor zorgen,' zei Bibi, 'dat wat hij nu ging beleven hem bij zou blijven. Zijn leven lang.'

Ze mocht het initiatief niet overlaten aan Felix Metzelaar, dat curieuze astronomische verschijnsel, gedrocht van de media. Hij zou iets beleven wat hem nog lang zou heugen! Op seksueel gebied, dat vooral, dat is nu eenmaal de eerste drang, maar ook op esthetisch gebied, en qua atmosfeer; hij zou iets heel anders proeven dan hij gewend was, een vrouw zoals Bibi was hij nog niet eerder tegengekomen.

•

'Mag ik je interviewen?'

Hij was in de lach geschoten toen ze die vraag stelde. De

spontane lach van iemand die gewend is dat mooie vrouwen dit dubbelzinnige verlangen kenbaar maken.

'Dat is heel moeilijk,' had hij gezegd, 'een vak apart, probeer me maar eens een zinnige vraag te stellen.'

'Waarom schrijf je?'

'Dat is nou toevallig wel een aardige vraag. Het antwoord is: mijn werk. Dus dat moet je dan eerst maar lezen. Als je het antwoord dan nog niet weet, moet ik jóú misschien een vraag stellen.'

•

'Sporen van leven op Mars,' zei Paul.

'Begin je nou alweer?' zei Bibi.

Ze ging naar binnen en even later hoorden ze de stem van Fats Domino.

'O god, Fats Domino,' zei Paul. 'O gottegot.'

Hij bladerde in zijn kranten en siste af en toe een kop tussen zijn tanden: 'Afscheid van De Meer', 'De joodse jeugd is het leger van God'.

De huishouding eiste haar op. Het verhaal lag stil. Gelukkig had Paul een even sterk verlangen naar de feiten van deze banale affaire, die ze samen behoedzaam tevoorschijn moesten peuteren, tussen alle andere herinneringen, en tussen de borden van de afwas van gisteren die er nog stond, tussen de planten die water van haar kregen omdat het al een week niet geregend had, tussen de geluiden die ze maakte tegen de telefoon die soms rinkelde.

'Bibi is toch veel belangrijker en interessanter dan die Metzelaar?' hoorde hij Paul tegen hem zeggen. Hij reageerde met een kreun.

'Lig je hier te slapen, terwijl ik tegen je praat?' zei Paul.

De hoofdpijn was niet weggetrokken. Andreas zou nog uren moeten wachten, tegen vieren zou hij trek krijgen in een haring en een tomaat, en na zessen zou hij weer normaal kunnen eten. Met zijn hoofd achterover tegen de leuning van zijn stoel keek hij naar de lucht. Het was een simpele driehoek. Zijn bewondering voor Metzelaar stond in het strijdperk tegenover zijn liefde voor Bibi. Ze zaten elkaar in de weg. Zijn liefde voor Bibi bestond nu eenmaal, net als zijn bewondering voor de auteur Felix Metzelaar. Er waren nu eenmaal schrijvers die door hun lezers, ook de kritische fijnproevers, en zelfs door andere schrijvers, oprecht bewonderd werden. En Metzelaar was in zijn ogen nummer één. Iemand van de voorgrond, zijn verhaal een prominente kwestie. Een denker in een volstrekt vrije ruimte waar hij zich ongedwongen bewoog, vrij van elk engagement, in afzondering van het gebruikelijke tumult. Iemand op een andere verdieping. Maar in de ware werkelijkheid, wist hij, was de schrijver minder dan een voetnoot in een proefschrift van duizend bladzijden. Metzelaar was minder belangrijk dan Hennie Huisman, dat was niet eens een vraag meer, maar een heel pijnlijk, doodgewoon feit. Tegenover dat feit stond zijn persoonlijke fascinatie voor deze kunstenaar, die het metier waarlijk onder de knie had en weergaloos toonde wat hij kon: in korte verhalen, in gedichten en in meeslepende romans. Andreas was een overtuigd en oprecht bewonderaar van Felix Metzelaar. Hij moest hier in deze tuin de juiste vorm vinden voor deze bewondering. Een vorm die schitterend zou weergeven wat zijn positie was: een schilderij met op de voorgrond Felix Metzelaar, uitgedost als de Zonnekoning, maar naast hem, of boven zijn hoofd, de kern van de zaak, de onbegrijpelijke engel Bibi, waar alle ogen op gericht bleken. Iedereen zou meteen uitroepen: wat doet dat meisje daar? Want Andreas moest haar veroveren, en misschien waren de omstandigheden hier wel ideaal om een loflied op Metzelaar ten gehore te brengen, met zijn grote liefde Bibi in de hoofdrol, een lied zo schoon en ontroerend dat je het niet mis kon verstaan. Dat loflied op Metzelaar betekende maar één ding: Andreas hield van Bibi. Waarna zij hem betraand in de armen zou vallen en hem voor altijd zou toebehoren. En die Paul – nou ja, ach. Andreas moest om de kwestie heen blijven cirkelen. Zorgen dat zij aan het woord bleef, haar belangstelling voeden zonder zelf veel te zeggen, wat hij overigens niet kon. Maak ze allebei groter dan levensgroot, zet ze tegenover elkaar, zorg dat iedereen ze goed kan zien. Wat een verrukkelijk spektakel.

'Zou je liever met die kerel op een onbewoond eiland zitten dan met Bibi?' informeerde Paul.

Hij reageerde niet meteen.

'Wat vind je dan zo bewonderenswaardig aan die man? Ik bedoel niet aan de schrijver, maar aan de mens.'

'Zijn optimisme, zijn magnetisme, zijn volledige geloof in de wereld die hijzelf oproept, als de hogepriester van het effèmisme.'

Paul zuchtte.

'Schriftelijk gelul en ijdelheid.'

Hoe moest Andreas die man aan zijn verstand brengen wat fantasie was? Dat er mensen bestonden die zichzelf bedachten? Als er iemand op de wereld rondliep die zichzelf bedacht had, dan was het zijn eigen vriendin Bibi (of Ramona, hoe moest je dat zeggen?). En hetzelfde gold voor Metzelaar. Andreas probeerde deze opvatting onder woorden te brengen. Hij wees op de onverstoorbaarheid van Metzelaar, het vitalistische gemak waarmee hij de nihilisten op een kluitje bijeendreef. Alle bekrompen en gierige zure zeikerds overzichtelijk afgeschermd van het levenslustige effèmisme.

'Jij leeft in een fantasiewereld,' zei Paul.

Dit kon je geen gesprek meer noemen. Hij leunde achterover

en sloot zijn ogen. Andreas praatte tegen zichzelf, bewoog zijn lippen daarbij, zodat Paul hem verbaasd zat aan te kijken.

'Wat doe je? Zal ik een Alka Seltzer halen?'

'Ik praat in mezelf, laat me maar even.'

'Het mag ook hardop, ik wil wel horen wat jij tegen jezelf zegt.'

'Het gaat over het schrijven. De problemen waar ik dagelijks mee bezig ben.'

'Dus jij schrijft,' zei Paul. 'Heb je weleens iets gepubliceerd?'

'Nee.'

'Dan ben je geen schrijver.'

'Nee?'

'Dan ben je een would-be-schrijver.'

'Maar ik heb wel dezelfde problemen als een echte schrijver.'

'Wat zijn dat voor problemen?'

'Daar ga ik je echt niet mee vermoeien, dat interesseert je vast niet.'

Paul was diep beledigd. Waarom kon Andreas niet de beleefd-heid opbrengen om fatsoenlijk antwoord te geven op die eerlijk gemeende belangstelling?

'Vertel op, het interesseert me.'

'Ik vraag me af hoe de verhoudingen moeten zijn. Moet ik driekwart spannende beschrijving geven en een kwart bespiege-ling, in die verhouding, of verstoor ik dan de balans? En balans is alles. Ik wil dat je de muziek kunt horen en erin zwelgt. De lezer moet ervan genieten als van echte liefde die standhoudt. Dat wil ik teweegbrengen, een spoor dat blijft.'

Paul zat hem met grote ogen aan te kijken.

'Zo, nou weet je wat ik tegen mezelf zeg.'

'Ga door,' zei Paul, 'zeg nog eens wat.'

'Iedereen heeft in zijn leven een banale affaire meegemaakt. Jij ook. En in die banale affaire heb jij laten zien wie je bent.'

Op dat moment kwam Bibi weer naar buiten.

'Banale affaires,' zei ze, 'hebben jullie het daarover? Nou, daar wemelt het van.'

Ze begon hardop te praten.

'Zoals Pam, bijvoorbeeld. Weet je wat er met Pam gebeurd is? Die is door een onbekende jongen uitgenodigd om naar een studentengala te gaan in Delft. Een soort blind date, dat schijnt populair te zijn. Dus zij maakt zich op en stapt op de trein. Die jongen staat haar op het perron in Delft al op te wachten en ze ziet het meteen: dat is helemaal mis, en ze hoort het ook als hij zijn mond opendoet. O god! Dus met die droogkloot moet ze een hele avond samen doorbrengen. En ze staan nog maar op het perron.'

'Pam?' vroeg Paul. 'Welke Pam?'

'Nou ja, ons buurmeisje.'

'En hoe is dat afgelopen?'

'Kunnen we terug naar Metzelaar?'

'Nou, dat was dus ook een banale affaire, maar wel van een totaal andere orde. Elke eerste kennismaking heeft iets van een blind date. Ik was heel kieskeurig. Ik wilde zelf het initiatief. Achteraf klinkt het ongeloofwaardig. Maar ik was me er volledig van bewust. Het is niet zo dat het me overkwam. Ik denk eerlijk gezegd dat het hém meer overkwam. Ik had bij die man iets veroorzaakt.'

Terwijl Bibi aan het woord was zat Paul haar aan te kijken alsof hij net een slok smerige koffie had genomen en nog niet zeker wist of hij die toch maar door zou slikken of over de tafel ging uitspuwen.

'Dus jullie,' zei Paul met verbazing en misprijzen, 'gaan in mijn aanwezigheid met z'n tweeën puur technisch een verhaal construeren over die totaal onbelangrijke flirt met dat misselijke individu?'

Paul was ineens aangebrand. Onaardig.

'Ach man,' zei Andreas. Hij gedroeg zich al zeer familiair met deze Paul, die hij pas een halve dag kende. 'Jij bent toch ook nieuwsgierig? Ik help je.'

'Maar niet met een koevoet.'

'Hoe dan?'

'Doe het subtiel, dat er wat te raden overblijft. Als het zo door-gaat liggen we straks met z'n allen in bed bij die zwendelaar. Ik wil ook een beetje in het duister tasten, dat moet het juist fascinerend maken, dat brengt me misschien op het idee dat ik iets beleef.'

Paul had volkomen gelijk. Het ging om een verhaal waarmee spanning werd opgewekt. En na allerlei verwikkelingen kwam er een aap uit de mouw. Zo ging het altijd. Tenzij er helemaal geen aap was.

'Geen aap,' zei Paul, 'ik moet er niet aan denken.'

'Wat dat betreft zal ik je niet teleurstellen,' zei Bibi met een snelle blik op Paul.

'Dat bedoel ik,' zei Paul snel, alsof hij de gelegenheid aan-greep om iets te ventileren wat hem dwarszat. 'Jij houdt iets ach-ter, zo iemand ben jij, normale mensen zouden het achterbaks noemen, omdat ze geen fantasie hebben en geen talent voor be-wondering, dat probeer je zo lang mogelijk vol te houden en uit-eindelijk...'

Ze zaten er verslagen bij, de sfeer was bedorven.

'Jullie hebben het alleen maar over die Metzelaar omdat hij een beroemdheid is,' zei Paul. 'Dat vind ik ranzig.'

'Omdat hij iets heeft.'

'Omdat hij een schrijver is, met een bepaald kunstje,' vervolg-de Paul. 'Een soort goochelen. Hij verbergt iets tussen het papier en jij zit als lezer vanaf het begin te denken: wat zou het zijn? Zo doorzichtig.'

Paul haalde de ongeopende rotfles weer tevoorschijn, met de

kurkentrekker er nog in, en begon weer aan de kurk te trekken.

'Het is allemaal terug te voeren op zijn status. Want als iemand beroemd is heb je nu eenmaal interesse, dat is dan een basisgegeven, dat geeft elke beroemdheid een voorsprong.'

Terwijl Bibi zat na te denken over de woorden van Paul, had hij de fles weer op tafel gezet en zijn neus in de kranten gestoken.

'Diekstra schuldig aan plagiaat,' zei Paul met verbazing en triomf in zijn ogen.

'Verfilming Lolita gaat Hollywood nog steeds te ver.'

Daarna nam hij de roman van Metzelaar ter hand en zat er even in te bladeren. Legde het boek toen abrupt weg.

'De oorlog!'

'Wat is er met de oorlog?'

'De oorlog is al zo lang geleden,' zei Paul met enige welwillendheid. 'Nu is het niet meer belangrijk, de oorlog is voorbij.'

'Juist omdat het voorbij is, of lijkt, zou ik me heel goed kunnen voorstellen dat ik er een boek over schrijf,' zei Andreas. 'Eerlijk gezegd probeer ik al heel lang een boek te schrijven over het jaar 1940.'

'Je gaat toch nu geen roman schrijven over 1940? Daar kun je niet mee aan komen kakken. Ja, met heel veel moeite in de geschiedenisles op de middelbare school.'

Hij wees met een moeizaam gebaar naar de roman.

'Het is zo ontzettend belegen. Een gedateerd boek met een gedateerde mening van een gedateerde schrijver.'

Paul maakte hoofdschuddend een rondje door de tuin, langs het sproeiende fonteintje, de hoop met kleine steentjes, de zuil met het beeldje van een jong meisje, de vuilniszakken. De scherven van de kapotgegooide bloempot knarsten onder zijn schoenen. Hij opende het hek naar een hofje achter in de tuin. Een metershoge halfronde heg beschutte dit deel tegen inkijk. Achter het hek stond Paul roerloos omhoog te kijken, als een roofdier in een circuskooi. Met een zucht kwam hij terug en ging weer zitten, draaide de kurkentrekker uit de rotfles, gooide de kurkentrekker omhoog, probeerde hem te vangen, miste.

'Waarom verlang jij eigenlijk, met alle respect, naar literaire aandacht?' vroeg Paul.

Andreas vertelde dat hij vroeger elke dag op straat voetbalde totdat een vriend tegen hem zei dat hij niet moest voetballen maar gedichten moest lezen. En dat had hij toen gedaan.

'Waarom was je zo gehoorzaam?'

'Dat weet ik niet, maar als die gedichten me niet bevallen waren was ik wel weer gaan voetballen, of dan was ik makelaar geworden.'

'Waren er opeens geen andere verlokkingen meer?'

'Jawel, maar via die gedichten dacht ik dat mijn kansen op geluk het grootst waren. In mijn ogen was het dichterschap de hoogste status die je kon bereiken.'

'Ik heb er bewondering voor,' zei Paul, 'ik vind het heel knap, dat je schrijft en zo, maar waar komt die drang vandaan? Je verdient er niks mee. Wat zit daarachter? Zou je me dat kunnen uitleggen? Het kost zeeën van tijd. Je zou iets anders hebben kunnen doen, waar je veel geld mee had kunnen verdienen, in een mooi huis had kunnen wonen. Waarom kies je voor het schrijverschap?'

Andreas staarde met opeengeperste lippen voor zich uit. Waarom ging die kerel niet weg? Dan kon hij alleen zijn met Bibi. Als Paul zo vriendelijk wilde zijn om even op te hoepelen, om tien rondjes door het Vondelpark te joggen, dan kon hij Bibi op haar mond kussen.

'En dan nog wel met als thema: vroeger! Een antiekwinkel waar je niks verkoopt. De eerste de beste proleet met smerige oude boerentafels verdient honderd keer meer dan jij. Wat is er zo hot aan 1940?'

'Is ons eigen jaar dan zo interessant?'

'Nee, maar het is wel ons jaar.'

Paul griste het boek van tafel. 'Hier, moet je horen.' Hij las voor. 'Ik trek jullie mee naar 1940, kom mee, volg met mij het spoor terug, kom.'

Daarna kwakte hij het boek weer op tafel.

'Het is bezopen, maar dat is geschreven in 1949, dat kan ik me nog een beetje voorstellen, maar in 1996!'

Waarom schreef Andreas niet over het jaar 1996? Hij vroeg het zich in gemoede af. Het was zo oninteressant, het zei hem zo weinig. Maar hij las wel elke dag drie kranten. De kranten van 1996. Waarom deed hij dat? Om stelling te nemen? Om iets aan te pakken? Nee, het was nieuwsgierigheid, er bleef van alles hangen, al wist hij niet precies wat. Het ging hem pas later echt interesseren, als het stof was neergedaald, omdat er dan iets te zien was. De actualiteit was niks anders dan knetterend stof en gruis waarin je geen hand voor ogen kon zien. En de columnisten maar duiden en uitleggen; ze wisten het zo goed, ze keken in hun kristallen bollen en koffiepotjes, naar de vlucht van de vogels, hun persoonlijke horoscoopjes. Wat zou Andreas in vredesnaam moeten melden over ons jaar? En waarom? Om zich een houding te geven? Om te laten zien dat hij geëngageerd was? Dat hij stelling nam tegen schrijvers die dachten dat ze elke dag iets te melden hadden, over elke dag? Moest hij dat voorbeeld navolgen? Als een ode aan de kranten die altijd hetzelfde riepen? Hij pakte een krant en besloot dat er toch iets te vinden moest zijn, een enkel feitje dat iemand misschien over het hoofd zag. Maar de letters deden pijn aan zijn ogen. De kater was nog niet verdwenen. Hij leunde achterover. Droomde weg in het enige beeldschone verhaal over 1996: zijn romance met Bibi.

'Die man ligt in coma,' hoorde hij in de verte iemand zeggen.

Toen hij zijn ogen opende zat Bibi op haar hurken naar hem op te kijken. Ze vroeg of hij thee wou. Achter in de tuin zat Paul te lezen. Hij had het boek ter hand genomen en niet meer teruggelegd op tafel. De bril ging op en de bril ging af, hij stond op om zich uit te rekken, hield daarbij het boek tussen duim en wijsvinger omhoog, alsof hij een krantenjongen was die het laatste nieuws aan de man bracht. Ging snel weer zitten. Bladerde soms terug, gretig, las een passage nog eens over, keek even naar de afbeelding op het omslag, dan een poosje naar het portret van de auteur op de achterkant, in 1949, op eenentwintigjarige leeftijd. Paul schudde zijn hoofd. Hoe was het mogelijk? Maar dan legde hij het weg en greep een krant, alsof hij wilde benadrukken dat hij niet waarlijk geboeid was. En dan kwamen de citaten uit zijn mond, de koppen. Als het regelmatige tikken van een klok hoorden ze af en toe de stem van Paul: 'De kroonprinsen van Van Mierlo', 'Afschuw om kindermoorden verenigt Belgen'.

Andreas schoot weer wakker uit een korte sluimering. Waar was hij? Hij keek om zich heen. In de tuin. Thuis bij Bibi en haar sarcastische vriend. Hij moest die man opzij schuiven, dat is waar ook.

'Moet jij niet gaan joggen?' vroeg Bibi aan Paul.

'Joggen. Ik?'

'Hij gaat elke ochtend joggen, en vandaag opeens niet.'

'Maar ik heb al gejogd.'

'Dat is waar ook.'

Hoofdschuddend zat Paul over de pagina's van het boek gebogen. Hij sloeg snel tien of twaalf bladzijden om, zuchtend, maar bladerde even later terug en las aandachtig. Leunend op een hark fluisterde Bibi hoe eigenaardig ze zijn gedrag vond. Eigenaardig, dit gedrag, omdat Paul altijd volhield dat hij wat betreft de oorlog in één opzicht nooit was geëvolueerd: hij was altijd anti-Duits gebleven. Wat dat betrof leefde hij nog in de jaren veertig en vijftig, toen Effèm beschuldigd werd van een soort landverraad achteraf, omdat hij de helden samen met de schurken een menselijk gezicht gaf. Paul had het nog op zijn gezicht: Duitsers zijn beesten.

•

(1973)
Metzelaar liep overigens niet snel, wat je zou mogen verwachten als iemand bliksemsnel wil proeven van de liefde. Nee, hij liep juist heel rustig. Hij voer over straat als een zeilschip bij weinig wind. Af en toe bleef hij staan om even naar haar te kijken. Ze was bang dat hij van gedachten zou veranderen. Dat hij ineens zou zeggen: bij nader inzien doe ik het toch maar niet. Luister eens, meiske, ik heb het eigenlijk toch te druk voor een vluggertje. Die woorden kon zij overigens zelf ook uitspreken, en in feite was het denkbaar dat Felix Metzelaar dezelfde vrees koesterde. O shit, ze wil me opeens niet meer. Omdat ik zo'n vreemde man ben en omdat mijn lichaamsgeur haar niet aanstaat. Want stel dat ze opeens geen zin meer had. Wat dan? Luister eens, Felix, ik heb hier toch geen tijd voor. En dat hij diep teleurgesteld zou reageren: kind, wat ontzettend jammer, net nu ik zo vreselijk naar je verlang. Of bestonden er gedachten en gevoelens die bij Metzelaar niet mogelijk waren?

'Ik wist trouwens nog niet zeker,' zei Bibi, 'of ik met hem naar bed wilde.'
    'Ja, daaag,' riep Paul.
    'Nee, echt niet. Dat weet je gewoon niet zeker. Er kan altijd iets gebeuren waardoor je denkt: nou nee.'

Hij kwam een paar keer mensen tegen die hij kende. Dan groette hij en liep weer door, of hij werd aangegaapt door mensen die hem alleen maar herkenden en dan deed hij of hij het niet zag, maar hij zag het natuurlijk wel. Hij had ook nog even met iemand staan praten. Een knappe, oude man met een grijze baard. Een glamoureuze kapitein Haddock. 'Iemand die ik niet kende,' zei Bibi. 'Ik herinner me dat het me ergerde dat hij me niet aan de man met de baard voorstelde.'

Ze stond erbij als een onhandige tiener, met haar handen tussen haar dijen geklemd, wachtend op een beetje aandacht. De man met de baard keek haar af en toe wel aan, alsof hij benieuwd naar haar was, maar Effèm gedroeg zich alsof ze een geparkeerde fiets was.

'En jij bleef daar maar staan, als een kip zonder kop,' riep Paul uit.

'Ja, omdat het toch prikkelde.'

Toen hij afscheid nam van de man met de baard en ze weer doorliepen, zei hij: 'Dat was mijn vader.'

Ze stonden voor zijn huis aan de gracht. Een stille kade ergens achter het Amstelhotel. Nou, dat was wat. Voor zijn huis staan! Weten dat je er naar binnen kunt. Haar fantasie werd geprikkeld. De hele buurt kreeg in haar ogen een opknapbeurt, ze stond niet voor een krakkemikkig rijtje Amsterdamse grachtenhuizen.

'Ik moest denken aan een beroemd schilderij van Manet of Monet – die kan ik nooit uit elkaar houden – van een groot, licht hotel met een vlag, aan een uitgestrekte watervlakte. Zo zag het huis aan de gracht van Felix Metzelaar eruit: als een villa aan de Middellandse Zee, of een huis in Bretagne, tussen andere heerlijke villa's in een mondaine badplaats. Met parasols en jurkjes en wapperende vlaggen. Daarboven de blauwe lucht, alsof het huis inderdaad aan het strand lag, midden in de stad.'

Het was dan ook een goddelijke dag, die een belofte inhield. De details bleken haar nog helder voor de geest te staan. Het leek wel een oude film die na jaren volkomen onbeschadigd uit een bus te-voorschijn kwam. Ze zag weer hoe de deur openging. Dat was een plechtig moment, de ultieme kans om een afweging te maken. Ze ging mee met de kinderlokker, of ze besloot op het laatste mo-ment dat het nog kon om hard weg te hollen, te roepen. Maar ach-ter die open deur lag een magneet. Ze stond in het halletje stil te luisteren naar de geluiden in het pand. Was er iemand anders in huis? Effèm had zijn hand tegen de binnenkant van de deur gelegd om hem dicht te duwen, terwijl zij de zijkant nog speels vasthield. Ze voelde de druk van zijn hand en trok de deur weer een paar cen-timeter open, waarna hij hem weer een paar centimeter dichtduw-de. Dat was heerlijk. Uiteindelijk liet zij hem de deur dichtdoen ter-wijl zijn lichaam tegelijk tegen het hare aan drukte. En zo, tegen elkaar aan gedrukt, gingen ze de trap op, heel langzaam, zijn wang tegen de hare, alsof ze bezig waren met de voorbereidingen voor de langste kus uit de geschiedenis van de cinema.

Paul hield het niet uit, maakte een grommend geluid, kwakte het boek op tafel, nam de rotfles, deed alsof hij de kop van de fles ging afbijten, pakte het boek weer op, deed alsof hij aandachtig las, legde het boek weg, met een gebaar alsof hij ermee had afge-rekend, pakte een krant en begon meteen weer koppen te cite-ren, met rare stem: 'Na de boerenkool verdwijnt ook de oliebol', 'vvd-fractie eist uitleg van Jorritsma'.
    Maar het verveelde hem al gauw en hij greep toch weer naar de pocket.

Bibi stond op, liep naar Paul toe, streelde hem over zijn wang.
    'Bevalt het een beetje, schat?'
    Paul keek haar aan, het boek op zijn knie.
    'Je praat er steeds tussendoor, ik kan geen twee dingen tege-lijk.'

Als ze hem nou een uurtje met rust kon laten, dan zou hij het boek uitlezen. Paul nam het boek en ging met zijn stoel op zoek naar een rustig plekje achter in de tuin. Ze zaten een minuut alle drie te zwijgen. Het was zo stil dat het leek alsof alle buren de adem inhielden.

'Toen we nog op het stoepje in de portiek stonden hoorde ik dat in het huis de telefoon overging.'

Het was alsof ze nu, zo veel jaren later, nog steeds zou willen weten wie er belde.

'Maar dat geluid had geen enkel merkbaar effect op hem.'

Waarom holde hij niet naar binnen om op te nemen?

'Als ik zelf nog buiten sta, voor mijn eigen deur, en ik hoor binnen de telefoon rinkelen, dan ga ik me haasten, maar dat deed hij absoluut niet. Zelfs toen we binnen waren en hij de deur achter me had gesloten ging hij niet meteen op het geluid van die rinkelende telefoon af. Zoals de meeste mensen zouden doen: eerst de telefoon aannemen. Nee, hij duwde zijn wang tegen de mijne. Hij gedroeg zich eigenlijk alsof er helemaal geen telefoon rinkelde. En het ging maar door. Dat is niet bepaald prettig als je voor het eerst ergens binnenkomt.'

Door een stom toeval begon op dat ogenblik, ergens verderop in een huis, achter openstaande tuindeuren, een telefoon te rinkelen.

Paul kwam aanlopen.

'Maar dit is bespottelijk, gewoon bespottelijk,' zei hij even later, en hij las een paar zinnen voor, hoofdschuddend, verontwaardigd, geluidjes uitstotend.

'Een arrogante snotneus die mij komt vertellen hoe de oorlog in elkaar zat. En dat vinden jullie mooi!'

Maar hij legde het boek niet weg.

'Het is ook zo kinderlijk. Zo onvolwassen.'

Vreemd genoeg vertelde hij haastig waar het boek over ging, alsof hij wel degelijk werd meegesleurd en geen tijd wilde verliezen om zo snel mogelijk weer door te kunnen lezen. Het ging over een jongetje van twaalf dat zich in de tuin van zijn huis probeert te verstoppen, in de meidagen van 1940, omdat hij bang is, niet zozeer van de oorlog, maar voor de ruzies van zijn ouders. Het jongetje zit steeds in de tuin en daar hoort hij zijn moeder die hem roept. Doodstil zit hij te wachten tot zijn moeder weer naar binnen gaat. Tussen de struiken leeft hij als een landloper, een indiaan, een mol. Hij wil graag een held worden. En dan doet hij een heel vreemde ontdekking in zijn eigen tuin. Met zijn samenvatting maakte Paul bij Andreas en Bibi herinneringen los aan het boek, dat ze eeuwen geleden hadden gelezen.

'Maar je vindt het geen mooi boek?'

'Dat jongetje in die situatie, dat heeft wel iets. De blik van een twaalfjarig kind is volkomen zuiver. Door dat jongetje zal ik nog wel een paar hoofdstukken lezen, over hoe hij dat beleefde; dat is interessant in zo'n vreselijke tijd, hoe een kind dat ervaart.'

Ze spraken over hoe je in een boek verstrikt kon raken, dat je soms werd overrompeld, hoewel je in het begin dacht: dat krijg ik nooit uit. Een vreemde zuigkracht waar je eerst niks van merkte. In het begin moest je erin komen, in het verhaal, de personages, je moest aanknopingspunten vinden, je eigen plek, je thuis gaan voelen en meegaan in de stroming, nieuwsgierig worden. Dat vroeg een zeker geduld.

'Wat mij tegenstaat,' zei Paul, 'is dat het allemaal is opgeschreven door die Metzelaar, dat hij me dat verhaal vertelt. Dat maakt me onpasselijk.'

'Een mooi verhaal is een mooi verhaal,' zei Bibi.

'Ik ben er nog niet uit,' zei Paul.

Hij bewoog zijn handen en armen, om daarmee aan te geven hoe hij het boek beleefde. De gebarentaal van iemand die iets doet wat tegen zijn hoogste principes indruist, gebaren die hij liever niet zou maken, maar er zat niks anders op. Niet alleen zijn handen bewoog hij, een heel register werd opengetrokken: een beetje wiebelen met het hoofd, de lippen tuiten, dan opeens met samengeperste oogleden, kiezen op elkaar. Paul was een acrobaat die balanceerde boven de afgrond en die door het maken van eindeloos veel minuscule bewegingen probeerde zijn leven te redden. Ze merkten dat hij er nog meer over kwijt wou.

'Nee, het is geen pretje, maar op een bepaalde manier ook weer wel. Het boek doet wel een soort beroep op mijn nieuwsgierigheid, je wilt weten wat er echt gebeurd is, zoals je ook echt zou willen weten hoe bepaalde gebeurtenissen uit de geschiedenis werkelijk gegaan zijn.'

In de verte hoorden ze een fluitketel.

'Wat dan?'

'Alledaagse dingen, maar ook andere. Hoe Hitler de opdracht heeft gegeven tot al die vreselijke dingen. Je zou daarbij willen zijn, niet de Wannsee-conferentie, maar nog eerder: het moment dat Hitler het plan dat in hem zat, dat hij al heel lang koesterde, dat hij dat aan iemand vertelde – luister eens even, ik moet jou wat zeggen. Over hoe we het gaan doen. En de reactie bij de ander, Himmler, wat die dan zegt of doet, hoe hij met zijn vulpen speelt, of aan zijn snorretje plukt.'

Paul speelde de scène na.

'Je bedoelt...' zegt Himmler.

'Ja, dat bedoel ik.' Ja ja, mein Freund, genau, das meine Ich, genau das. Hoe Himmler zich inhoudt; hij springt niet juichend op, maar hij brengt ook geen bezwaar naar voren – Aber, mein Führer. Nee. En hoe de vrome katholieke Himmler dan met zijn onderwijzerstasje naar huis gaat en aan tafel zit bij vrouw en kind en zijn soep lepelt, terwijl hij denkt: genau das.

'Vertel mij eens, Paul: wat deed jouw vader op 10 mei 1940?'

'O, gottegot, gaan we zo beginnen?'

'Vertel op.'

'Dat weet ik echt niet.'

'Het is verdacht om zoiets niet te weten.'

'Wat wil je dan weten?'

'Zat hij in het leger? Heeft hij gevochten? Ga me niet vertellen dat je dat niet weet.'

Paul liet merken dat de vraag hem niet aanstond. Hij demonstreerde zijn onwil door zich doof te houden, door speels en lacherig te bewegen, alsof hij wilde wegkruipen.

'Vertel het nou gewoon,' zei Bibi, 'dat je vader erbij was, vertel het. En maak het niet zo dramatisch, het was gewoon ontzettend lullig. Lullig was het.'

Paul bleef tegenstribbelen, hij wilde niet over zijn vader praten. Omdat hij hem een volkomen oninteressante man vond, voor wie hij zich schaamde.

'Hij zat in een bunker bij Naarden en heeft daar drie nachten zonder slaapzak op het beton geslapen,' zei Bibi.

'Daar heeft hij zijn hele leven last van gehad,' ging Paul verder. 'Het is in zijn botten getrokken, gedonder met zijn gewrichten, die man was altijd jichtig, altijd chagrijnig, daarom heb ik hem ook nooit gemogen. Vreselijke man.'

'Ik hoop toch dat er nog andere redenen zijn waarom je tot die conclusie kwam?'

'Nee. Ik denk trouwens dat die jicht helemaal niks te maken had met de oorlog, maar dat hij de oorlog gebruikte als argument om een uitkering te krijgen.'

Met een abrupte beweging stortte hij zich weer op het boek.

Op de avond van de 10e mei stond hij radeloos bij de trap. Zijn vader en moeder waren verwikkeld in een bittere woordenstrijd. Het geluid van hun stemmen maakte hem week en misselijk. Hij hoorde zijn vader dingen zeggen waar hij van schrok. En het gejammer van zijn moeder had hem verbaasd. Eerst was hij naar de zolder gevlogen en daar had hij zich stilgehouden. Maar hun stemmen drongen nog tot hem door, zelfs als hij zijn handen tegen zijn oren drukte. In totale verwarring was hij de tuin in gerend. De struiken stonden om hem heen als vreemde kleine mensen met een koddig uiterlijk, bange, mismaakte kinderen die hier bijeen waren om te ontsnappen aan het geweld in de huiskamer. Met handen over hun oren, in stilte naast elkaar.

Na een eindeloze periode van wachten haalde hij zijn handen van zijn oren, liet zijn armen zakken en luisterde. Het was stil in huis. Hij ging weer naar binnen. Op zijn kamer probeerde hij het boek over Sven Hedin te lezen. De beroemde avonturier die altijd op reis was en dus nooit last had van gedonder thuis. Sven Hedin was op bezoek bij een Indische maharadja. Bij een Perzische koning. Onder normale omstandigheden kon Tobias urenlang wegzinken in de glans van deze avonturen. Nu pauzeerde hij regelmatig, legde het boek op zijn bed, stond op en luisterde aan de deur. Maar er drong niets tot hem door. De stilte was niet rustgevend, eerder bang makend, alsof zijn zintuigen voortdurend met niks anders bezig waren dan het aftasten van de sfeer in dit huis, om vast te stellen of de rust niet verbroken werd door plotseling lawaai, een vallende vaas, een rotopmerking of een gil.

Wat was het moeilijk om verder te lezen! Hij bekeek zijn eigen kamertje alsof hij er nog nooit eerder geweest was. Daar hing het affiche van de Automobielsalon in Amsterdam, waar hij met zijn vader geweest was toen alles nog goed was. De herinnering was niet zoet meer. Maar het zou ineens weer kunnen veranderen. Als er iets fijns gebeurde. Als zijn moe-

der de kamer in kwam, zingend of neuriënd, met een stof-
doekje zwaaiend. Als ze hem even beetpakte en een zoen in
zijn nek drukte en dat hij begreep: het is dus weer vrede tussen papa en mama. Zelfs aan de meubels zou hij het merken:
het lage bed met de knoestige poten, de kast met achter de
glazen schuifdeurtjes zijn schatten, de plaatjes, het behang.
En hij zou weer gewoon honger hebben. Zin in tien boterhammen, de geuren uit de keuken opsnuiven. Ergens moest
dat geluk zich bevinden. Misschien moest hij zich gedragen
alsof er nog iets over was van de geheimen van vroeger, alsof
hij de resten ervan kon waarnemen door diep te inhaleren via
zijn neus, door uit het raam te kijken naar de boom en de nog
steeds strakblauwe lucht, en de tuin, het paradijs van zijn jonge leven.

Gisteravond was hij midden op de weg gaan staan, na het
eten, het was al donker. Als er een auto aankwam zou hij gewoon blijven staan tot hij stopte. Er zou iemand uitstappen,
bijvoorbeeld een keurige meneer of een aardige mevrouw, en
die zou vragen wat er aan de hand was. Dan zou hij zijn tranen de vrije loop laten. Ze zouden hem vragen om even in de
auto te komen zitten en hij zou het mogen uitleggen. Dat het
verdriet ondraaglijk was, dat hij boos was op zijn vader en
moeder, dat ze zijn leven tot een hel maakten omdat hij er
elke dag en elk uur getuige van moest zijn hoe onaardig ze tegen elkaar waren. Rij maar met ons mee, zouden ze zeggen,
en de auto zou wegrijden en hij zou nooit meer terug hoeven.
Maar er kwam geen auto, het bleef doodstil in zijn straat, alsof alle auto's van de hele wereld hadden besloten om die ene
straat vanavond te mijden. Het enige dat er gebeurde was zijn
moeder die vanaf het bordes riep: 'Tobias, wat doe je daar?'

Hij had al lang uit het raam staan kijken en zag iets wat helemaal niet kon. Iets wat bewoog in de tuin. Geen duif, of een
ander dier, geen hond of kat. Het leek op een bewegend stuk
grond. Een plank die bewoog in de wind? Maar er stond geen
zuchtje wind. Hij bleef roerloos bij het raam staan en zag de
plank een eindje omhoogkomen. Kon een mol een plank om-
hoogduwen? Toen het stil bleef rende hij de trap af, langs
zijn verbaasde moeder in de keuken en de tuin in. Had hij
het goed gezien? Aandachtig staarde hij naar de toppen van
de bomen. Er stond geen wind. Het was zonnig. Het zicht
was onbelemmerd. Het moest wel heel hard waaien als er een
plank omhoogkwam. Een eeuwigheid stond hij doodstil bij de
perelaar, uit het zicht, van zijn moeder, zijn ogen gericht op
die plank, enigszins gebogen, en dus kreeg hij pijn in zijn rug.
De afstand was nog zeker twintig meter.
'Tobias!'
Aan het geluid van haar stem kon hij horen dat de vrede in
huis ver weg was. Ineengedoken, met zijn handen over zijn
oren om haar schrille stemgeluid niet te hoeven horen, hield
hij zich stil. Voetje voor voetje drong hij verder door in de
tuin, alsof hij door zo langzaam mogelijk te bewegen de wereld om zich heen veranderde, centimeter voor centimeter,
tot hij eindelijk zo dichtbij was dat hij het kon zien. Voetje
voor voetje weg van zijn moeder, die bij de keukendeur haar
blik over dit landschap liet gaan, terwijl hij zich schuilhield,
tot de deur met een klap weer dichtging. Hij kon zich meesterlijk schuilhouden. Hij was in staat om deze tuin te laten
uitdijen tot een eindeloze jungle. De wereld tussen zijn moeder en een bewegende oude plank. Hier, had zijn vader ooit
gezegd, komt ons zwembad. Als het 's zomers lekker weer is
kun je zo uit je bed in het water duiken. Hij geloofde die belofte van zijn vader, toen, en hij zou hem graag nog steeds ge-

loven. Het prieeltje dat de vorige bewoners ooit hadden aangelegd, had hij samen met zijn vader afgebroken om de weg vrij te maken voor hun eigen plannen. Halverwege de tuin passeerde hij de resten van een pergola die zijn vader ooit had trachten te maken. Om droog tot helemaal achter in de tuin te kunnen komen. Droog in de winter, en beschut tegen de zon in de zomer. We kunnen de tuin ook verwaarlozen, had zijn vader gezegd, dat kan ook. Dan krijg je wel iets heel anders. Dan wordt het romantisch. En zoals de situatie nu was leek het alsof de keus nog altijd niet gemaakt was. Hij werd verzwolgen door de mogelijkheden die nog altijd bestonden, van een schitterend zwembad tot een dichtgegroeid paradijs voor Doornroosje. Want er waren kansen te over om te bouwen en te fantaseren, om de betovering van de tuin mee te maken, om zelf ook betoverd te worden, elke avond, nacht, ochtend. Als de oorlog lang ging duren, als de vijandelijke troepen niet op tijd terugtrokken, dan werden ze allemaal gevangengenomen, dan zou zijn tuin in verval raken. Het huis waar hij geboren was zou transformeren tot een oud gebouw, verweerd en verschimmeld, het zou eruit gaan zien alsof het was opgetrokken uit middeleeuwse baksteentjes, met openstaande ramen, wapperende, gescheurde gordijnen. Ramen die een inkijkje boden in het karkas, met reusachtige gebroken ribben, balken van de ingestorte bovenverdieping. En de tuin een afschrikwekkende wildernis, vol slangen en giftige gassen. Om dat gevaar af te wenden zou hij de beste tuinman van de wereld moeten worden, en hij zou een leger om het huis moeten samentrekken. Maar daarmee was je er nog niet, want hoe kreeg je je vader en moeder in het gareel? Hij zou hier niet moeten wonen. Hij zou zich onzichtbaar moeten maken, of op z'n minst een poosje uit logeren gaan. Maar waar?

Toen hij eindeloos lang gewacht had en nog steeds de moed niet had om op de plank af te lopen, hem op te tillen en weg te duwen, om vervolgens waarschijnlijk alleen pissebedden en smurrie tegen te komen, toen gebeurde het. De plank kwam weer omhoog. Het was een brede plank, eigenlijk waren het er twee, bijeengehouden door dwarslatjes. Hij had weleens een mol tevoorschijn zien komen, met het wollige zwarte kontje achteruit naar buiten werkend, alsof het dier nog niet in de gaten had dat het voor een groot deel al in de buitenlucht was beland. En zich dan opeens omdraaide naar het licht, waarvan het waarschijnlijk helemaal niks kon zien, en dus ook niet schrok van de jongen die naar hem stond te kijken. Eigenlijk verwachtte hij een enorme mol. Maar het was geen mol. Wat hij zag gaf hem een vreemde schok. Hij zag vingertoppen even onder de rand van het hout vandaan komen; ze pakten iets beet, een blad, of een kluit aarde, dat kon hij niet goed zien, en de vingers gleden weer omlaag, in de ruimte onder de plank.

Spoken bestonden niet, dat was al heel vaak door zijn moeder gezegd en door zijn vader wetenschappelijk onderbouwd. Niemand had ooit een spook gevangen en tentoongesteld. Je kon niet naar het spokeninstituut op de Keizersgracht in Amsterdam om er eentje te zien. Er waren zelfs geen mummies van spoken in Leiden. Het was geen serieus onderwerp. Maar ángst voor spoken bestond wel. Dat merkte hij elke dag als hij nog even onder zijn bed keek voor het slapengaan. Vandaag geen spook. In hun eigen tuin had hij nog nooit een indringer gezien. Ook geen landloper of zwerver, geen inbreker, zelfs geen buurman die per abuis op vreemd grondgebied kwam, geen kind dat een bal kwam ophalen die over de heg was geraakt. Alleen zijn vriendjes op een woensdagmiddag, voor onderzoekingen in de natuur.

Wie was het dan?

Er was gewaarschuwd voor vijandelijke soldaten, op de radio. En voor verraders, voor de vijfde colonne. Een neergeschoten piloot die zich verborgen hield? Er ging een zin door zijn hoofd die hij was tegengekomen in een boek: Daar moet ik het mijne van hebben. Was het toch zijn vader die een kuil aan het graven was om vuil op te ruimen, om iets te verbranden? Nee, zijn vader zat in de achterkamer voor de zoveelste keer de krant te lezen, dat kon hij van hieraf zien. Hij voelde een hunkering opkomen die hij goed kende. Zijn verlangen om een cowboy te zijn, of een indiaan, of een ontdekkingsreiziger, en dat verlangen groeide, als de begeerte die hij nog niet kende. Het zuivere, echte, naakte avontuur, bij hem thuis in de tuin. Hoe vaak was hij over de tegels gelopen, het trapje af, over het gazon, achteromkijkend of hij niet gezien werd. Vaak werd hij niet gezien, omdat hij zich als het ware onzichtbaar kon maken. 'Hè, ben jij in de tuin? Ik heb je helemaal niet gezien.'

Natuurlijk zou hij nu kunnen roepen. Papa! Mama! De kamer in rennen en zijn ouders aanklampen, om alarm te slaan. Papa, mama, er is iemand in de tuin. Hij hield zijn kaken stijf op elkaar. Koos een route langs de rand van het gras, tussen de struiken, ging door de knieën toen hij het huis naderde, op handen en voeten verder kruipend, af en toe omkijkend. Zelfs nu genoot hij ervan dat hij dit zo goed kon: de ruimte oneindig maken door zo langzaam mogelijk te bewegen. Het zou belachelijk zijn als hij hier nu betrapt werd, alsof hij nog steeds de spelletjes speelde van toen hij zes jaar was. Daar was hij nu te oud voor. De spottende stem van zijn vader zou hem wakker schudden: moet ik misschien even je indianenpakje uit de kast halen?

Met zijn rug zat hij tegen de muur en luisterde naar de stilte in het huis. De ramen stonden open, hij hoorde geen klanken van de grammofoon, geen vrolijke stemmen. Ja, hij hoorde toch iets: een geruis. Waarschijnlijk zat zijn vader nu in een hoekje van de woonkamer met zijn benen onder het bureau en zijn oor tegen de radio. Zijn vader wilde op alle verstaanbare zenders horen dat Nederland was aangevallen. In alle talen wil-de hij het nieuws uit de luidspreker horen schallen, zelfs in ta-len die hij niet verstond, want er zou altijd wel een klank of een woord bij zitten waaruit hij kon opmaken over welk nieuws het ging. Zijn vader was die ochtend zijn slaapkamer binnengekomen, en had geroepen: wakker worden, het is oorlog. Het had hem niet verbaasd, en eerlijk gezegd was hij ook niet geschokt. Het nieuws had hem een scheut opwinding bezorgd, hij had gedacht aan school. Hoe moet het dan met school? Nou, je gaat gewoon naar school. En hij was inderdaad op school geweest. De meester had gebeden. Laten we beginnen met een gebed op deze akelige dag. En aan het eind van de ochtend hadden ze met de hele school staan bidden in de hal.

Hij ging op de loer liggen, uit het zicht van zijn moeder, die hem niet mocht zien door het raampje in de keuken. Haar bemoeizucht was soms onverdraaglijk. Ze hoorde alles, zag alles, voelde wat hij voelde. Hij had tegenover haar eigenlijk maar één wapen: zijn meesterlijke sluipgang. De hele avond lag hij daar op de aarde, de zon verdween achter de dakgoot van de buren, het werd langzaam schemerig. Hij fantaseerde, droomde, schrok op uit zijn mijmering als er een vliegtuig overkwam. Kreeg eerst dorst en daarna honger, maar bleef liggen en werd stijf. Hij had zich slecht voorbereid. En hij moest plassen. Om te kunnen vertrouwen op zijn zintuigen moest hij gezond blijven. Hoe moest je dapper zijn als je niet gezond was? Hij bezat niet de moed om naar de plank te lopen, hem op te tillen en te roepen: wat moet dat daar? Is daar iemand? Kom tevoorschijn als je durft! Kon het niet zijn dat hij zich vergist had? Een fata morgana? Zou dat kunnen bij dit weer, was er ooit in Holland door iemand een gezien? Nee, fata morgana's kwamen alleen voor in verhalen over goed uitgeruste, echte avonturiers. Mannen en vrouwen die zorgden voor leeftocht en water. Wat hij gezien had was dus waar. Telkens als hij probeerde te verklaren wat die man (of vrouw) daar deed in hun tuin, kwam hij op een punt dat zijn fantasie hem in de steek liet. Waarschijnlijk had hij iets gezien wat zijn verstand te boven ging. Zijn moeder zou hem zo dadelijk komen zoeken. Ze zou roepen. Voor de thee. Ze zou ook koffie gezet hebben, voor zijn vader, en ze zou het kopje zonder een woord te zeggen naast de radio neerzetten. Nee, hij hoefde niet naar binnen. Honger en dorst konden hem voorlopig niet uit de tuin verdrijven.

'Tobias!'

De stem van zijn moeder. Het geluid doorbrak de betovering van zijn rare isolement hier achter in de tuin. Toen zijn moeder hem gisteren riep was hij overeind gekomen, hij had braaf de aarde van zijn knieën en zijn broek afgeschud, om terug te keren in de werkelijkheid. Dat was gisteren. De laatste keer dat hij gehoorzaamde. Ze had hem weggerukt uit zijn dromerijen. Gisteren, toen het geen oorlog was, had hij het allemaal nog verzonnen.

De minuten verstreken.

'Tobias!'

En toen opeens gebeurde het. De plank ging langzaam omhoog en er kwam een hoofd tevoorschijn. Het gaf hem een rilling, alsof de kop van de slang eindelijk gehoor gaf aan het fluitspel van de magiër. Een man. Het was in elk geval niet zijn vader. Met die mogelijkheid – dat merkte hij nu – had hij eigenlijk nog steeds rekening gehouden. Zijn vader zou dit onverklaarbare verschijnsel zelf op deze wijze oplossen, door te verschijnen. Maar hij was het dus niet. Het was een vuil gezicht dat hij niet herkende, geen oom, geen buurman, geen meester van school. Geen bekende vaderlander, een onherkenbaar, totaal onbekend gezicht, omhoogkomend uit de aarde van zijn eigen tuin. Het was een hoofd met diepliggende blauwe ogen, zoals hij die weleens zag bij een boer. Waakzame, maar toch aardige ogen. Op het eerste gezicht niet iemand tegen wie hij zich moest verweren, niet iemand die hem bedreigde. Een gezicht dat hem deed denken aan de kolenboer die op en neer loopt tussen de vrachtwagen met kolenzakken en het trappenhuis waar hij een bestelling aflevert. Maar de kolenboer was vlijtig bezig met kolen sjouwen. Deze man was onzeker, dat zag je aan zijn ogen, hij zag eruit alsof hij hulp nodig had, hij verkeerde in nood, maar Tobias had geen idee wat voor nood het kon zijn. Een pikzwart gezicht met grote, bange ogen die zeiden: is de ellende nog niet afgelopen? Tobias zou de man pas kunnen identificeren als hij zich gewassen had, een douche genomen, een pak aangetrokken. En wat hij meteen aanvoelde was de vrees bij de man dat er iets kon gebeuren. Je gaat me toch niet verraden, jongen, dat ben je toch hoop ik niet van plan? De vrees in die blauwe ogen gaf hem terstond een brok in zijn keel. De man haalde diep adem.

'Wie bent u?' vroeg Tobias.

Het leek alsof de man nadacht om vast te stellen of hij antwoord moest geven. Toen legde hij een vinger op zijn lippen, alsof hij zeggen wou: stil, praat hier met niemand over. De plank viel met een klap weer omlaag. Tobias was ineens weer alleen in zijn tuin, alsof er niks was gebeurd.

Hij werd overvallen door een enorme nieuwsgierigheid. Wie

was dat? Waarom wilde hij verder niks zeggen? Hij zou willen roepen: ho, stop! Ik wil u zien, met u kennismaken. Maar waarom wilde hij dat? Wat zou hij daarop moeten zeggen? Ik ben een ongelukkige, gestrande avonturier. U bent mijn enige hoop nog in deze donkere dagen. Zo zat hij daar te wachten, met kloppend hart, in de hoop dat er nog iets gebeurde, maar te bang om zelf iets te doen. Toen hij lang had gewacht werd hij rustig. Hij bewoog zich in de richting van het huis om naar binnen te gaan en een kop thee te drinken. Als hij moedig was geweest, als een echte held, dan had hij misschien iets gedaan, dan was hij op de plank afgelopen en had hem opgetild om te kijken wat eronder zat, om een verklaring te eisen. Maar hij had zich omgedraaid en was teruggelopen. Nu had hij een geheim, iets wat hij kon koesteren; als hij met dit geheim voorzichtig was zou het hem belangrijk maken. Iets wat zelfs zijn vader misschien niet wist. Nee, hij zou niks tegen zijn vader of moeder zeggen. Het was alsof hij veranderd was door die vreemde korte ontmoeting. Alsof hij met die man een verbond had gesloten.

Hij droomde die nacht over zijn beste vriendje, David: dat hij midden in de nacht bij hem aanbelde, dat er niemand thuis was, David niet, zijn ouders niet, zijn broertjes en zusjes niet, en dat hij het huis binnenging door het raam. Via donkere kamers en gangen was hij diep in het huis doorgedrongen en ten slotte de tuin in gelopen. Op onderzoek. De droom eindigde met een luik dat omhoogging.

•

'Dat is wat ik aan het lezen ben,' zei Paul.

'Ik vind het weer intrigerend,' zei Andreas.

'Ik weet het niet,' zei Paul, 'het gaat me allemaal veel te langzaam, waarom vertelt hij niet meteen wie die man is en wat hij daar doet? Daar moet ik honderd bladzijden op wachten, dat voel ik nu al, dat wordt uitgesteld om de spanning erin te houden. Ik ga afhaken.'

Andreas veerde op, voelde zich aangesproken, wilde een gloedvol betoog houden.

'Maar dit is hartstikke spannend.'

'Spannend? Hoe bedoel je spannend? Wat versta jij onder spannend? Iedereen gebruikt tegenwoordig het woord spannend, bij het minste of geringste, wat is er zo spannend, wat vind jij spannend, geef eens een voorbeeld, dat ik weet of het woord voor jou nog iets betekent.'

Andreas dacht bliksemsnel na.

'Nou, bijvoorbeeld een meisje dat op een vliegveld staat te wachten op haar natuurlijke vader, die ze nooit eerder heeft gezien. Ze kijkt naar het dalende toestel waar hij in zit. Twintig jaar heeft ze over hem gedroomd, in haar meisjeskamer, de man van haar dromen, haar vader.'

Paul keek hem niet-begrijpend aan.

'Zoals Bibi Halbzwei, die tot haar achttiende jaar niet wist wie haar vader was, tot hij zich zelf bij haar aandiende en vervolgens weer in het niets oploste. En haar moeder kent ze al helemaal niet, dat interesseert haar niet eens.'

'Wat zeg je allemaal?'

'Je vroeg toch om van mij te horen wat ik onder spannend versta, dat wilde je toch weten?'

'Ja, rustig maar. En mijn vrouw heet trouwens Ramona Fromm.'

'Volgens mij heet ze Bibi Halbzwei, en dat vind ik ook spannend.'

'Jij haalt alles door elkaar.'

'Waarom noem je haar Bibi?' vroeg Paul. 'Ze heet toch Ramona?'

'Ja,' zei Andreas, 'waarom noem ik haar eigenlijk Bibi? Nou, ik weet niet of ik het mag zeggen.'

'Zeg het maar,' riep Paul.

'Volgens mij heeft ze haar identiteit veranderd.'

Paul rolde met zijn ogen.

'Wat nu weer?'

'Dat heb ik je weleens verteld,' zei Bibi, die opeens in de deuropening bleek te staan, 'over dat meisje dat op het Instituut gewerkt had en toen verdronken is.'

'Dat herinner ik me.'

'Volgens Andreas ben ik dat meisje. Als hij dat wil denken – ik vind het best.'

'Dat moet je niet best vinden. Of is Andreas geestelijk gestoord? Ik kan het allemaal niet volgen. Als dat meisje verdronken is, hoe kan jij dan dat meisje zijn? Jij bent toch niet verdronken? Wie ben je nou?'

'Ik ben Ramona Fromm.'

'Maar hij noemt je Bibi, vind je dat goed?'

'Jij hebt toch ook een koosnaampje?'

Paul was zichtbaar geïrriteerd. Hij schopte met zijn voet tegen de tafelpoot.

'Gedverdemme.' Hij zakte onderuit. Het was alsof hij zo boos was dat hij niet langer naar Andreas wilde luisteren.

'Maar ze heet toch Ramona, zo heet ze toch, noem haar dan Ramona.'

Na een stilte, die niet te lang mocht duren, ging Paul weer rechtop zitten.

Andreas hield zijn mond.

'Doe niet zo opgewonden,' zei Bibi vanuit de deuropening.

Andreas zou in staat willen zijn om Paul te overtuigen. Met kracht van argumenten, desnoods met een bepaald soort venijnige klap op de kop. De klap die alles verduidelijkt. Dat Metzelaar een groot schrijver was die respect verdiende, dat Ramona eigenlijk Bibi was. En dat Bibi hém, Andreas, toebehoorde. Hij zou haar desnoods met Paul willen delen. Ramona voor Paul, Bibi voor Andreas. Het ging toch om Bibi. Ramona was niet meer dan een masker waarachter zijn ware geliefde zich schuilhield. Maar in de ogen van Paul was dit alles baarlijke nonsens.

'Kalmeer even,' zei Paul. 'Idioot.'

Op dat moment kwam Bibi weer uit de keuken de tuin in.

'Dan ben ik nu weer aan de beurt,' zei Bibi. 'Waar was ik gebleven?'

'In de slaapkamer.'

'God, er komen weer allemaal details naar boven waarvan ik dacht dat ze voorgoed waren weggezakt. Dat maakt het praten los.'

•

(1973)

'Wacht maar even,' zei Metzelaar ten slotte, terwijl ze op een overloop stonden op de eerste verdieping. Hij ging een kamer in. Ze hoorde zijn stem gedempt iets zeggen en daarna legde hij kennelijk de telefoon weer neer.

'Was het dringend?' vroeg ze toen hij weer terugkwam.

'Ooit was het dringend,' zei hij.

Toen ze weer een trap op liepen begon de telefoon opnieuw te rinkelen. Er kwamen prompt fantasieën in haar op: over buitenlandse uitgevers, over journalisten, over televisieredacties, en allerlei sloeries die achter hem aan zaten en die hij op afstand moest houden. Maar op dat ogenblik was ze al die sloeries te vlug af, zij was op dat moment zijn nummer één, anders was ze daar niet. Ze merkte dat hij geen enkele moeite deed om zich anders voor te doen dan hij was. Eigenaardig trouwens, voor iemand die volgens iedereen een dandy was.

Neem dit, bijvoorbeeld.

Ze had hem gevraagd hoe hij het deed: vrouwen verleiden. Had hij een methode? Wist hij van tevoren hoe hij meisjes op het spoor kwam, hoe hij ze oppikte? Zijn antwoord was haar bijgebleven, al die jaren, omdat het zo vrijmoedig was, omdat hij er zo los over durfde te praten, alsof hij een handelaar was in buizen en pijpen, lichte materialen voor de riolering, en omdat hij zijn taalgebruik als het ware aanpaste aan de banaliteit van buizen en pijpen, zelfs grof werd, op het scabreuze af, een grove man met grove praatjes, die in feite genoot van het gemak waarmee hij het woord 'neuken' gebruikte, binnen de bescherming van zijn huis. Wat hij op straat nooit zou doen.

Hij zei dat hij niks speciaals deed, dat het vanzelf ging, al sinds hij een puber was. Ook oudere vrouwen waren altijd bereid geweest hem hun gunsten te verlenen. 'Maar dan ben je een verwend mormel,' had ze gezegd. En daar moest hij erg om lachen. 'Inderdaad, ik ben verwend, maar volgens mij volkomen terecht.' Hij bleef een poosje die rol spelen, hautain en spottend, maar toen hij wat gedronken had werd het ook een beetje plat.

'We willen graag precies weten hoe hij demonstreerde dat hij een ordinaire viezerik was,' zei Paul.

Ze wilde horen of hij vaak meisjes van straat oppikte. Zijn gezicht klaarde op, het beviel hem wel dat ze erover sprak. Met smaak begon hij te vertellen. Over hoe hij een vrouw verleidde. Het belangrijkste was onvoorwaardelijke en totale aandacht, want er mocht hem niks ontgaan. Er waren voor Metzelaar drie mogelijkheden. De drie grote uitnodigingen die hem elke dag op straat en in de huizen of in het open veld tegemoet kwamen. Daarnaast was er het grote niets. De immense oceaan van menselijke wezens van het vrouwelijke geslacht die hij met een korte beweging van zijn arm afdeed als niet ter zake doende voor zijn particuliere lijfelijke extase. De afwijzing. Gewoonlijk voelde hij zich een voorname vis in die oceaan. Hij zwom ook als hij sliep en 's ochtends werd hij wakker in een onbekende zeestraat, of een baai, en was omgeven door vrouwelijke zwemsters. Er kon altijd iets op zijn vissenpad komen. Als hij afwisseling wou kroop hij uit het water en keek rond op het land. De meeste mensen wees hij af, hij lachte er een beetje om, om de hele schepping. Maar soms zag hij ineens iets, of hij hoorde een vrouw ritselen. Kijk, dan werd het tijd om de pas in te houden. En dan waren er drie mogelijkheden. Mocht hij het even plat zeggen? Alsof ze mannen onder elkaar waren? Vond ze dat goed? Kon ze daartegen? De meeste vrouwen konden daar namelijk niet tegen, en dat begreep hij heel goed, hij wilde haar niet kwetsen.

Paul schudde zijn hoofd. Met deze hele scène, scheen hij te denken, was iets mis. Hij zei het ook. Het was van een smakeloosheid! Hoe kon dit in godsnaam nog op niveau gebracht worden? En als dat niet lukte, dan moest het afgelopen zijn; dan mochten deze twee mensen elkaar niet eens ontmoeten, dan berustte het hele geval op een misverstand dat nog net op tijd kon worden rechtgezet, want zelfs een banale flirt...!

'De noodrem, waar is de noodrem, trekken, maakt niet uit als er mensen gedupeerd raken, dit kan zo echt niet verder.'

'Maar wil je dan niet weten wat hij zei?'

'Die man is dit hele huis aan het infecteren. Hou het een beetje beschaafd.'

'Goed,' zei ze, 'ik vertel het, maar dan moeten jullie mij eerlijk vertellen wat je ervan vindt.'

•

'Eerste mogelijkheid,' zei Metzelaar. 'Nog eens goed naar kijken. Tweede mogelijkheid: mee naar huis. Derde mogelijkheid: mee naar bed.'

'En wat was ik?' vroeg Bibi.

'Meekomen.'

'Meekomen?'

'Meekomen.'

'Dus niet: mee naar bed?'

Het was bespottelijk, maar ze voelde zich gekwetst. Ze verkeerde in de bloei van haar jeugd, of haar prille volwassenheid. Het deed haar pijn dat ze niet meteen tot de derde categorie was toegelaten.

'Bij jou,' zei Metzelaar, 'hangt de verdere gang van zaken af van het innerlijk dat ik blootleg.'

Ze begon vragen te stellen om haar positie zo helder mogelijk in beeld te krijgen. Wat deed hij eigenlijk als een vrouw die hij begeerde in gezelschap was van een andere vrouw, of zelfs van een man? Daar moest hij om lachen. Het maakte niks uit of zo'n vrouw alleen werd aangetroffen of in gezelschap was. Hij ging op jacht. Schoof de concurrentie opzij. Logisch. Want als je ook maar een seconde aarzelde vanwege dit soort omstandigheden, dan had je de slag in feite al verloren, dan was je onzeker. Daar had hij nooit van zijn leven last van gehad.

'Wees blij,' zei hij, 'dat je in de tweede categorie zit, want die is eigenlijk veel interessanter, daar heb ik ook de beste ervaringen mee gehad, die zorgen altijd voor verrassingen, soms wel heel teleurstellend, maar goed, er is door jou een enorme verwachting gewekt. Ik wist niet precies wat me te wachten stond. Dat weet ik nog steeds niet.'

Ze probeerde een goede reden te verzinnen waarom zij daar bij elkaar waren in dat huis, in die kamer. Later had ze daar nog weleens aan teruggedacht, dat besefte ze nu opeens. Er moest toch iets zijn, een sterke menselijke en emotionele reden waar iedereen begrip voor kon opbrengen. Een geweldig excuus dat voor iedereen altijd en eeuwig zou gelden. Dat ze betrapt mocht worden, het gaf niet door wie, door de koningin of door de paus, en dat ze het uit kon leggen. Misschien waren ze allebei ongelukkig. Het leek voor de buitenwereld heel anders, maar een succesvolle schrijver kan diep ongelukkig zijn. Wie kan zoiets zeggen of weten? Sla de eerste de beste biografie op en sidder! Zo had ze hem ervaren: als ongelukkig, maar dat was misschien het woord niet. 'Volgens mij heeft die man totaal geen talent voor ongelukkig zijn, daar is-ie veel te superieur voor, maar er was wel iets met hem aan de hand, er zat hem iets dwars en ik had geen idee wat dat kon zijn. Trouwens, een mooie jonge vrouw kan ook heel slecht in haar vel zitten, om het maar eens heel voorzichtig uit te drukken. Maar goed, ik wist wel dat ikzelf het antwoord was op zijn problemen, het medicijn dat hem weer op zou knappen.'

Metzelaar beschouwde de wereld om zich heen als een eindeloze reeks sprookjes, de mensen als de vleesgeworden bedrading van een gigantisch feuilleton, elk individu afzonderlijk als een hoofdstuk met alle ingrediënten die nodig zijn om een publiek te boeien, te betoveren of met afgrijzen te vervullen. Bestond er iets op de wereld wat deze koele minnaar zo diep kon treffen dat hij volkomen ontredderd was? Dat vroeg ze hem, meteen al de eerste keer.

'Is er iets op de hele wereld wat jou werkelijk raakt?'

Zijn antwoord had haar getroffen.

'Dit.'

Hij legde zijn handen om haar gezicht, om haar schouders, haar heupen.

'Dit! En dit en dat.'

Het was volkomen overtuigend. Niets op aan te merken.

'Jouw blanke vlees dat op mij wacht.'

Ze liep achter hem aan naar de slaapkamer. Een ruim vertrek met zware blauwe gordijnen die tot de grond reikten. Dit was dus de plaats waar Casanova sluimerde. Hier droomde hij. Ze nam alles aandachtig in zich op in de korte ogenblikken die ze daarvoor had. De spiegel leidde haar aandacht af omdat ze meteen wilde zien hoe ze eruitzag. Of haar uiterlijke toestand paste bij dit plechtige moment. Er stond een hoog bed, zo hoog als ze dat eigenlijk in haar hele leven nog nooit gezien had in een gewoon woonhuis. Ze herinnerde zich zulke bedden uit het Rijksmuseum, of een oude villa in het buitenland waar ooit een keizerin had gewoond. Je moest een sprong maken om erop te komen, of een trapje gebruiken.

'Ja, je moet er wat voor overhebben,' zei Metzelaar, terwijl hij met een soepele zwaai van zijn lichaam, steunend op zijn handen, op de dekens belandde. Hij verwachtte kennelijk dat ze zonder enige aarzeling onmiddellijk achter hem aan zou duiken. Maar ze bleef nog even staan kijken naar de dubbele wastafel, de kroonluchter.

'Dat is mijn moeder,' zei hij, wijzend op een vergeeld olieverfschilderij.

Ze zag het nog voor zich: een vrouw met een uitdrukkingsloze blik die langs de ogen van de schilder wegkijkt in de verte.

•

'Wacht even,' zei Paul. 'Voor de duidelijkheid: wat is de bedoeling? Gaan jullie het nu doen?'

'Ik sluit het niet uit,' zei Bibi met een schalkse blik.

'De slaapkamer?' zuchtte Paul. 'Felix Metzelaar deed het in de slaapkamer? Terwijl de halve wereldbevolking in die jaren op zoek was naar andere plek om het te doen. Weet je niet meer dat iedereen het overal deed, behalve in de slaapkamer? Langs de weg, in de raadszaal, op het dak, aan het strand, in de bus, in het vliegtuig, tijdens een feestje, onder de uitpuilende ogen van je vader en je moeder.'

•

Ze was onzeker geworden in die slaapkamer, of in elk geval recalcitrant. Ze had zin om zich te gedragen als een meisje dat nog maagd is en niet zeker weet of dit wel de juiste persoon is voor deze gewichtige klus. Want zij zou een offer moeten brengen, het offer van haar gemoedsrust. Dat offer zou ze brengen aan deze man, via deze banale affaire. Metzelaar zou straks verkwikt een sigaret opsteken en haar weer de straat op schoppen, daar stond hij om bekend, dat gaf hij zelf toe. Je haalt het niet, zei een stem in haar, je maakt je belachelijk met deze confrontatie, die je krachten te boven gaat, deze man is een paar maatjes te groot. Is mijn evenwicht me zo weinig waard dat ik het weggeef aan deze deftige scharrelaar? Hij voelde dat natuurlijk aan.

'Ga nou eens even zitten,' zei hij. 'Ik zie dat je mij niet vertrouwt. Dat is heel verstandig. Ga zitten en luister goed naar wat ik je ga zeggen. Waarschijnlijk ben ik je morgen weer vergeten. Dat is zelfs heel waarschijnlijk. Maar nu, op dit moment, ben jij voor mij onvervangbaar. Jij bent het grootste wonder dat er bestaat, en ik zou je ter plekke aanbidden als een godheid als ik niet zeker wist dat voor mij precies hetzelfde geldt, dat er zo ook naar mij gekeken wordt.'

Ze snapte er geen donder van.

Hij probeerde haar uit te leggen dat God zich niet voor kan stellen dat de mensen net zo belangrijk zijn als God zelf. Tot haar stomme verbazing raakte hij verstrikt in zijn woorden, vergat dat hij haar wilde behagen, en raakte enigszins geïrriteerd.

'Jij bent toch niet zo'n depressief filosofenmeisje, hoop ik?'

•

132

Paul stond met de rotfles te zwaaien en sloeg met de hals ervan tegen de tafelrand.

'Hou daar onmiddellijk mee op,' riep Bibi.

'Weet je,' zei Paul, 'wat ik ook niet geloof is dat er zoveel gepraat wordt. Ze gaan gewoon met elkaar naar bed, dat is alles.'

Met zijn handen in zijn zakken wandelde hij naar het fonteintje en kwam weer terug.

Hij legde zijn handen op de schouders van Andreas.

'Ik zal je eens een goed boek laten zien, een boek dat ík nou spannend vind, het is pas verschenen, van een Amerikaanse professor, Yalom. *Nietzsches tranen* heet het. Hij verdween in het huis en kwam even later terug met een grote pocket. Dat is nou een boek dat ergens over gaat. De feiten over het miserabele liefdesleven van de grote denker Nietzsche. De beroemde psychiater Breuer wil Nietzsche wel helpen. Ze gaan met elkaar praten. Maar dan draait het erop uit dat Nietzsche zijn psychiater gaat behandelen.'

'Wat is daar zo goed aan?'

'Dat je wordt meegetrokken naar de afgrond van de menselijke geest.'

'Dat gebeurt volgens mij ook in de slaapkamer van Metzelaar,' zei Andreas. 'Dat gebeurt overal.'

'Die Metzelaar is toch niet meer dan een banale affaire? Daar word je hoogstens meegetrokken naar het onwelriekende slaapkamertje van een literaire pooier. Een man die misbruik maakt van zijn roem om een jong meisje te verleiden. Misbruik van de ongelijkheid.'

'Daar ben ik nog niet zo zeker van,' zei Andreas.

'Waarom niet?'

'Die zogenaamde ongelijkheid, hij de sterkere en zij de zwakkere – nou, neem me niet kwalijk dat ik het zeg, en met alle respect, maar vaak is het precies andersom.'

Het seksuele thema danste over de tafel, glibberde omlaag, dribbelde langs de coniferen, verdween tussen de struiken, veroorzaakte daar wat geritsel en gestommel, zweefde door de lucht, streek neer in de boom.

'Heb jij iets belangrijks te melden over seks?' informeerde Paul.

'Alleen dit: als je gaat dreggen, dan vind je iets, ook dingen die je helemaal niet verwacht.'

'Ik vind jou eigenlijk best een geschikte kerel,' zei Paul.

Deel vier

Paul stikte opeens van het lachen. O gottegot. Die krantenkop-pen. Moet je horen: 'Er gloort hoop voor de schoorsteenveger.'

Hij helde achterover met de mond wijd open, de handen vlak op de krant; er kwam een grommende lach uit, van heel diep. Toen hij bedaard was zei hij: 'Jouw interesse, dat vind ik wel boei-end. Je blijft maar bezig over die banale geschiedenis, en dan, hoe zal ik het zeggen... er komt iets.'

Hij maakte een stapel van alle kranten en weekendbijlagen. Met zijn wijsvinger schoof hij de beduimelde pocket weer naar zich toe.

'Maar dat boek, ik weet het niet.'

Wat een geluk dat het grote letters waren in een dun boek. Paul zat half afgewend, de bril af, met het boek vlak voor zijn neus te le-zen. Andreas hield zich stil om de lectuur zo veel mogelijk te bevor-deren. Er daalde eindelijk rust over de tuin neer. De schitterende avond en de Arabische nacht waren voorbij. Nu liep ook de och-tend, die zonnig was en warm, op zijn eind. Bibi had een weekblad voor zich op tafel liggen. Andreas sloot zijn ogen. De malaise trok langzaam, tergend langzaam weg. Hij moest nog uren wachten op de terugkeer van de macht over zijn lichaam. De tijd verstreek. Een kwartier, een half uur. Hij hoorde het rustige zoemen of hummen van de stad en de wereld, achter de huizen en de tuinen.

'Even de benen strekken,' zei Paul.

Hij ging naar binnen en zette de radio aan. Volgens de

nieuwslezer zou het in de loop van de middag betrekken en de avond zou komen met regen en donderslagen. Ze beleefden in hun stoelen hoe de ochtend overging in de middag. De lucht werd langzaam grijs. 'Blijf je lunchen?' vroeg Paul. 'Je hangt toch alleen maar achterover in een stoel.'

'Ja,' zei Bibi, 'blijf bij ons.'

Andreas wilde niet weg. Hij wilde na de lunch ook blijven, en de rest van de dag. Ze konden hem over een paar dagen net zo goed vragen: blijf je bij ons wonen?, en hij zou ja zeggen.

'God, jongens, er komt niks bijzonders,' zei Bibi, 'geen verrassende wending, geen ontknoping, niet eens een eind.'

Het klonk niet overtuigend, ook niet in haar eigen oren, dat kon je zien aan haar vreemde lach, en de stand van haar ogen: ze keek zo scheel als een door een wesp gestoken stripfiguur.

'Dat zeg jij, Bibi, maar wat zou Effèm zeggen?' zei Paul terwijl hij het boekje weer ter hand nam. Ze maakte een beweging met haar bovenlichaam, alsof er een schok door haar lijf heen ging, en ze zich afvroeg: zou hij het nog weten? Paul zat nu met zijn stoel naar de anderen gedraaid. Het omslag van het boek was voor Andreas goed zichtbaar, met erachter de dunne blonde haren van Paul. Het was een klein boek, je kon het in een middag met gemak uitlezen. Nog niet eens honderdvijftig bladzijden. Grote letter. Het omslag kwam steeds weer in zijn blikveld. *De Hitlerkus*, met een Pietje Bellachtige afbeelding van een jongen die met een zaklantaarn door een donkere tuin loopt.

•

De volgende ochtend, zaterdag, kwam de herinnering onmiddellijk terug. In de keuken zat zijn vader kauwend op een boterham naar de radio te luisteren. Zijn moeder zat in de woonkamer aan tafel.

'Je gaat vandaag gewoon naar school.'

Toen hij klaarstond om te gaan, bij de voordeur, kon hij niet wegkomen. De deur viel in het slot. Hij liep om het huis heen naar de achterkant en keek uit over de tuin. Het was een smalle en zeer lange tuin, die in de verte zonder obstakels leek over te gaan in de velden en de horizon. In de lengte gezien een reusachtige tuin, waar je kon hollen en draven, op een paard naar de einder kon galopperen, tussen struiken en bomen door, een gebied waar alles kon gebeuren. Hier begon elke reis die hij ooit gemaakt had, vanaf dit punt kon je overal naartoe. De zuigkracht van de tuin was zo groot dat geen haar op zijn hoofd eraan dacht om hier weg te gaan. Misschien moest hij zijn ouders misleiden en vandaag spijbelen. Nog altijd stond hij daar, terwijl hij wist dat op het schoolpleintje de kinderen zich al verdrongen voor de ingang. Hij treuzelde, alsof er nog iemand anders was van wie hij afscheid moest nemen. Voetje voor voetje schoof hij op in de richting van zijn geheim. Het gevaar trok hem naar de rand van de rotstuin die zijn vader vorige zomer had aangelegd – de vorige zomer, toen alles omgekeerd was, huiselijk geluk, en de dreigende oorlog ver buiten de deur, achter de kleine rotspartij in de tuin. Zijn moeder met een tuinslang, in een zomerjurk, sproeiend over het gras, de bloembedden en de lachende lijven van Tobias en zijn vader. Dieper in de tuin sloop hij langs de rabarber waar ze soms van aten, rauw, een hap nemend om te laten zien dat je de zurigheid kon doorstaan zonder een spier te vertrekken. En daar, bij de heg, zijn blokhut. Of de resten ervan. Het bouwsel zag er knuddig uit, het was alsof hij ineens besefte dat hij daar niet meer zou spelen, dat hij geen kind meer was. De gedachten aan de man spookten weer door zijn hoofd en nu was hij zelfs op klaarlichte dag een beetje bang aan het worden. Hij wist niet meer precies waar het was. Was het wel echt gebeurd? Had hij zich iets ingebeeld? Gedroomd? Hij liep verder de tuin in. Langs de plek waar hij de plank had gezien en nog verder tot het eind van de tuin, bij de onduidelijke afrastering die veel te laag was om wat dan ook tegen te houden, het laatste stukje van hun eigen wereld, en daar weer achter het buitengebied, de halflandelijkheid, die geleidelijk overging in de buitenwereld. Het veldje waar hij voetbalde met zijn vriendjes. Omdat alles zo geleidelijk ging, hoorde de rest van de wereld als het ware bij zijn achtertuin. Het geboomte. De romantische sfeer, het getemperde licht. Hij had willen roepen: meneer! Laat me niet in de steek. Maar er gebeurde niets.

En toen ging hij naar school.

Hij zat naar het bord te staren zonder iets te zien. De meester schreef met het krijtje de gebruikelijke woorden op, waarschijnlijk iets over stam + t, maar het zag eruit als een modern schilderij. Vanmiddag had hij vrij, en morgen de hele dag. Het zou tot maandag duren voor hij hier weer kwam. Misschien was de oorlog dan al afgelopen.

Toen hij thuiskwam was er niemand. Hij at zijn boterhammen en rende daarna onmiddellijk de tuin in. Nu viel het hem op dat de verse aarde in de buurt van de plank eruitzag alsof er gegraven was. Hij klopte op de plank. Er gebeurde niks. Omdat het doodstil was en zijn ouders nergens te bekennen waren, vatte hij opeens moed. Hij tilde de plank op en keek. Voor hem lag een smalle stenen trap die omlaag voerde naar een oude, volkomen verroeste lage ijzeren deur. Hij trok de plank opzij om ruimte te maken. Toen hij zijn lichaam door de spleet liet glijden ging er een siddering door hem heen. Met zijn vingers trok hij de plank over zich heen om de opening af te sluiten, maar niet helemaal, voor een glimp licht op de trap en de deur. Zijn vader had hem ooit verteld dat er bij hen in de buurt hier en daar oude loopgraven lagen, uit de wereldoorlog. De meeste daarvan waren allang opgeruimd, er waren huizen overheen gebouwd, of je kon ze niet meer terugvinden omdat ze overwoekerd waren, of dichtgegooid. Hij had helemaal niet geweten dat ze bestonden. Oude loopgraven uit de oorlog. Was er hier dan gevochten?

'Nee,' had zijn vader gezegd. 'In de wereldoorlog deden wij niet mee, maar we waren wel bang om erin betrokken te worden, dus we hadden ons voorbereid.'

Was dit een oude loopgraaf, waar ze niks van wisten, in hun eigen tuin? Hij bonkte op het oude ijzer. Hij sloeg erop met zijn vlakke hand. Hij fluisterde, hij brulde en tierde. 'Meneer!'

En toen ging de verroeste ijzeren deur op een kier. Daar stond de man, een kaars in de hand, met een vinger op zijn mond.

'Kan niemand je zien?'

Die paar woorden waren onthutsend omdat de man de eerste letter slechts met grote moeite kon uitspreken. Hij stotterde.

Tobias keek naar binnen en zag in het schijnsel van de brandende kaars een schemerig allegaartje van kleren, blikjes en flessen. Het deed hem denken aan het strandjuttersmuseum op Texel waar hij ooit geweest was. Er was ook een lage brits in de nauwe gang, waarvan hij het eind niet kon zien. En het rook er een beetje zurig. Hij proefde de oorlog, dit was dus de oorlog. Vroeger hadden hier soldaten gezeten, klaar om het vaderland te verdedigen, desnoods met hun eigen leven. Hier.

'Bent u een soldaat?'

'Nee, jongen, ik ben geen soldaat.'

Ook deze woorden kwamen heel moeizaam tot stand, met plofjes van speeksel en lucht.

De man deed de ijzeren deur dicht. Ze zaten naast elkaar op de brits.

'Zo, je hebt me gevonden.'

Hij sprak alsof het vormen van de klanken heel gevaarlijk was, alsof het uitspreken van een woord een soort explosie was. Tobias vroeg: 'Wie bent u, wat doet u hier?', maar toen hij die vragen gesteld had kreeg hij spijt. Er zou iets jammerlijks kunnen gebeuren, omdat hij weer eens het naadje van de kous wilde weten. Hij moest niet onbeleefd zijn. Hij wilde hier naast de man zitten, op deze veilige plek, onder de grond van zijn eigen tuin, in het halfdonker, naast een volstrekte vreemdeling. Hij was weg van zijn vader en moeder, zo ver was hij nog nooit bij ze vandaan geweest. Er was niets dat hij liever wilde dan weg zijn. Want dat was de kern geworden van zijn bestaan: dat hij weg wou, weg bij zijn ouders die hem gevangenhielden, weg uit het huis waar het hem te benauwd was geworden, weg, naar een nieuw leven. Al zijn bescheiden kinderlijke pogingen hadden niks opgeleverd. Maar nu was het eindelijk gelukt. Hier moest het gebeuren, hier, in dit donkere hol. Tobias had geleden onder de dagelijkse strijd tussen zijn ouders, een strijd waaruit geen ontsnappen mogelijk was. Maar die verschrikkelijke strijd was zijn eigen leven, waar hij dagelijks mee te maken had. Het enige dat hij kon hopen was dat er een diepere bedoeling onder lag, een accent dat voor hem enigszins verborgen bleef en waar hij op mocht vertrouwen, als een gelovige op de genade Gods en de onsterfelijkheid van zijn ziel. Dat verlangen zat er heel diep in, en niet alleen bij Tobias. Hij had het de afgelopen maanden elke dag gezien, aan de gezichten op straat, dat ze wel weg zouden willen; was het maar oorlog, kwam er maar onverwacht bezoek, een barbaar die met één klap het hele keukenblok verbrijzelt, het vloerkleed wegtrekt en de ramen uit hun sponningen rukt. Dat er een stem zou roepen: allemaal meekomen! Een gestalte uit de hel, met alle kenmerken van zijn eigen hel. Iemand die niet kon bestaan en er toch was.

Omdat buiten de zon scheen was het raar om in die vochtige ruimte te moeten zijn. Normaal zaten ze in de tuin te ontbijten als het mooi weer was. De man was verkouden. Hij snoot een paar keer zijn neus.

'Weet papa dat u hier bent?'

'Je mag met niemand over mij praten. Beloof me dat.'

'Mijn vader weet het niet, ik heb hem niks verteld.'

'Dat is niet helemáál waar,' zei de man.

Eigenaardig, dacht Tobias, ik heb hem echt niks gezegd.

'Waarom bent u hier?'

'Ik zou wel willen dat ik je dat kon uitleggen.'

'Waarom vecht u niet?'

Dat was ook een domme vraag. Zijn eigen vader was toch ook gewoon thuis? Er waren zo veel vaders thuis.

'Hebt u geen huis? Waarom bent u niet thuis?'

'Ik zou wel willen, ik zou maar wat graag willen. Maar het is oorlog.'

'Is er niemand die voor u zorgt?'

'Ik heb hier alles wat ik nodig heb.'

'Zal ik iets voor u meebrengen?'

'Een nieuwe haring,' zei de man met een plotseling gulle lach. 'En een mesje, een klein scherp mesje waarmee ik hout kan snijden, en een stuk hout.'

'Hoe gaat u naar de wc?'

De man wees. 'Dan loop ik zo ver mogelijk naar achteren.'

Met een mes uit de gereedschapskist van zijn vader en een stuk hout stond hij hijgend bij de ingang van de loopgraaf. Hij had ook thee meegenomen, in zijn veldfles, en een stuk brood. De man was heel dankbaar.

'Hoe heet jij?'

'Ik heet Tobias.'

Tobias genoot van de lach op het gezicht van de man, zijn tanden, zijn opgeruimde gemoed. Hoe lang was het al geleden dat zijn vader hem zo had toegelachen? Ze zaten naast elkaar tevreden te kauwen en te drinken. Tobias had aan die haring gedacht, maar daar had hij geld voor nodig, en tijd. De man vroeg hem niet hoe het ging op school en dat vond hij heel prettig, iedereen vroeg altijd hoe het ging op school.

'Wat is je hoogste ideaal?' vroeg de man.

'Ideaal?'

'Wat wil je het liefst? Het allerliefst.'

'Dat mijn ouders aardig zijn voor elkaar.'

'Want ze zijn niet aardig?'

Hij vocht tegen zijn tranen.

'Gaat het niet goed thuis?'

'Nee, het gaat niet goed.'

De tranen kwamen opwellen, hij wilde ze tegenhouden, maar het lukte hem niet. De man had zich weer naar hem toe gekeerd, legde een hand op zijn schouder, maar liet niet blijken dat hij zag dat er tranen in zijn ogen stonden. Wij zijn mannen onder elkaar, wij huilen niet.

'Ja, jongen, dat is heel erg. Natuurlijk vind je dat erg. Je denkt: er is niks ergers, dat begrijp ik heel goed, het ís ook heel erg, en toch zeg ik tegen jou: het kan nog veel erger, en daar moet je ook aan durven denken.'

•

Paul brulde het uit. 'Wat wil je het liefst? Wat is je ideaal? Die kinderlijke benadering. Kan die man zich niet op een volwassen manier uitdrukken? Met het ideaal dat hij zelf oprecht koestert. We weten allemaal wat dat is. Ik wil hem niet horen zeggen hoe het in elkaar zit, wat we eraan moeten doen, al die makkelijke clichés.'

'Overdrijf niet zo.'

'Dat zeg je toch niet tegen een kind van twaalf? Je moet een kind van twaalf beschermen. Hier wordt weer hel en verdoemenis gepreekt. Geen wonder, het is geschreven in 1949, toen was dat nog heel normaal, het is heel sluw opgezet; hij presenteert het als een tegendraads, rebels en romantisch verhaal, maar het is gewoon je reinste calvinisme in de nieuwste schutkleuren.'

Bibi's tegenwerpingen werden in de ogen van Paul liefdesverklaringen aan het adres van Metzelaar.

'Wat weet jij nou over jongens van twaalf?' zei hij kribbig.

'En weet jij,' vroeg ze, 'weet jij hoe het is om een meisje van zeventien te zijn?'

'Dat doet hier niks ter zake! Een jongen van twaalf wil niks liever dan het huis uit lopen en een kuil graven om erin te wonen, of in een hut boven in de boom, als een kruising tussen allerlei tot de verbeelding sprekende wilde dieren en de eerste de beste ontdekkingsreiziger – dát wil een jongen van twaalf. Hij wil de wereld met alles erop en eraan naspelen tot hij een ons weegt. Maar hij snapt die wereld niet. Hij wil het raam opengooien en als Peter Pan van het kozijn af stappen. Hij komt maar net kijken, is vijf minuten geleden aangekomen op het grondgebied van het grote avontuur. Hij denkt dat hij weet waar de gevaren schuilen en wat hem ten slotte te wachten staat. Zo gedraagt hij zich ook. Zet hem maar ergens neer. Meteen bakent hij het terrein af, zet wachtposten uit, maakt vuur, zet zijn tenten op. Mannen, wees waakzaam! Indringers worden meteen gegrepen. Een kind van twaalf moet op de keukenkast klimmen en daar het zeil van zijn piratenschip hijsen, ten aanval, hij moet kuilen graven in de tuin om iets oorspronkelijks te zoeken.'

Paul moest even bijkomen. Er kwam nog één zin: 'Een jongen van twaalf beschikt over het grote geheim.'

'Maar dat staat er ook, precies zo,' zei Bibi.

•

Hij was die ochtend opgestaan en meteen naar de kamer van zijn ouders gegaan. Dat had hij niet moeten doen. De luide stem van zijn vader galmde door het huis. Het tegenstribbelen van zijn moeder. Hij moest er nog steeds aan wennen. Het verschil van mening was, tot voor kort, in dit huis altijd goed verborgen geweest achter het fatsoen, dat zijn beide ouders met de paplepel ingegoten hadden gekregen. Alles werd toegedekt, behalve als zijn moeder soms heel even, als ze hem voor het slapengaan toedekte, iets liet blijken van haar ware gevoelens door een diepe zucht waarvan hij zich afvroeg of die iets met de afwas te maken kon hebben, een berg afwas, zo hoog en smerig dat zijn moeder er nooit mee klaar zou komen en eronder zou bezwijken, onder kleverige borden, afwasborstels, Lodaline, omgekeerde vuilnisbakken, poep op de mat, zand in de kamer, een roestig schaartje, een vochtige plek op de muur, een lekkende dakgoot, onbetaalde rekeningen bij de kruidenier, een winkelhaak in zijn nieuwe colbert. 'Waarom vecht jij niet?' hoorde hij zijn moeder zeggen.

Tobias probeerde na te denken over de woorden van de man. Wat moest hij nou doen? Tanden op elkaar? Huilen? Een slok thee? De man had hem aangekeken alsof hij opeens voor een taak stond die heel zwaar was en die hij alleen met zorgvuldig overleg kon aanvatten. Het leek even of de man hem bij zijn schouders zou pakken om hem heel voorzichtig op schoot te trekken, maar hij draaide zich om.
Tobias vertelde hoe heerlijk het was vóór de oorlog. Het leek al honderd jaar geleden dat hij naar beneden kwam en de slaapkamer van zijn ouders binnenging, tussen hen in kroop en de warmte voelde van die twee lijven die hem het dierbaarst waren van alle mensen. Waar hij veiliger was dan je ergens anders ooit kon zijn. Dat het nu niet meer gebeurde.

Niet omdat hij al twaalf was — nee, hij zou nog wel willen.
Omdat ze nooit meer bij elkaar in bed lagen. Of hoe hij
's avonds voor het eten de trap af stormde om de krant te
gaan halen.
Omdat hij het zo avontuurlijk vond om de krant te lezen. En
dan met zijn vader over de grond te rollen en te stoeien om
uit te maken wie het eerst de krant mocht lezen. Zoeken naar
rare berichten. 'Als u b.o. hebt durven zelfs uw kennissen
daarover niet met u te spreken.' Daar moest hij om lachen,
ook al wist hij niet wat b.o. was. 'Body odour,' zei zijn vader.
'Lichaamsgeur.'
Zijn vader begreep dingen. Bijvoorbeeld 'de kwestie-Oss',
waar de kranten wekenlang vol van stonden. Tobias las de
hoofdartikelen over de kwestie-Oss, maar kon er nooit uit opmaken wat die kwestie nou precies behelsde. Het stond er gewoon niet, de lezers van de krant werden verondersteld dat
zelf al te weten, zonder hulp van de krant. De enige hulp die
hij nog had was zijn vader.
'Papa, wat is de kwestie-Oss?'
'Dat ga je hem toch niet vertellen?' had zijn moeder meteen
gezegd.
Zijn vader zat somber voor zich uit te staren, wilde niet meer
stoeien, was kortaf en wilde zelfs geen rare gesprekjes meer
met hem voeren, waar ze altijd zo om moesten lachen.
Geen uitstapjes zoals die dag vorig jaar naar de grote Automobielsalon in Amsterdam.
Hij wist nog hoe ze samen hun vlakke hand op de motorkap
legden van de mooiste en duurste auto's. Deze, zeiden ze dan
samen, en deze. En vooral de Mercedes 540K cabriolet, een
witte, langgerekte tweezitter, elegant als een meeuw in volle
vlucht, maar met ontzaglijk veel paardenkracht.
'We kunnen mama niet meenemen.'

'Die stoppen we in de kofferbak, onder het reservewiel.'
Daar hadden ze nog hartelijk om gelachen.
'Wilt u de carrosserie alstublieft niet aanraken?' zei een man
met een stralende glimlach. 'Zo komen er vlekken.' Hij begon meteen te poetsen, met de mouw van zijn colbert.
Wat was dat lang geleden!
De spanning in huis was voelbaar veel groter dan de dreiging
van oorlog. Als Tobias heel eerlijk was, dan zou hij gezegd
hebben: er is niets waar ik zo naar verlang als naar oorlog. Ik
verlang echt naar oorlog. Als dit maar ophoudt, als er maar
iets anders voor in de plaats komt dat veel groter en sterker
is; laat het over ons heen denderen, over dit zogenaamde hui-
selijke geluk, over ons en over de buren die in dat geluk geloven. Over dit hele land. Hij dacht dat hij de enige was in Nederland die zoiets durfde te denken. Zijn gedachten zouden
zelfs de koningin bang maken. Wat een schande dat ze zulke
onderdanen had: Nederlanders die onder de voet gelopen wilden worden. En nu had hij deze man. Het leek of zijn vader
en moeder niet meer bestonden. Alsof er een held was opgedoken die het roer had overgenomen.

Hij lag in bed.
'Je moet veel aan je ideaal denken,' had de man gezegd. 'Want
wat we hier en nu nodig hebben zijn de beste krachten van de
sterkste, beroemdste, heldhaftigste en nobelste mannen en
vrouwen.' Hun daden en hun idealen deden zijn hart sneller
kloppen. En de harten van heel veel andere mensen zouden
ook zo moeten kloppen. Hij was altijd een kleine jongen geweest, die in de stilte van zijn zolderkamer genoot van zijn
mooie boeken, veilig ingebed in een gezin. Maar nu was hij opeens de springlevende hoofdpersoon in een van die boeken.
Toen hij uit de loopgraaf was gekomen en langzaam naar huis

terugsloop maalden de idealen door zijn lijf, als een koorts. Hij had veel moeten denken aan de dappere bemanning van de Thetis, de onderzeeër die gezonken was; van de honderd opvarenden waren er drie gered, terwijl het water was gestegen tot hun kin, toen ze al kameraden hadden zien verdrinken. Ze dachten aan hun leven en hun verwachtingen voor de toekomst. Aan hun dierbaren en hun dromen. Aan de schoonheid van hun vaderland. Ze zagen de blauwe luchten weer die ze elk jaar zagen als de lente eraan kwam. De donzige wolkjes en daarachter het veelbelovende blauw, dat zagen ze, heel snel, als in een droom, maar het water steeg zo langzaam dat die gedachten steeds terugkeerden in andere kleuren, en hun gevoelens werden steeds sterker, tot de tranen ze over de wangen stroomden en de tranen zich vermengden met het stijgende water.

De man had verteld over het nieuwe Europa dat Adolf Hitler aan het bouwen was.

'Bent u een aanhanger van Adolf Hitler?' vroeg Tobias verrast.

'Weet je nog dat je op school leerde dat Karel de Grote doodging en dat toen zijn rijk uiteenviel? Dat vond je niet prettig, je wilde de mensen bij elkaar houden. Karel de Grote was ook geen Nederlander en toch was hij een geweldige vorst. Als je alle verlangens van alle mensen bij elkaar optelt, dan willen ze een groot rijk met een rechtvaardige vorst, zoals Karel de Grote.'

Tobias was in de war geraakt. Hij moest nog steeds wennen aan het rare stemgeluid, alsof de man een veel te dikke tong had. Maar deze laatste zinnen had hij uitgesproken zonder één keer te stotteren.

'En de koningin dan? We hebben toch een koningin, is dat geen rechtvaardige vorst?'

'Onze koningin kan ons helaas niet beschermen.'

'En onze onafhankelijkheid, onze eer?'

Hij sprak de grote woorden die de meester op school op de ochtend van de eerste oorlogsdag had gebruikt.

'Weet je, Tobias, in een verre toekomst, maar misschien niet zo ver als wij denken, dan zijn alle landen van de wereld verenigd. Precies zoals nu de Nederlandse provincies verenigd zijn, of de straten van Amsterdam. Dat zal vast en zeker gebeuren. We weten alleen niet hoe of wanneer.'

Bedoelde de man dat het grootste ideaal van alle mensen vervuld ging worden door Adolf Hitler? Er stond nooit een foto van Hitler in de krant. Je zou je gaan afvragen of die man wel echt bestond, want er stonden elke dag foto's in de krant, van de koningin, van de Nederlandse generaals, van prins Bernhard, van Sven Hedin, van Churchill, maar nooit een van Hitler.

'Bent u een landverrader?'

'In de ogen van sommige mensen misschien wel. Ze mogen mij hier niet vinden. Hoewel ik verraden zou kunnen worden.'

'Wat zou er gebeuren als ze u hier vinden?'

'Dat weet ik niet.'

'Als u een verrader bent, dan moet ik u aangeven, dat staat in de krant.'

De man keek kalm in de ogen van Tobias. Verbazing, twijfel en verontwaardiging streden in het hoofd van Tobias met elkaar. Hij zou niet weten wat hij moest doen.

'Hebt u een vrouw?'

'Ja, en een kind. Ik weet niet hoe het met ze gaat. Ik kan ze niet opbellen.'

Uit een zijvak van een tas haalde hij een foto tevoorschijn, een ingelijst portret van een gezin, de man met een vrouw, zittend op de grond, met voor zich een baby. 'Dat zijn we,' zei hij.

Tobias kon naar buiten rennen, de tuin in en de straat op. Verraad! Er zit een landverrader in onze tuin! Hij zou het roepen omdat het zijn plicht was als Nederlander, om het land te redden, de hele wereld. Maar hij bleef zitten en luisterde naar de man.

'Juist nu moeten we idealistisch zijn, juist vandaag, nu het oorlog is. Ook jij als twaalfjarige jongen. Jij, Tobias, ook jij. Want als je nu zwak bent, zul je er je hele leven spijt van hebben. Dat wil je niet. De laatste resten van je fantasie hangen aan een pinknagel boven de afgrond en je verzint dat je misschien nog gered kunt worden. Als je nu moedig durft te zijn, dan weet je het, dat je moedig durft te zijn, dat je daarop kunt vertrouwen.'

'Wat moet ik dan doen?'

'Mij een kop koffie brengen,' zei de man met een brede lach.

Midden in de nacht zat Tobias overeind in zijn bed. Wat hij allemaal gehoord had van die stotterende man. Over het ochtendgloren van de 'ddemocratie'. De 'vverbroedering van alle vvolken'. De doodsvijanden van de wereldrepubliek. Hij herinnerde zich hoe de man vertelde over Michiel de Ruyter. Hoe die het land wist te redden van het gevaar dat ons toen bedreigde, en dat ons ook nu weer bedreigde. De man had dingen gezegd die hem bijbleven, zinnen die hij zich bijna letterlijk wist te herinneren, die hem fascineerden en die hij eigenlijk nauwelijks begreep. Zinnen die heel moeilijk te onthouden waren omdat ze steeds onderbroken werden door het machteloze gestotter. 'We denken met vertedering aan het verleden, omdat we daar een bbeeld van hebben, maar de toekomst is duister, zeker vandaag. Als we met vertedering aan de toekomst konden denken, dan zouden we het zeker doen, maar vooral op dit mmoment, nu alles verloren lijkt.' Hij keek door de gordijnspleet naar de tuin, waar niks te zien was in het pikkedonker. Die man was geen schurk, geen overvaller. Eerder een verdreven prins uit een sprookje, een afgezette vorst. En zo keek hij naar hem als hij hem zag en aan hem dacht, zoals nu. Hij dacht aan hem als aan de koningin, die nu bang en somber in haar paleis verscholen zat, waar ze kon worden opgehaald of gebombardeerd, zo keek hij naar deze man. In werkelijkheid een prins, die altijd voor kwam rijden in een grote open auto, met wapperende vlaggen, met motorrijders, die aan de deur werd opgewacht, die altijd in gezelschap verkeerde van andere belangrijke mensen. Diezelfde man, hoe vreemd, zat nu midden in de nacht in dat koude hok te bibberen. En als hij naar de wc moest, dan kon hij niet eens naar buiten klimmen en door de tuin naar het huis lopen om aan te kloppen als een zwerver die zijn behoefte wil doen op een normale wc. De prins moest lachen. Als ik zit te poepen, had hij gezegd, boven dat gat, dan denk ik steeds: weet je dat we op weg zijn naar een veel betere wereld? Je mag nooit wanhopen. Je mag het niet erg vinden dat ik hier verscholen zit als een dier in een hol, of dat het daar stinkt. We zijn op weg naar vriendschap, met alle landen. Want na een oorlog komt er altijd vrede.

'Zijn we ook op weg naar liefde en vriendschap tussen mijn vader en moeder?'

'Ja, jongen, ja. Je kunt ze niet dwingen, maar er komt een dag. Dat beloof ik je. Ik weet dat het lieve mensen zijn die het beste voor jou willen, dat weet ik.' Het leek Tobias heel vanzelfsprekend dat deze man zijn ouders kende, natuurlijk, en hij kende veel meer mensen, de hele wereld kende hij. Wat was het eigenlijk heerlijk om zo'n man te kennen, iemand die je beetpakte, heel besluitvaardig en soepel, alsof hij met je ging dansen; hij leidde je door alle passen en zwierde weg, de tuin in, door de lucht. De mensen moesten eens weten.

Nuchtere verklaringen voor de aanwezigheid van de man in hun tuin hielden hem niet meer bezig. Hij had zich wel proberen voor te stellen hoe het gegaan was. Een geheime manoeuvre van zijn vader. Maar dat geheim kon hij niet met een paar logische stappen ontraadselen. Zoals zijn vader dat kon. Het lukte hem eenvoudig niet. Hij begreep hoogstens dat de vraag op tafel had gelegen: kan hij zich in onze tuin verstoppen? Of dat zijn ouders erover getwist hadden. Hij wist hoe dát gegaan zou zijn, omdat hij uit ervaring wist hoe het meestal ging als zijn ouders ruzie maakten. Bijvoorbeeld over de vraag of Tobias deze zomer mocht kamperen. Of hij alleen met de trein mocht. Of hij alleen naar het zwembad mocht. Midden in de nacht ging hij, doodstil sluipend, in zijn pyjama naar buiten. Om naar de tuin te kijken. Naar de sterren. Om het te voelen. Toen hij terugkeerde in het huis was het stil. Maar toen hij in bed stapte en insliep werd hij even later wakker van een lang aangehouden gegil.

•

'Luisteren jullie nog, interesseert het jullie nog?' vroeg Bibi.

'Wij zijn een en al oor.'

'Er schiet me ineens weer iets te binnen. Dat huis van hem had iets van een museum – Teylers, kennen jullie dat? Door de lucht, hoe het daar rook. Als een scheikundelokaal.'

•

(1973)

In de slaapkamer gebeurde verder nog niet veel.

'Heb je veel platen?' vroeg ze.

'Een kast vol.'

'Waar luisterde jij naar toen je zo oud was als ik?'

'Dat was vlak na de oorlog, toen had je jazz en Amerikaanse dansmuziek, erg opwindend. Tegenwoordig luistert niemand meer naar jazz, dat is een verarming. Jazz, dat vinden ze totale aanstellerij.'

Ze vond het niks, die interesse in jazz, ze had niks met jazz. Maar ja, om die reden nu terugkrabbelen, zeggen: sorry, maar nu ik weet dat je een liefhebber bent van jazz, nee, nu zie ik het niet meer zitten, dat ging ook weer zo ver.

'Wat is er zo bijzonder aan jazz? Ik kan er echt niet naar luisteren.'

Hij probeerde te antwoorden, met bewegingen van zijn hoofd, met handgebaren, door te wiebelen met zijn heupen. Maakte ritmische geluiden met vreemde uithalen. Ze gruwde ervan.

'Heb je ook modern? Pop?'

'Kijk maar.'

Ze zocht haar favorieten. Grateful Dead, Jethro Tull. Daar had hij nooit van gehoord.

'Heb jij nooit gehoord van Jethro Tull?'

'Hoe zei je?' vroeg hij lachend.

'Jethro Tull.'

Hij raakte haar aan, vanzelfsprekend, alsof hij zijn vlakke hand op een tafelblad legde. Ze liet hem begaan.

Je kon het geen vrijen noemen. Meer een onhandige worsteling waar ze geen plezier aan beleefde. Maar zijn drang, die was er wel degelijk, hij duwde en trok en plukte en grabbelde. Hij had de gulzigheid van een verwende man die altijd zonder veel plichtplegingen zijn zin kreeg. Ze hield hem tegen toen hij pardoes naar binnen wilde stoten.

'Ho, stop.'

Zijn oprechte verbazing maakte haar aan het lachen. Hij zag

eruit als een reus die tot zijn stomme verbazing een genoegen moet uitstellen. Een ijdele kolos die alles goed wilde doen, en dat lukte hem natuurlijk niet. Een reus deed altijd wel iets onhandigs. Misschien was ze meer uit op de ironie van de situatie dan op de seks. Maar hij niet. Hoewel ze daar bij nader inzien niet eens zo zeker meer van was. Zo'n kerel was hij, een type dat ervoor zorgt dat je nergens meer zeker van bent.

'De volgende keer,' zei ze fluisterend, en hij knikte.

De volgende ontmoeting kwam meteen de volgende dag. Op het Stationsplein stond hij weer voor haar neus, dit keer in een blauw maatpak. Ze herkende hem eerst niet, omdat ze afgeleid werd door een demonstratie tegen de metro. Ze dacht dat die knappe en elegant geklede man toevallig even voor haar neus beland was vanwege het gedrang.

'Hallo, prinses, ik zou graag ons contact hernieuwen, en wilde met uwe hoogheid afspreken hoe wij elkaar op de kortst mogelijke termijn zullen treffen.'

Het ging razendsnel, veel sneller dan de vorige keer, ze werd niet weerhouden door welke twijfel dan ook. Daar stond een rijke en sympathieke oom die een uurtje over had.

'Breng je me straks naar huis?'

Ze had het gevoel dat hij haar al een tijdje van een afstand geobserveerd moest hebben, als een dier dat in haar directe omgeving rondsloop, in haar geurveld, al was dat misschien geen Nederlands woord, maar dat was wel wat ze bedoelde. En waarschijnlijk bleef hij het uur dat hij moest wachten hier op het plein, om zijn prooi geen kans te geven tot ontsnappen. Na drie kwartier begon hij in steeds kleinere cirkels om haar heen te lopen. Zijn haast maakte hem onstuitbaar. Ze liepen tussen de voorbijgangers door als lieden met een geheimzinnige missie die geen seconde vertraging verdroeg. Ze stormden zijn trappen op, hij sloeg de deur van de slaapkamer achter zich dicht. Nu moest ze uit de kleren. Dat was veel makkelijker geworden. Ze kende hem. Er hoefde niet eens passie aan te pas te komen. Ze vond hem aardig. Waar ze naar verlangde was een verstrengeling, een baldadige, eeuwigdurende kus, en verder niks. Hun lijven zouden spreken, laat ze hun gang maar gaan, ze zouden de weg wijzen naar de hemelse zaligheid.

•

'God in de hemel,' zei Paul, 'lieve god, nou is het al zo lang geleden, ik ben al een grote volwassen man met koffers vol ervaring en ik word hier dus absoluut kriegel van, het maakt me misselijk. Denk maar eens terug aan een willekeurige affaire, van een paar dagen, of van één nacht. Dan weet je het weer. Hoe miezerig het was. Hoe vies.'

Andreas dacht eraan. Heel even was hij er niet zeker meer van of hij uit Bibi's mond al deze banaliteiten methodisch wilde optekenen. Hoe moest je deze feiten boven het alledaagse uittillen? Door de banaliteit te benadrukken? De verschroeiende schaamte? Maar dat zou hem doen walgen, of jaloers maken, net als Paul. Heel even ging er een scheut gif door zijn lijf. Hij zou haar het zwijgen willen opleggen, ook al was hij zelf degene die dit allemaal op gang had gebracht. Zwijg! Hou je mond! Hoe durf je zo te leven? Hoe durf je deze dingen te doen!

Bibi was het huis binnengegaan en even later hoorden ze het kraken van een oude elpee en de klanken van Jethro Tull.

'O god,' zei Paul meteen, 'ook dat nog, Jethro Tull.'

Hij maakte een serie pathetische gebaren, de handen recht de lucht in, met grote open ogen, een godheid aanroepend, de armen uitgespreid, de handen op het hart gedrukt, de ogen gesloten.

'Moeten we de versie van Metzelaar niet achterhalen?' zei Paul.

'Kan ik hem hierover nog bellen? Hebben jullie nog contact?'

Dit grapje werd opgevangen door Bibi, die weer naar buiten kwam.

'Hij zou me natuurlijk niet meer herkennen als ik hem tegen- kwam.'

'Heb je dan niet iets in hem geraakt, iets wat hij zich na al die jaren nog herinnert?'

Ze dacht na. Vond ze niks? Of was er toch iets?

'Het is onprettig,' zei ze, 'het idee dat hij me niet meer zou herkennen, ook al zou hij weten om welke herinnering het gaat. Want dat weet hij, daar ben ik absoluut zeker van.'

Ze zaten stil bijeen, Paul met het boek nu zowat tegen zijn neus aan gedrukt, zijn bril hangend aan een pink; Andreas met samengeknepen ogen, zoekend naar de ontspanning, nog altijd heerste de kater; Bibi nadenkend, speurend in haar geheugen, naar de schemerige hoek waar de vergetelheid zetelt, net niet zichtbaar. Was het banaal? Was het essentieel? En Felix, was hij goed? Was hij boosaardig?

Paul stond met een ruk op.

'Ik hou dit niet uit, ik ga iets doen.'

'Maar wat dan?'

'Ik moet het eruit krijgen, ik ga joggen.'

'Maar je hebt al gejogd.'

'Dan ga ik nog een keer joggen.'

Omdat Paul was gaan joggen en omdat hij nu alleen was met Bibi, in deze verrukkelijke tuin, voelde Andreas zijn krachten te- rugkeren. In een half uur kon zijn hele leven omgegooid worden.

'Bibi, kom met me mee. Laat die zurige zeikerd hier achter.'

Hij probeerde dit te zeggen met ironie, met tederheid, met warmte en hartstocht. Ze reageerde direct.

'What's the point? Waarom zou ik dat doen?'

'Omdat het de waarheid is.'

Ze keek hem verrast aan, glunderde, alsof ze zielsblij was om dit te horen. In een fractie van een seconde zag hij het allemaal voor zich: hoe ze een koffertje vulde met de noodzakelijke spullen om voorgoed te vertrekken, hoe ze naast hem zou staan bij de deur, terwijl Paul bezweet terugkeerde uit het Vondelpark. Nou, Paul, zouden ze gelijktijdig zeggen, we gaan, en ze zei ook nog een keer: ik ga.

'Ja, Andreas, je hebt gelijk, je hebt misschien wel altijd gelijk. Ik zal jou ook eens iets zeggen. Ik zou nog altijd graag alles voor jou opofferen, om met jou te leven, met jou en voor jou, maar er zijn ook dingen die je niet weet en die je niet begrijpt, en daarom...'

Zijn kater kwam bliksemsnel weer terug. Hij moest weg van dit onbetrouwbare ijs, had hij zijn mond maar gehouden, waarom gedroeg hij zich nog zo vaak als het kind dat hij ooit was en dat iedereen die hem beviel bijna meteen vroeg: wil je mijn vriendje worden, wil je met mij trouwen? Ga terug naar een banaal houvast, naar het weerbericht van drie uur, naar de weekendbijlage, of terug naar het minnende paartje in de slaapkamer. Bibi pakte zijn hand, waarschijnlijk om hem een beetje troost te bieden.

'Je hebt een punt met die Felix, dat heb je goed aangevoeld. Ik geloof echt dat we iets gaan ophelderen, Andreas, jouw interesse is niet ranzig, dat weet ik heus wel. Het is een hogere vorm van ranzigheid. Je hebt een snaar geraakt, iets van toen wat nog steeds pijn doet. Maar ik weet niet of het goed is om dat allemaal weer op te rakelen, ik weet het niet.'

Andreas moest zich beheersen om niet te brullen: wat is dat? Ik wil het weten. Hij zou zich wel tot één enkel ding willen bepalen, dat ene wat hij niet wist of begreep, als hij het kon, als hij wist welk ding dat was, dan mocht het zijn aandacht volledig opeisen. Om de stap te wagen van het banale en ranzige naar het schone en schrijnende. Maar neem nou die Metzelaar, hoe moest je daar vat op krijgen, dat ding was zo breed, zo weids.

Ze zaten stil naast elkaar op het bankje tot de voordeur open- en dichtging en ze Paul hoorden hijgen.

'We willen erbij zijn, Bibi,' galmde zijn stem door de gang. 'We willen het meemaken!'

Hij kwam de tuin in met een handdoek om zijn schouder en plofte in een stoel neer. Hij begon meteen te praten, alsof het hardlopen hem een prikkel had gegeven.

'Werd er gerookt?'

Dat zou toch wel? Iedereen gebruikte in die dagen toch drugs? Was er een condoom in het spel?

'Ze hebben getript,' zei Paul, met de handdoek over zijn nek wrijvend. 'Reken maar dat ze getript hebben, dat deed iedereen in die tijd.'

'Dan heb jij dus ook getript,' zei Bibi. 'Heb jij ooit getript?'

'Ik niet, ik was een keurige corpsbal, voor mij bestond er alleen bier. Maar voor jullie soort, de bohémiens, zal ik maar zeggen, waren drugs heel normaal, in tegenstelling dan weer tot het condoom; dat was meer iets voor zeelui op de Walletjes.'

Hoe dan ook, Metzelaar was geen type voor harddrugs, Bibi had er in elk geval niks van gemerkt.

'Hij was zeventien ten tijde van de invasie in Normandië, toen werd er echt niet getript. Dat bestond gewoon nog niet in zijn tijd.'

Over condooms was hij overigens heel helder: 'Als ik een kapotje moet omdoen, dan kun je gelijk vertrekken, je bent toch geen hoer!'

Maar zij was nog niet zover dat er aan condooms gedacht

moest worden. Nog lang niet. Het kon nog heel lang duren. Want hij begeerde haar, en aan die begeerte mocht ze niet te snel toegeven. De macht die ze nu voelde was veel te zoet om zomaar af te staan.

Het was nu zover dat Andreas de ontmoeting onderging alsof hij erbij was. De personages waren tot leven gekomen. De drang van Metzelaar, altijd trefzeker, altijd onderzoekend, was niet meer te beteugelen. Je zag het aan zijn gebaren. Zijn zogenaamde liefkozingen. Je beleefde het zeer persoonlijke mechanisme dat zich ontvouwde, alsof hij zijn meccanodoos uit de kast had gehaald en er nu haar lichaam mee construeerde, of deconstrueerde.

'Moeten we het hierover hebben?' vroeg Paul.

'Ik zou zeggen van wel.'

'Maar het is zo banaal.'

'Daarom juist.'

'Het is allemaal al uitgekauwd.'

Paul vond het boek van Metzelaar in elk geval 'niet onsmakelijk'. Wat er totaal aan ontbrak was de expliciete beschrijving van seksuele handelingen, dat vond hij een lafenis.

'Maar waarom,' vroeg Andreas, 'ben jij zelfs vandaag nog steeds afkerig van expliciet beschreven seks?'

'Omdat seks,' zei Paul, 'nog net zo jaloersmakend is als honderd jaar geleden, daar helpt geen seksuele revolutie tegen. Ik heb in mijn hele leven nooit zo veel seksuele jaloezie om me heen gezien als in de periode van de seksuele revolutie.'

'Zelfs de literatuur,' zei Andreas met een instemmende knik, 'is er bang van. Er bestaan weinig goed beschreven scènes over seks, er schijnt toch een soort risico aan te kleven; daarom is het heel terecht dat de grote schrijvers zich er niet aan wagen. Thomas Mann is het geilst als hij over geheimzinnige klasgenootjes schrijft, of over het mooie Poolse jongetje in Venetië, maar zonder enige expliciete verwijzing naar de erotiek.'

'Dat zeg je omdat je preuts bent,' zei Bibi.

Ze deed een poging om Paul milder te stemmen. 'In films is het anders, daar is geen enkel taboe meer. Neem de eerste de beste film over een liefdesrelatie.'

'Liefde?' kreunde Paul. 'Hebben we het over de liefde?'

Hoe dan ook, vond Bibi, vroeger werd in zulke films niks getoond wat in de verste verte leek op seks. Dat gebeurde hoogstens indirect. Maar er bestonden nu duizenden filmregisseurs die de kwestie letterlijk te lijf gingen. Wat zou Paul doen als hij een film maakte?

'O god, ik ga douchen,' zei Paul.

Toen hij terugkwam in zijn kamerjas, met strak achterovergekamd haar, ging hij zwijgend in het boek zitten lezen.

'Overigens,' zei hij ineens, 'praten jullie rustig door over die fijne ontmoeting. Het was niks bijzonders, zo gaan er dertien in een dozijn, van zulke affaires, elke dag miljoenen.'

•

Ze deed een ontdekking die haar intens plezier deed. Tot haar grote verrassing had hij een paar platen van Jethro Tull gekocht. Dat betekende heel veel. Een diepe verwantschap, dacht ze. Felix dacht dus aan haar als hij niet bij haar was. Zij leefde in hem, hij vroeg zich af hoe hij haar een plezier kon doen. Probeerde haar te begrijpen. En zijn reactie op Jethro Tull gaf aan dat hij aandachtig geluisterd moest hebben. Hij vond het lekkere muziek, zei hij. Omdat hij dat gezegd had voelde ze zich al veel beter op haar gemak. Ze lagen naast elkaar op hun rug op zijn bed, rokend. Luisterend naar die muziek.

Tot hij zich omdraaide en haar begon te strelen.

•

Het werd een soort gimmick: Paul plagen. Paul, help ons eens even, moeten we het hierover hebben? Zijn we iets vergeten? Paul was bezig met het boek van Metzelaar en wilde niet gestoord worden. 'Nooit gedacht dat die man mij zou boeien,' mompelde hij. Misschien zat hij klem tussen twee kwaden en had hij ervoor gekozen om zich te verstoppen in de roman, om minder geplaagd te worden door het verhaal over die banale affaire. Ze lieten hem weer met rust.

Bibi ging aan de gang met een puzzel in de zaterdageditie van de NRC. Of ze pretendeerde ermee bezig te zijn. 'Het is jullie verhaal,' zei ze met een wegwerpend gebaar.

Paul zei dat hij zin had om iets voor te lezen.

'Mag ik een stukje voorlezen?'

•

'Engeland wil vrede zonder geweld,' las hij in de krant, maar op de radio had hij gehoord dat er een bomaanval geweest was op de Blauwburgwal in Amsterdam. Meer dan vijftig doden. Met de krant en het nieuws stond hij bij de loopgraaf. De man zag eruit alsof hij slecht geslapen had. Hij kon zich niet wassen, zijn haar was niet netjes gekamd, zoals Tobias dat gewend was. Alleen bij zwervers kwam je dat tegen, daarom deed de man hem daar het meest aan denken. Een landloper die hier niets te maken had. Maar hij zag in het echt nooit een landloper. Want wat was dat eigenlijk? Iemand die je op het land lopend tegenkwam. Maar je mocht toch wel op het land lopen? Tobias wilde nog steeds vragen: 'Bent u gevaarlijk? Komt u ons geen kwaad doen?'

Maar hij vroeg: 'Zal ik iets voor u meenemen uit ons huis? Iets om te lezen?'

'Wat dan bijvoorbeeld?'

Hij holde door de tuin en via de keuken de trap op naar zijn

kamer, en zocht in de kast. Holde weer naar buiten. Hij had
een boek bij zich. Het beste boek dat er bestond: *Huckle-
berry Finn.*
'Hebt u dat al gelezen?'
Ze spraken over de mooiste boeken die ze gelezen hadden.
Boeken die de wereld beter maken. Tobias voelde het verlangen opkomen om hier in de buurt te blijven, om een taak te
krijgen.
'Mag ik voor u op de uitkijk staan, als wachtpost?'
Zijn hele leven wilde hij in dienst van de man stellen, een
nieuw leven, met andere regels. Hij wilde te horen krijgen
dat de staat van beleg was uitgeroepen in zijn leven, voor hem
persoonlijk. Dat voortaan alles anders was. Geen werk, geen
school.

•

'Wat vind je ervan? Je kunt het niet wegleggen.'
Paul had iets ongemakkelijks, alsof hij tegen zijn zin ergens
in verzeild was geraakt, en dat was ook zo. Betrapt!
'Nee, dat is heel raar, ik kan er niet van afblijven. Dat jongetje
is natuurlijk heel onschuldig en heel begrijpelijk. Elke jongen wil
een held zijn. Ik moet ineens denken aan die film van Fons Rade-
makers, *Als twee druppels water.* Ik heb hem gezien toen ik zestien
was en daarna is hij uit de roulatie genomen, niemand mag hem
ooit nog zien, vanwege een affaire, ik weet niet precies wat. Maar
ik zou hem graag nog eens zien, om te kijken of ik me allerlei
dingen wel juist herinner.'
'Nou,' zei Bibi, 'dan kun je toch een andere film gaan zien die
je zag toen je zestien was en die niet uit de roulatie is genomen?'
'Ja, maar nu denk ik er ineens weer aan en komt er van alles
naar boven, die jongen die zijn haar verft omdat hij zo graag een
held wil zijn. Haarscherpe details, bijvoorbeeld de boosheid van

zijn oom als die ziet dat hij zijn haar heeft geverfd.'

Hij las weer een bladzijde en zei toen: 'Maar die man onder de grond. Wie is dat? Daar kan zelfs ik me mee identificeren.'

•

In de ogen van Tobias was hij rechtstreeks weggelopen uit een van zijn avonturenboeken. Het waren verhalen over mannen die zich de wet niet lieten voorschrijven, buitenstaanders die zich terugtrokken in het gebergte om te vechten voor hun idealen, voor hun beknotte rechten. Hij vond ze bij Karl May. Die gaf voorbeelden en beschrijvingen van Edelmensen. Maar het enthousiasme van Tobias werd pas echt vurig als er een stuk in de krant stond over Sven Hedin. Dat was een man naar zijn hart. Ontdekker van de bronnen van de Indus. Een avonturier die van pool tot pool reisde, door de Gobiwoestijn trok, naar Tibet ging. Een man die ook heel knap was, gepromoveerd in de filosofie, adviseur van de sjah van Perzië. Met Sven Hedin zou hij onmiddellijk mee op reis gaan, naar Mongolië, de Himalaya. Hij zou andere schoenen nodig hebben dan de Robinsons voor vader en zoon waar hij nu op liep. Er waren helden genoeg. Tot een paar weken geleden waren de Finnen zijn grote helden. Dagelijks volgde hij de strijd van de Finnen, met zijn vader, die er overigens steeds minder belangstelling voor toonde – de strijd om Viborg, dat verdedigd moest worden tegen de Russen. Hij wist nog hoe hij meeleefde, bereid was om erheen te gaan en iets te doen. De tranen hadden over zijn wangen gebiggeld toen hij de krantenkop zag: 'Finland bukt voor zijn tiran'.

De oorlog tuimelde al een jaar elke dag door zijn hoofd. De bezetting van Denemarken, de gevechten in Noorwegen. 'Papa, wie is Vidkun Quisling? Is hij een edel mens?'

Zijn vader keek hem verbaasd aan, alsof hij de ontwikkeling van zijn zoon niet meer in de hand had.

'Een edel mens?'

'Ja.'

'Ga eens even zitten.'

Maar zijn vader kwam er niet uit. Verviel in algemene clichés. Wat gij niet wilt dat u geschiedt, doe dat ook een ander niet. Hij zou het vragen aan de man in de loopgraaf.

•

Paul was aan het lallen. Na elke gelezen bladzijde ging zijn hand naar het glas.

'Zijn dronk is nu nog goedaardig,' zei Bibi, 'maar als hij doordrinkt kan het alle kanten op schieten, daar hebben we weleens ruzie over.'

De pocket lag open op tafel. Paul was gaan staan. De zinnen kwamen eruit als gezang, een soort gregoriaans, met soms lang aangehouden klinkers: 'Hoe beleeft een moslim zijn seksualiteit? Anders. Want hij is een moslim. Anders. Op z'n moslims. Want hij is in de eerste plaats geen mens. Maar een moslim. Hij drijft over de eeuwige jachtvelden van het moslimgeloof in de richting van zijn moslimorgasme. De jood drentelt naar de punctuele Talmoedextase. En daar kunnen wij niet bij. Want wij zijn weer anders. Wij zijn moeizaam op weg naar ons schizofrene christelijke hoogtepunt. Waar we ons een beetje voor schamen. Over de vrouwen zullen we het maar niet hebben. Daar kunnen wij niet bij. En over de verliefdheid zullen we het ook niet hebben. Want daar zijn Allah en Jahweh zelf nog niet uit. Hoe dat zit.'

Toen, ineens weer gewoon pratend: 'Ik spreek met mijn kennissen en vrienden nooit over mijn seksuele beleving. Niet eens over onze identiteit. Nooit. Alleen de kranten hebben het erover.'

'En met jezelf?' vroeg Andreas.

'Heel veel en heel vaak, jazeker.'

'Wat vertel je jezelf dan?'

'Ik heb voor mezelf genoeg aan minder dan een half woord.'

'En Paul, zeg eens: ben jij een edel mens?'

Hij moest lachen.

'Die vraag kun je zo niet meer stellen. Hij doet wel iets met me. Ik voel me aangesproken. Maar het is geen moderne manier om erover te praten. Kan echt niet, ook niet in mijn beroep, dat zegt de mensen niks meer. Nee, dat is niet de moderne aanpak.'

'Wat is de moderne aanpak?'

'Klinisch, zakelijk, nauwkeurig et cetera.'

'We kunnen dus beter vragen: is Paul een goed mens voor zijn cliënten?'

'Een goed mens, een edel mens, een nobel mens – daar kan ik echt niks mee, ze hoeven me niet aardig te vinden, integendeel, ze moeten iets aan mij hebben.'

Bibi praatte ineens fluisterend, de wijnfles als een microfoon in haar hand. Ze imiteerde niet de stem van Paul, maar speelde een rol, als een commentator van een biljarttoernooi: 'De verschrikkingen die ons nu te wachten staan kunnen we beter overslaan of zo veel mogelijk vermijden. Hoe? Met een discrete houding, met afgewende blik. Met humor. Ik doe het voor jullie. Persoonlijk hoef ik niks te weten over de algemene wereldschande, over het intieme leven van andere mensen. Over de bittere noodzaak die hun voorvaderen ertoe bracht om dingen te doen die ons misselijk maken. Zoals poseren met een gescalpeerde vijand toen de fotografie nog niet bestond, en ook nog toen de fotografie al wel bestond.'

'Ik begrijp jou niet.'

'Er moet een dringende reden zijn om meer details te verlangen.'

Andreas wilde geen banale interesse in banale feitjes. Hij was

166

hier om zijn geliefde te ontrukken aan het leven waarin ze beland was. Elk woord dat hier gezegd werd was uitstel. Hij zou het
nog duidelijker moeten maken hoe urgent zijn missie hier was,
en hij zou moeten eisen dat elk obstakel dat hem in de weg stond
zo scherp mogelijk in beeld kwam. Wat kon er zo gewichtig zijn
dat het de kracht van zijn liefde, van háár liefde, weerstond? Wat
kon er de vorige avond gebeurd zijn, terwijl hij wegzakte, dat
hem zou verlammen? Iets waarover hij niet zou durven zeggen:
flikker op, ga toch weg. Ik kies voor mezelf. Want je vergist je
niet, dat heeft ze zelf ondubbelzinnig gezegd. Hij had gelijk!
Grijp de macht in deze tuin, regisseer deze gebeurtenis, drijf ze
allemaal in de richting die jij hebt uitgedokterd. En ga er dan
vandoor.

'Maar als het dan moet,' zei Paul, 'probeer het dan maar in je eigen woorden na te vertellen. Hoe het was met die Metzelaar, als
je dat nou met alle geweld zo graag wilt.'
    'God, het was opwindend om daar te zijn, met hem in dat
huis, de hele toestand eromheen, maar om nou te zeggen dat het
me seksueel opwond – nee.'
    'Wat?' riep Paul uit. Hij kwam als door een slang gebeten
overeind uit zijn boek. 'Dus het deed je niks?'
    'Nou, niks, dat wil ik ook niet zeggen.'
    Paul snapte er echt helemaal niks meer van. 'Maar hebben jul-
lie het gedaan?'
    'Lieve Paul, schat, dat is al zo lang geleden.'
    'Heeft hij je geneukt?'
    'Nou, niet op dat moment.'
    'Dus jij was uit op een rijpe platonische verhouding.'
    Hij overdreef zijn verbazing. Sloeg zich met beide handen op
de knieën.

Ze zaten bij elkaar alsof ze verzeild waren in een toneelstuk, in afwachting van de volgende claus, die weer een heel nieuw licht op de zaak ging werpen. Zo was het: drie zoekende, onzekere mensen, bezig met hun eigen dingen, bezig met het nieuws op de radio, hetzelfde soort nieuws als twintig of veertig of tachtig jaar geleden. Alles wat je kon verwachten als je *Het Parool* opensloeg. Treurnis in het Midden-Oosten. Wereldnieuws dat meestal volledig op zichzelf bleef staan, hoewel je misschien hoopte dat er ooit een verband zou blijken.

Andreas drong aan op iets meer feitelijke informatie. Kon ze nog iets loslaten?

'Nou, Andreas, zou je daar zelf zin in hebben?'

'Nee, ik niet.'

'Waarom moet ik daar dan wel zin in hebben?'

'We kunnen hier, op dit punt aangekomen, niet zomaar stoppen! Dan zijn we weer terug in die preutse negentiende-eeuwse romans. Wat dat betreft wil ik graag mijn verantwoordelijkheid nemen om de zaak op gang te houden; we kunnen hier niet zomaar de scène afbreken, we zijn al te ver gevorderd. Dat zou net zoiets zijn als het liefdesspel annuleren tijdens het heerlijke voorspel.'

'Er was geen sprake van een heerlijk voorspel,' zei Bibi.

'Dus met andere woorden,' snerpte Paul, 'hij lag op je te hijgen terwijl jij niks of bijna niks voelde en dacht: hij gaat zijn gang maar even. Is dat het?'

Stilte.

'Je vult het zelf verder maar in. Dat kun je vast wel, je bent toch zo goed in de kunst van het beschrijven?'

Andreas probeerde het nog een keer: 'Neem een impressionistisch schilderij met daarop een wapperende vlag. Je ziet niet echt een vlag, geen afbeelding, geen lijn, alleen maar vegen en vlekken, en toch is die vlag heerlijk voor je ogen aan het wapperen; je voelt de wind, je ruikt de zee. Het zonnetje schijnt en de parasols zijn open-geklapt. De kinderen zijn aan het pootjebaden. Zo moet je met een paar vegen en vlekken toch ook een heerlijke seksuele verstrenge-ling kunnen oproepen? Met verf, maar ook met woorden?'

'Goed geprobeerd! Nee, het is ook een kwestie van: dit is pri-vé. Dit is strikt persoonlijk.'

'Maar wij voeren toch een persoonlijk gesprek?'

Ze barstte uit in een schaterlach.

'Is dit soms een heerlijk voorspel?' zei Paul.

Ze wist het trouwens niet meer. Het was al zo lang geleden.

'Ik wil toch,' zei Andreas, 'een paar realistische details. Om de menselijkheid van Effèm te benadrukken. Hier kan ik de le-zers niet mee afschepen – als ik er ooit een boek over schrijf.'

'Maar dat is onsmakelijk!'

'Dan moet je het maar literair maken.'

'Laten we het hier afbreken en het er nooit meer over hebben. Dan zijn jullie maar een keertje teleurgesteld.'

'Nee, want we weten toch wel ongeveer wat we hadden mogen verwachten, maar we zijn wel een beetje boos dat we zo weinig ver-trouwen genieten. Hoe kunnen we dat winnen?' vroeg Paul.

'Nee,' zei ze, 'dit blijft geheim. Maar ik wil jullie niet voor het hoofd stoten; ik wil jullie iets gunnen, want het deed iets met me, ik was met die man bezig. Hij wilde maar één ding en dat wilde ik hem niet zomaar geven. Ik wilde eruit halen wat erin zat. Om te kijken hoe ver ik in die man kon doordringen.'

Er schoot haar weer iets te binnen. 'God, misschien wil ik jul-lie wel alles vertellen!'

Paul legde het boek op tafel.

'Die telefoon begon weer te rinkelen. Ik voelde me betrapt.'

Ze kleedde zich aan en ging weg.

•

(1973)

Ze was volledig in zijn ban geraakt. Wilde elke dag naar hem toe. Deed de raarste dingen. Zoals posten bij zijn voordeur, meteen de volgende dag. Hij kwam naar buiten toen ze al een half uur of nog langer had staan wachten, heen en weer lopend, bang dat hij haar vanachter zijn gordijnen zou opmerken. Ze hoorde de deur dichtslaan en zag hoe hij de treden van het portiekje af kwam. Haar hart ging tekeer. Ze stond achter een lantaarnpaal op de hoek van de straat, als hij even goed keek zou hij haar zien en dat wilde ze misschien wel: dat hij haar zou zien en dan blij verrast op haar af zou komen. Dag, lieverd. Maar dat gebeurde natuurlijk niet. Er was ook geen opstopping in het verkeer. Moet je kijken, daar heb je Felix Metzelaar. Er kwam gewoon een voorbijganger bij in het straatbeeld, haast onopgemerkt. Het was heerlijk weer, echt een dag om met een handdoek en je zwembroek naar het strand te gaan, met de brommer, de motor, de bus, de trein, de auto, met de rest van de bevolking. Hij had een wandelstokje bij zich en stond in de schaduw voor zijn huis een sigaret op te steken. Het was een goddelijke dag, on-Nederlands, alsof zijn huis in Marseille stond, op de mooiste dag van de eeuw, vastgelegd door een impressionist. Ze liep ongemerkt met hem mee, als een hond die steeds blijft hangen terwijl zijn baas vooropgaat. In de Utrechtsestraat deinde ze tussen de mensen in zijn kielzog. Af en toe kwam ze vervaarlijk dicht in zijn buurt, zich alvast opdringend, hij hoefde maar heel even opzij te kijken en hij zou haar zien. Zij met een onschuldige blik: ik ben een voorbijganger maar toevallig ook iemand die je kent. Of hij ervan gediend was wist ze natuurlijk niet zeker, het was een vermoeden dat ze bij hem in de smaak was gevallen, dat hij haar gesignaleerd had – ja, god, hoe breng je zoiets onder woorden, het was een soort spanning die heel prettig was en ook heel onzeker, je kon ineens met lege handen blijken te staan. Een vrouw die achter een man aan liep op een afstand van twintig, dertig meter, soms verloor ze hem even uit het oog. In feite voelde zij zich zijn vrouw, vond ze dat ze recht op hem had, en elke andere vrouw die aanspraak op hem durfde te maken zou ze zonder aarzeling hebben uitgescholden of geschopt. Hij liep naar binnen bij Americain en ging aan de leestafel zitten. Het was alsof hij zich al van haar had losgemaakt, of dat ze nooit enig contact hadden gehad, maar ze had de moed – vraag niet waar ze die vandaan haalde – om gewoon naast hem te gaan zitten, alsof ze inderdaad een goeie kennis was, een bevriende collega, of zijn vriendin; ze koos de stoel direct naast hem aan de leestafel en hij reageerde daar totaal niet op. Je zou verwachten dat hij heel even opzij keek om te zien wie er naast hem kwam zitten, om vast te stellen of het misschien een aantrekkelijke vrouw was. Ze bestelde koffie en daar bemoeide hij zich niet mee. Ze kon bij wijze van spreken iets zeggen en dan zou hij kunnen antwoorden of niks zeggen, haar ontkennen. Ze zat dicht bij hem, voor de andere gasten hoorden zij bij elkaar, maar hij haalde een bundel papier uit zijn binnenzak, stak een sigaret op en begon met een vulpen aantekeningen te maken, alsof hij daar ongestoord op kantoor zat. Hoorde ze er nou bij of zat ze daar maar in een zelfverzonnen verbond met hem?

Ze wist het werkelijk niet. Als er nou een mooie vrouw op hem af was gekomen, dan had ze zich daarop kunnen richten, dan had ze zich op haar kunnen uitleven, op een doodgewone rivale, maar die vrouw was er niet, er was alleen maar een stapeltje papier, dat kennelijk veel belangrijker was. Het beeld dat ze van zichzelf had werd door deze klootzak bij helder daglicht volkomen verkruimeld, er bleef niks van over, ze bestond gewoon niet meer. Ze was nog minder dan papier, een weggegooide prop. Van haar moed bleef weinig over. Ze hoopte dat hij zelf iets zou zeggen, zich opeens om zou draaien om te vragen wat ze verder nog wilde gebruiken, of hallo zou zeggen, een teken van leven, of alleen maar een blik om te laten zien dat hij wist dat ze daar zat.

Maar niets.

Ze bevond zich in zijn wereld, ze had hem ontmoet, ze zat vlak naast hem, hij kende haar, ze deelden herinneringen, ze waren stervelingen in hetzelfde planetenstelsel, en toch bestond ze niet voor hem.

•

'Zie je wel?' zei Andreas. 'Als je de details niet uit de weg gaat komt er een prikkelend verhaal. Daar wil ik meer van, graaf je geheugen uit, smijt alles over de rand op straat, trek de hele pijpleiding naar buiten, de riolering, de telefoondraden, de boomstronken die het wegdek doen bollen. Dan maar zand in onze schoenen.'

Ze vond dat geforceerd, dan kreeg je van die opgeklopte verhalen.

'Maar ik wil het niet verzinnen! Het is echt gebeurd! Of geloven jullie mij niet?'

Het kwam ineens in haar op dat de mannen dachten: dit verzint ze allemaal, ze heeft er ooit naar verlangd om met die man in contact te komen, het is haar niet gelukt en nu verzint ze dit banale verhaal. En de woorden van Andreas leken dit te bevestigen.

'Je kunt best iets verzinnen wat het heel goed weergeeft, wat de kern van de zaak treft.'

Ze zocht iets in haar herinnering, een detail waarvan ze zeker wist dat het authentiek was, een zuivere herinnering aan iets wat ooit echt gebeurd was.

'Hij zat aan de knoop van zijn das te sjorren. Hij droeg bijna altijd een das.'

En hij zei, terwijl hij vlak bij haar oor kwam met zijn mond: 'Ik wil je hebben, nu, je moet nu meekomen, ik hou het niet meer uit.' En opeens voelde ze weer haar macht. Ze was zo volmaakt gelukkig dat ze vergat om haar subtiele defensie te mobiliseren, dat ze juist nu weerstand moest bieden.

Deel vijf

'Het kind bereikt op zijn twaalfde jaar een graad van evenwicht en ontplooiing die hem tot het meesterwerk van de schepping maakt. Hij is gelukkig, zelfverzekerd, vol vertrouwen in de wereld die hem omringt en die in zijn ogen een volmaakte ordening heeft. Hij is zo mooi van gelaat en van lichaam dat elke menselijke schoonheid slechts de min of meer verre afspiegeling van die leeftijd is.

En dan komt de catastrofe.'

MICHEL TOURNIER

Tobias was vroeg wakker geworden door het felle licht van de opkomende zon. Hij had naar buiten gekeken. De zonnestralen beschenen de witgeschilderde stoelen op het terras. Een vogel streek neer op het blanke tafelblad, in afwachting van het ontbijt. Maar Tobias wist al dat deze zondag anders was dan vroeger. De oude vertrouwde zomerse zondagen! Meestal zaten ze om negen uur in de kerk en om half elf samen aan tafel. Als het mooi weer was serveerde zijn moeder het ontbijt in de tuin. Maar zijn hele wereld was veranderd. Hij schoot in zijn pyjama de trap af en even later zat hij met een homp brood naast de man op de dekens van zijn brits.

'Bent u weleens bang?'

'Ik ben soms bang dat er iets met mijn vrouw of mijn kind gebeurt,' zei de man. 'En jij, ben jij weleens bang?'

'Vannacht was ik bang. Toen de vliegtuigen overkwamen.'

Midden in de nacht had Tobias weer wakker gelegen en nagedacht over de serieuze bedreiging die vliegtuigen tegenwoordig vormden. Dat hun huis en hun tuin in een oogwenk konden veranderen in een puinhoop van glas, versplinterd hout, aarde en bloed. Hij had zijn angst bestreden door het uitspreken van woorden die hij de man had horen zeggen.

'Degenen die niet wijken, hebben vroeg of laat succes.'

Een zin die hem altijd zou bijblijven.

'Tobias!'

Het stemgeluid van zijn moeder ging overal doorheen: door de struiken in de tuin, door de lentelucht, door de plank, het trippelde over de bemoste stenen treden, klopte hoorbaar op het roestige ijzer, met een bijna jankerige toon, alsof hij goed moest beseffen dat ongehoorzaamheid jegens haar zou leiden tot het allergrootste verdriet, de hevigste smart.

Ze luisterden samen, aandachtig, op alles voorbereid, als echte soldaten in een loopgraaf die onder vuur lag. Zelfs hier, in dit gat onder de grond, konden ze voelen dat er iets aan de hand was. Hij wurmde zich weer naar buiten, holde door de tuin, langs de bloeiende violen, de glimmende tuinstoelen, het huis in. Zijn moeder stond in een rare gebogen houding met twee soldaten te praten.

'Waar was je?'

De mannen, met geweren over hun schouder, keken om zich heen, met strenge blikken, liepen kamers in en uit, deden kastdeuren open. Het huis werd doorzocht. Laden werden geopend, ze gingen de trap op naar de slaapkamers, naar de zolder, de kelder. Ze vonden natuurlijk niks. Zijn hart bonkte in zijn keel.

'Waarom komen ze ons huis doorzoeken?' vroeg hij aan zijn moeder.

'Tobias!' zei zijn moeder dreigend. Ze legde niet uit wat ze precies bedoelde, ze zei het alsof hij donders goed begreep wat ze wou zeggen. Hij werd aangekeken met ogen die zo dreigend stonden dat hij zich opeens heel dicht bij een groot gevaar voelde komen. Zijn moeder beefde, hij zag het aan haar kin en aan haar neusvleugels, en ze werd een beetje rood, je kon het alleen zien als je heel vertrouwd was met de huid naast haar neus. Het kwam weer naar boven: wat tot dan toe het grootste gevaar van zijn leven was geweest. Zijn eerste angst. Zijn ouders konden hem er niet tegen beschermen. In huize Roncalli, naast hun parochiekerk, had hij, toen hij zes jaar was, de schrik van zijn leven opgedaan: het evangelie over het laatste Oordeel. De benauwenis die het laatste Oordeel hem bracht was verschrikkelijk. Elk jaar kwam er een zondag dat er gepreekt werd over het laatste Oordeel. Een dag waar hij tegen opzag alsof er op die dag zelf al een eind zou komen aan zijn wereld, dat het voorbij zou zijn – nooit meer voetballen op het landje achter de tuin, nooit meer met zijn oor tegen de radio luisteren naar een verslag uit het Olympisch Stadion. Nooit meer dromen over later. Hij zat te zweten op zijn stoel, dacht aan zijn moeder en aan zijn vader. Sinds kort had hij het weer: die fascinatie voor het laatste Oordeel was tevoorschijn gekomen, uit de sluimering waarin ze had gelegen sinds hij er voor het eerst over had gehoord. Elke dag moest hij eraan denken en probeerde hij het een plaats te geven, wat onmogelijk was. Het was nog erger dan de dood, een absurditeit die op een dag tevoorschijn zou komen, die zich nergens voor geneerde. Hij kon aan het ontbijt zitten en het denken: vandaag is het laatste Oordeel, niemand weet het nog, het zal later op de dag het geluk van mijn vriendjes aantasten, van hun vaders en moeders; ik kan er gewoon naar uitkijken, gefascineerd, woedend, met alle nostalgie die in mij is, ik kan met mijn been zitten te wippen terwijl ik eraan denk, terwijl mijn moeder zegt: zit niet zo met je been te wippen. Zij weet van niks. Zo kon het gaan en zo kon je erbij stilstaan. Dat het allemaal gewoon verdween. Je had je hele leven gezocht naar een sprankje hoop, een beetje begrip, en als je dan eindelijk iets bereikt meende te hebben, dan ging het licht uit.

Het was stil in huis. De soldaten waren al uren weg.
'Wat ben je toch een schoft,' hoorde hij zijn moeder tegen zijn

vader zeggen. De klanken kwamen uit haar mond alsof het een speelfilm moest zijn, maar ze waren diep gemeend, klanken die tot vandaag onmogelijk leken, onbestaanbaar. Ook al was de toestand in huis miserabel, zijn moeder zou zoiets nooit uit haar strot krijgen. Voor het zover kwam moesten er wel heel rare dingen gebeuren. Dan moest heel Europa onder de voet gelopen worden door de mammelukken, woedende barbaren die alles kort en klein sloegen. Al zijn vriendjes, ooms en tantes, neven en nichten zouden bevangen worden door dezelfde razernij. Zijn vader zou zelf zo'n barbaar blijken te zijn, en zijn moeder een furie; bij nader inzien waren zijn ouders mensen in berenvellen, gewapend met knotsen, en met een wilde grijns onder hun baarden (ja, zijn moeder ook een baard) en waanzin in hun diepliggende groene ogen.

•

'Wat vond jij van dit boek?' vroeg Paul.

(Hij moest het even over iets anders hebben, terwijl Bibi en Metzelaar allebei tegelijk opstonden en tussen de tafeltjes naar de uitgang liepen. Buiten gekomen liep Metzelaar snel voor haar uit de trap af en zwenkte meteen schuin naar rechts in de richting van een gereedstaande taxi. Tijdens de rit spraken ze geen woord, als twee stierenvechters, op weg naar de arena om hun kunst te vertonen. Toen ze voor zijn deur halt hielden wierp Metzelaar een bankbiljet over de stoel naast de chauffeur, trok het portier open en rende op zijn voordeur af. Achter hem aan hollend ging ze de trap op en even later lag ze hijgend naast hem op het bed.)

Andreas herinnerde zich hoe hij in bed lag met griep en dat het boek goed leesbaar was voor iemand met griep. Hij wist het nog. Hoe fijn het was om met lichte koorts in bed te liggen en rustig dit boek te kunnen lezen. Hij herinnerde zich hoe het op hem overkwam. Hij had nog nooit zoiets gelezen. Het greep hem echt beet. De laatste bladzijden had hij langzaam gelezen, alsof hij daarmee kon tegenhouden wat onvermijdelijk was. Hij vond het jammer dat hij het uit had. Paul keek hem enigszins meewarig aan, alsof hij dit standpunt heel vreemd vond.

'Ik wil weten wie die man in de loopgraaf is. Ik heb natuurlijk wel een vermoeden. Waarschijnlijk een N S B'er, dat kan haast niet anders. Waarom zou hij zich anders verschuilen?'

'Nou,' zei Andreas, 'een hoop goeie vaderlanders hebben 'm geknepen toen de Duitsers kwamen, denk eens aan al de zelfmoorden.'

Paul schudde beslist zijn hoofd.

'Waarom schrijf jij?' vroeg Paul.

'Omdat er ergens iets is misgegaan.'

'Wat ging er mis?'

'Er ging iets mis met de slagroompunt.'

'Pardon?'

'Als ik denk aan een slagroompunt uit 1940, dan is dat een essentieel andere slagroompunt dan die uit 1996, maar ook uit 1973, 1960 en zelfs 1949. Volgens mij waren de slagroompunten van 1940 en daarvoor veel lekkerder – onschuldiger zou ik haast zeggen, ik zou er graag eentje proeven.'

'Wat een onzin!'

'Ik benijd mensen die voor de oorlog geleefd hebben. Ik vraag ze ook altijd: weet je nog hoe een slagroompunt toen proefde? Heerlijk, zeggen ze meteen, met grote hongerige ogen, niet te vergelijken. Ik begrijp dat jij dat idee onzinnig vindt, dat is het ook, en toch klamp ik me vast aan die onzinnigheid, omdat ik de overtuiging heb dat er elke dag bewijzen te vinden zijn.'

'Wat voor bewijzen?'

'Geen bewijzen die jou overtuigen. Jij zou zeggen dat het wel iets met de Holocaust te maken zal hebben; dat is ook zo, de wereld heeft zijn onschuld verloren. Slagroomgebak van voor Auschwitz. Je kunt onschuldige wijn drinken, als je het zo bekijkt, een Rothschild uit 1939, dat zal niet zo moeilijk zijn, wel duur. Maar waar het mij om gaat is mijn eigen, strikt persoonlijke entree in die wereld. Elk mens moet op een of andere manier onder ogen zien in welke wereld hij belandt. De wereld was vlak voor mijn geboorte nog onschuldig, en toen werd hij pardoes, vlak voordat ik kwam, een hel. Dat heeft voor mij persoonlijk enorme consequenties. Ik beschouw mijn komst in zekere zin als een verstoring van de vroegere orde en ik voel me geroepen om een daad te stellen.'

'Wat voor daad?'

'Om die orde te herstellen. Wat het schrijven voor mij zo boeiend maakt is de nostalgische sprong in de tijd, over de grens tussen werkelijkheid en fictie. Zelfs de hardste feiten hebben een dartele, fictionele kant. Ze roepen ons toe dat alles fictie is, vooral de manier waarop je naar jezelf kijkt. Hoe je jezelf ervaart. Het proces van kennismaken met je ik, je chemie, je vlees, je DNA, je voorgeslacht, die eindeloze en vruchteloze verkenning, die fascinerend is als elke vorm van wetenschappelijk onderzoek, omdat je altijd zelf het onderwerp bent. Bestaan is een boek schrijven over jezelf, over de manier waarop je denkt, over hoe je geest werkt, hoe de jaloezie in je omhoogschiet, hoe je ijdelheid zichzelf stuurt, hoe ik mijn reputatie in stand houd jegens mezelf.'

Paul fronste zijn wenkbrauwen zo krachtig dat het leek of hij zijn hele gezicht aan het oog wilde onttrekken.

•

Tobias hoorde hoe zijn vader op weg was naar de wc, hoe hij zat te zuchten, zonder enige schaamte. Hoe hij doortrok en weer terugslofte, alsof zijn energieke vader een bejaarde was. Zijn moeder vertelde niets over de soldaten.

'Papa.'

'Ja, jongen.'

'Er zijn vandaag soldaten geweest.'

'Wat zeg je nou?'

'Ze hebben ons huis doorzocht.'

'Praat geen onzin.'

Zijn vader schudde zijn hoofd.

'Toch is het zo.'

Het was zijn allerlaatste poging om iets met zijn ouders te delen, terwijl zijn moeder hem bestraffend aankeek. Tobias wilde huilend naar zijn kamer lopen. Hij begreep niets meer van het leven van zijn vader en moeder. Wat had zijn vader de hele dag gedaan? Waarom zat hij niet in het leger?

Zijn moeder had haar breiwerk op schoot en voor zich op tafel het damesblad, dat ze met een natte wijsvinger doorbladerde. Hij kende dit beeld zo goed. De vredigheid ervan, de zaligheid dat zijn moeder daar zat, het middelpunt van zijn universum. En wat het betekende als ze er even niet was, een ogenblik, een half uur, een hele avond. Hoe leeg het huis dan kon zijn. En hij zag hoe ze met z'n drieën de deur uit gingen, hij springend en fluitend, voor een tochtje naar de Afsluitdijk, of het strand van Scheveningen.

Zijn hoofd barstte uit elkaar.

Hij ging naar het dressoir, trok de lage deuren open en vond het fotoalbum. Hij sloeg het open om naar de plaatjes uit gelukkiger dagen te kijken, als een soort demonstratie: kijk eens, mensen, dit bedoel ik, moet je zien, pap, weet je nog hoe het was, kijk eens, mam. In zijn woede kwamen er allemaal herinneringen los, wilde dieren leken het wel, rukkend aan hun kettingen. Wat een geweld! Je zag de deuren van de kooien openzwaaien.

•

Paul legde het boek met een klap op tafel.

'Hoe raakte hij je aan?'

'We hadden het nog niet gedaan! In de verste verte niet.'

'Maar hij raakte je wel aan, toch?'

'Hoe bedoel je?'

'Had hij een stijl? Elke minnaar heeft een stijl. Zelfs ik heb een stijl.'

'Nou kijk, het was alsof hij een experiment uitvoerde met een levend lichaam, toevallig mijn lichaam, zoals we doktertje speelden vroeger, zoals Felix Metzelaar vroeger waarschijnlijk ook doktertje speelde, op een zolder of een achterkamertje, of God weet waar. Alsof hij een staaf ijs uit een wikkel haalde bij een ijskarretje, zo hield hij mijn been vast, om het te inspecteren, dat is wat hij deed. Hij vergeleek me met andere lijven.'

'Vond je dat dan niet vreselijk, wilde je niet kokhalzend het huis uit rennen?'

'Helemaal niet, welnee.'

Paul stak zijn neus weer in het boek, hoofdschuddend.

Bibi praatte verder, in een ontspannen ritme, totdat ze ineens werd onderbroken.

'Maak het dan een beetje aangenaam,' zei Paul, 'zodat ik niet steeds weg hoef te lopen.'

'Als Paul erbij zit moet ik het natuurlijk wel een ietsje temperen,' zei Bibi.

'Dat hoeft niet,' riep Paul uit. 'Doe dat vooral niet.'

Metzelaar had een plaat van Jethro Tull opgezet.

'Weet je,' zei Bibi, 'dat Jethro Tull in het begin elke week van naam veranderde? Het publiek vond hun muziek zo afgrijselijk dat ze door steeds van naam te wisselen hoopten dat de programmeurs van de clubs niet in de gaten zouden hebben wie ze waren, dat ze zouden denken dat het weer een nieuwe band was.'

Paul kon het zich niet voorstellen. Maar hij moest wel. Ze waren het aan het doen. Bibi en Effèm, vrolijk hopsend onder de klanken van Tull. Het was al bijna een kwart eeuw geleden, miljoenen mensen waren gestorven en begraven, regeringen waren gekomen en gegaan, steden waren afgebroken en weer opgebouwd, mannen en vrouwen waren elkaar tegengekomen en verliefd geworden, hadden kinderen gekregen, waren met veel gedonder weer uit elkaar gegaan. Maar Bibi en Felix waren nog bezig. Paul persifleerde het hoogtepunt, nogal flauw een verslaggever nadoend.

'Ja, dames en heren, haar minnaar kwam fluitend klaar, we vermelden dit feit omdat we niet de indruk wensen te wekken dat Felix Metzelaar bij haar niet aan zijn trekken is gekomen. Mannen komen altijd klaar. Ze stoppen 'm erin, het kwartje valt en bingo!'

Hij stond bij de kastanjeboom, met uitgespreide armen, alsof hij de stam ging beetpakken en op en neer bewegen. Daarna volgde er een diep gekreun, dat erop uitliep dat hij voorover in zijn stoel zonk, sidderend als een parkinsonpatiënt die zich moeizaam aftrekt, met een hand zijn hoofd ondersteunend.

'Maar, Ramona, zeg eens: kwam jij klaar?'

Bibi stond naar de achtergevel te kijken, alsof ze haar aandacht nou eens even op iets heel anders wilde richten. Paul zat weer ineengedoken met het boek tegen zijn ogen, tussen zijn opgetrokken schouders. De ideale lezer en luisteraar.

'Zelfs dit vreselijke boek getuigt van meer goede smaak en verfijning,' zei hij.

•

Ze had Metzelaar geraakt met een opmerking achteraf: 'Jij bedrijft de liefde als een wetenschapsfilosoof.'

Paul schoot in de lach, ongeveer zoals Metzelaar destijds. Want Metzelaar was hierdoor niet gekwetst.

'Ik bén een intellectueel,' zei Metzelaar. 'Ik moet er niet aan denken om de liefde te bedrijven als een stukadoor.'

'En ik dan?'

'Jij moet op jouw manier de liefde bedrijven.'

'Maar dat doe je samen.'

'Tussen droom en daad staan mannen in de weg die het druk hebben. Je moet nu weer weggaan.'

Metzelaar was opgestaan en trok zijn broek aan.

'Ik mag hoop ik nog wel even naar de wc.'

Ze ging over haar nek van zichzelf. Bibi, wat laat jij je kennen. Dat je je met die engerd inlaat. Zo liep ze over de gang. Wat ben jij een bakvis.

Ze deed de deur op het haakje. Het rook erg lekker op de wc van Felix Metzelaar. Ze haalde diep adem door haar neus, alsof ze nog iets wilde vinden van de resten ontlasting van Felix Metzelaar. Om vast te stellen dat hij ook maar een mens was. Maar ze rook niks. In de verste verte geen flard te bekennen van een bolus van Metzelaar. Niet eens het vermoeden van het restant van een wind. Ze keek om zich heen naar wat er zoal op de wc te zien was. Boven haar hoofd bevonden zich twee stortbakken, de bovenste een aquarium met vissen. Dit aquarium was ooit een raam geweest naar de overloop. Ze stond op, trok door en waste haar handen. Nadat de onderste stortbak geleegd was liep het aquarium erboven langzaam leeg, om de stortbak weer te vullen. En tegelijk werd het aquarium weer langzaam bijgevuld, terwijl uit een luidspreker *Wassermusik* van Händel was te horen. Toen ze in de slaapkamer terugkeerde hoorde ze hem weer telefoneren. Ze wilde weten met wie hij sprak, waarover, of er een afspraak werd gemaakt.

'Hoe kan ik je bereiken?' hoorde ze hem zeggen (dat wist ze al die jaren later nog heel goed, en vooral dat het haar stoorde). Ze was ervan overtuigd dat hij een rendez-vous arrangeerde met de volgende dame. Ze had zin om dat aquarium op de wc kapot te slaan.

Hij escorteerde haar naar beneden en stond bij de voordeur als een correcte, geüniformeerde portier van een groot hotel, kaarsrecht en gezond. Een portier gaf de vertrekkende gast geen hand, en zeker geen kus – nee, zo ging dat niet, helaas. Hij hield de deur open met een beleefde glimlach, alsof er dagelijks tientallen gasten kwamen en gingen.

Hoe ze naar huis ging? Wat ze hiervan dacht? Het vervulde haar met een diepe afkeer van deze Arabische gang van zaken. Maar het smaakte wel naar meer. Omdat het zo veelomvattend was. Deze ongenaakbare man, dit arrogante kwastje, dit literaire mormel moest een lesje leren. Ze zou hem alsnog willen interviewen en bestoken met brutale vragen. Voelde een groot schrijver zich anders dan andere mensen omdat hij zo'n soepel seksleven had? Zat hij anders in zijn vel omdat de wereld om hem heen een soort harem was?

'Ik nam me voor om met hem in gesprek te komen.'

Ze kocht op het Spui een paar beschikbare titels uit het oeuvre van Felix Metzelaar. Ging ermee naar haar kast. Las ze daar in hoog tempo, zijn beroemdste boeken. Gulzig. Verslond ze. Wapende zich hiermee. Boeken over de oorlog, maar ook essays, gedichten, toneelstukken. Boeken die ze nooit gelezen zou hebben als ze niet toevallig tegen die man zelf was op gelopen. Bibi las zijn boeken om hem beter te kunnen begrijpen. Maar ze vond het wel moeilijk. Metzelaar haalde er zoveel bij. Ze moest door oeverloze passages heen waarvan ze dacht: dat kun je net zo goed weglaten. Daar wilde ze het met hem over hebben.

'Die uitweidingen, daar word ik dus echt helemaal gestoord van.'

Zo had ze het ook tegen hem gezegd.

'Maar,' wierp Paul tegen, 'reflectie is niet verboden. Het is bijvoorbeeld wel zo,' zei hij, 'dat die man in de loopgraaf niet wist hoe de oorlog verder zou verlopen.'

Paul verslikte zich bijna toen hij zich realiseerde wat hij daar zei.

'Begrijp me niet verkeerd. Ik wil niets vergoelijken.'

Alleen het boek over 1940 raakte haar. Ze was verbaasd over dit boek, waarin hij begrip toonde voor de man in de loopgraaf. Een man die door vele lezers werd beschouwd als de vijand. Maar ze vereenzelvigde zich met hem en met het jongetje. Het was een boek over zijn jeugd. De mensen zeiden het vaak: Metzelaar is dat jongetje. Zelf zei Metzelaar, enigszins provocerend: ik ben de man in de loopgraaf. Maar ze was vooral verbaasd dat ze het toch een mooi boek vond. En nu ging ze tot de tanden gewapend op hem af, voor een pittig interview. In gedachten al zijn sluwe manoeuvres ontwijkend. Om erdoorheen te prikken. Met als doel om nog sterker bij hem in de smaak te vallen. Om hem te temmen.

•

In huis was het niet om uit te houden. Tobias was niet meer in staat om zich te verschansen in zijn eigen kamer, voelde zich daar niet meer op zijn gemak, liep onrustig heen en weer tot zijn moeder met een bezemsteel tegen het plafond bonkte. Hij zou bij de man in de loopgraaf willen wonen. Deze belachelijke en kinderlijke gedachte had zich bij hem vastgezet. Waarom zou het niet kunnen? Als je zag wat voor idiote dingen er tegenwoordig in de kranten stonden, dan kon Tobias er zelf nog wel een smeuïg nieuwtje bij verzinnen. Jongen van twaalf woont met landloper in oude loopgraaf. Ze zouden er samen een huisje van maken, vadertje en moedertje spelen, hij zou de man elke dag een bord boterhammen geven, dik besmeerd met boter, koffie voor hem zetten, de rommel opruimen. Op den duur mochten zijn ouders komen kijken, om het met eigen ogen te zien en hun toestemming te geven. Ze zouden moeten accepteren dat het hem ernst was, dat hij daar als een held tijdelijk gevangenzat, maar dat hij samen met de man in de loopgraaf werkte aan een plan om de oorlog te beeindigen. Zover was het nog lang niet. Hij moest heel voorzichtig zijn als hij de deur uit ging. Om geen argwaan te wekken moest hij wachten tot zijn ouders allebei het huis hadden verlaten, of te druk bezig waren om veel aandacht aan hem te besteden. In de keuken smeerde hij boterhammen, twaalf sneetjes, zes voor de man en zes voor hemzelf. Dat dit onvoorzichtig kon zijn kwam nog niet in hem op. Hij deed alsof hij zijn brood in de tuin ging opeten. Zo gek was dat niet. Als er een vriendje bij hem kwam eten, stond er vaak een heel brood op de broodplank en dat werd helemaal opgegeten. Er kwam soms nog een half brood extra aan te pas en zijn moeder vond dat heel normaal; een jongen van twaalf zit in de groei, die moet flink eten. En zo liep hij nu door de tuin, als een kelner, met een groot bord en daarop die enorme stapel boterhammen. Hij zou van pure opwinding en blijdschap kunnen zingen en juichen, omdat er eindelijk avontuur in zijn leven was, na de zenuwslopende zomer van vorig jaar, zoals zijn moeder het gezegd had.

'Jij hebt wel erg veel honger,' hoorde hij iemand zeggen. Boven de schutting zag hij het hoofd van de buurman. Tobias stond als versteend. Wat moest hij doen? Het was doodstil, een echte zondagse stilte. De buurman moest op een stoel staan om over de schutting te kunnen kijken. Er gebeurde verder niks, Tobias wist niet wat hij moest zeggen.

'Nou, smakelijk eten dan maar', en het hoofd zakte weer omlaag.

Even later bukte hij zich, zette het bord neer en klopte op de plank. Toen de plank langzaam omhoogkwam ging hij op de grond zitten, schoof zijn lichaam onder de plank, alsof hij heel voorzichtig onder de dekens van zijn bed kroop.

Naast de man zat hij te kauwen op zijn brood.

'Ik zou hier best ook eens willen slapen,' zei Tobias, alsof hij tegen een vriendje zei dat hij een liefhebber was van kamperen.

'Dat wil je niet echt,' zei de man, 'ik heb vannacht liggen rillen.'

Tobias wist nog hoe hij de afgelopen winter, toen het vroor dat het kraakte, wakker werd, midden in de nacht, omdat hij het koud had en niet warm kon worden. Hij had het nog nooit zo koud gehad en uiteindelijk was hij tussen zijn vader en moeder in gaan liggen.

'Want de nachten zijn koud, hoor,' zei de man, 'overdag schijnt de zon en is het lekker lenteweer, maar als de zon onder is gegaan daalt de temperatuur snel. Binnenshuis blijft nog iets hangen van de heerlijke dag, desnoods doe je de kachel aan. Maar ik heb geen kachel.'

Het was daar onder de grond meer een soort tombe, een voedselkelder, een ijskast om drankjes koel te houden in de zomer. Stel je voor dat je daar altijd moest wonen, dat je nooit meer naar buiten kon. Dat was dan je leven en je wereld, een plek waar het altijd donker was, ook als in de tuin de ligstoelen klaarstonden en de zon hoog aan de hemel scheen, je hoorde de stemmen van de mensen, het gelach, en hoewel het mei was daarbuiten, moest jij binnenblijven. Een normaal mens hoefde maar een paar uur in die donkere, zompige zandgleuf te zitten om uitzinnig te gaan verlangen naar de blauwe lucht, naar het daglicht, naar de vrijheid, naar de vrolijke meeuwen boven het strand. Ja, maar Tobias wilde hier standhouden. Tussen de villa's in dit rommelig gebied, dat naar één kant uitzicht bood op het open veld. Op de Hollandse waterlinie, die niet in gebruik was. En die Holland dus niet beschermde tegen de indringers. Dat was te merken aan het nieuws, aan de gezichten van de mensen – het ging niet goed. De Nederlanders gingen gebukt onder de dreiging van chaos, lafheid en verraad.

Later in de middag, toen zijn moeder op de bovenverdieping bezig was met het opruimen van een kast, inspecteerde hij de keuken om precies te weten hoe groot de voorraden waren, wat hij kon meenemen zonder dat zijn moeder het merkte. Ook daarbij werd hij betrapt. Zijn moeder had opeens in de deuropening gestaan.

'Wat doe jij in de keuken?', op een toon alsof hij van zijn leven nog nooit in de keuken was gesignaleerd.

•

Paul had een episode bereikt die hem glashelder leek.

'Die kerel onder de grond is geen jood, of een gewone deserteur, maar iets anders. Pas als hij je sympathie heeft gewonnen kom je daarachter en dan ben je verkocht. Zo is het ook met het Duitse volk gegaan: die kwamen er pas achter wie hun land had ingepikt toen het te laat was.'

'Zo zat het niet helemaal.'

'Het is natuurlijk een fout iemand, anders hoeft hij zich niet te verstoppen.'

Andreas voelde zich beledigd. Hij had zin om er hard tegen in te gaan, met vlijmscherpe argumenten, met botheid en dreiging van geweld.

'Je bent zelf hartstikke fout! Besef je dat eigenlijk wel? Alles wat je zegt klinkt opgefokt en verhit, je bent gewoon bevooroordeeld.'

Paul liep rood aan. Hij zag er niet meer uit als iemand die Andreas kende uit het alledaagse leven. Hij werd een wezen met slagtanden, gehuld in een luipaardvel, met hakenkruisen en tatoeages, met een helm en een lans, met de bek van een wolf, krijsend en huilend dat het door merg en been ging. Maar misschien zag Andreas er net zo uit.

'Slaap lekker met je idool, je beminde Metzelaar, die eendimensionale karikatuur van je, in zijn mooie pak. Hij is gevaarlijk, omdat we niet weten waar hij ons gaat brengen, wat hij dat kleine jongetje gaat aandoen. Dat is het gevaarlijke van dat boek. Hij maakt alles troebel.'

'Welnee,' zei Andreas.

Ze begonnen door elkaar te roepen, elkaar tegen te spreken, het werd een kakofonie van namen. Grote en kleine smeerlappen. Dames en heren van naam waar een steekje aan los was. En die toch iets hadden. Fantasten die langdurig een heilig geloof hadden afgedwongen voor ze door de mand vielen. En allerlei andere snoeshanen. De heilige moordenaars van Dostojevski, de moderne seriemoordenaars. Die hadden ook iets. Er waren altijd wel psychologen en hulpverleners te vinden die met een stalen gezicht kwamen verklaren dat deze slachters in wezen onschuldige burgers waren en de rest van de mensheid een verzameling wrede plaaggeesten.

Paul sloeg met zijn vlakke hand op een pagina uit het boek.

'En dan is het ook nog Pinksteren!'

'Was het dan geen Pinksteren?'

'Ik wil weten wat mij wordt voorgeschoteld: een betrouwbare documentaire of een verzonnen verhaaltje, maar niet iets drassigs ertussenin.'

'Stel,' zei Andreas, 'dat ik een roman schrijf over Hitler.'

'Over Hitler?' riep Paul uit.

'Ja. Een boek over Hitler dat berust op pure fictie. Dus een roman. Dan blijft toch als een paal boven water staan dat de lezer te maken krijgt met alle feiten over Hitler die niet in mijn boek staan? En dus met de hele geschiedenis, zeg maar met alles.'

'Over Hitler wil ik helemaal geen roman lezen.'

'O nee?'

'Nee.'

'Waarom niet?'

'Hitler was geen mens.'

'O nee?'

'Nee!'

'Maar dan heb jij een heel ander mensbeeld, zelfs een heel andere biologie.'

'Nou en of.'

Paul gedroeg zich uiterst onaangenaam.

'Wat kom jij hier eigenlijk doen? De rust verstoren in deze huishouding?'

Andreas wist niet wat hij moest zeggen. Paul voelde het goed aan: zijn leven met Bibi liep gevaar. Er was maar één reden waarom Andreas zich hier bevond. Maar de schaking van Bibi leek verder weg dan ooit. Andreas zou bereid zijn onmiddellijk op te stappen als hij zeker wist dat Bibi nog lang en gelukkig zou leven met Paul. Maar was dat zo? Had hij geen invloed meer op de gang van zaken?

'Ben je nog verliefd op haar?' vroeg Paul.

Omdat Andreas niks zei gaf Paul zelf het antwoord.

'Hij is nog verliefd op je.'

Nu werd alles stroef.

Bibi was rechtop gaan zitten.

'Paul, beste Paul,' vroeg Andreas, 'wat is er gisteravond gebeurd? Heb ik me zo misdragen?'

'Dat had met jou eigenlijk niks te maken.'

Nee, Paul had geen behoefte aan een vertrouwelijk intermezzo met Andreas. Ze zaten stug in elkaars vaarwater. Lagen er verslagen bij, ieder in een stoel, ver uit elkaar. De middag was kapotgemaakt. Er zat eigenlijk nog maar één ding op. Andreas moest opstaan, bedanken voor de gastvrijheid en het pand verlaten om er nooit meer terug te keren. Hij stond dus op, wankel op zijn benen, liep naar de keukendeur en maakte een gebaar met zijn arm. Maar Bibi was bliksemsnel uit haar stoel gekomen en versperde hem de weg.

'Jij gaat hier niet weg. Niet op deze manier. Niet op dit moment.'

Ze dwong hem om weer te gaan zitten. Voor het eerst sinds Andreas haar de vorige dag had ontmoet, zag hij iets terug van de bewierookte directeur, in haar gloriedagen. Haar wonderbaarlijk mooie ogen die eruitzagen alsof ze door een schilder waren aangebracht, niet op een mens maar op een pop. Ze sprak de heren toe, als een ervaren bemiddelaar, die de vechtende partijen het gevoel gaf dat er meer was dan twisten, dat ze zich moesten verheffen boven hun ordinaire persoonlijke belangen en daarmee onsterfelijke roem konden behalen. Maar ze gebruikte daarvoor geen grote woorden. Andreas kon zich later niets anders herinneren dan: 'Stel je niet aan.'

Hij zonk weer in zijn stoel, opgelucht dat hij niet de straat op moest. En Paul zwaaide hem vriendelijk lachend toe, met het boek. Haast uitbundig, alsof hij wilde zeggen: ga niet weg, wij passen bij elkaar. Hij begon weer te lezen.

•

Op maandagochtend was zijn vader weg.
'Waar is hij naartoe?'
'Hij is weg.'
'Maar hij komt toch gewoon weer terug?'
'Nee.'

'Hij woont toch bij ons?'

'Nu niet meer.'

'Maar waar is hij dan?'

Zijn moeder wist het niet of wilde het niet zeggen.

'Zal hij soms nog langskomen?'

Er kwam geen antwoord. Zijn moeder streelde hem niet eens over zijn hoofd.

'Mag ik hem opzoeken?'

'Je moet niet zoveel vragen,' zei zijn moeder.

Zou hij dan geen brief van hem krijgen? Of een adres waar hij zelf naar kon schrijven? 'Lieve papa, ik mis je.'

Een jongen van twaalf heeft zijn vader nodig. Of een held die als buitenstaander in een kuil woont. Hij haalde nu zelf de krant uit de bus, de krant die zijn vader anders al verslonden had.

Weet je wat ik ongelooflijk vind, zal Tobias later zeggen, als hij een man is. Wat me elk jaar meer verbaast, naarmate ik ouder word en besef hoe breekbaar en fataal mijn toestand was? Dat ik ondanks alle narigheid me zo lang zo veilig heb gevoeld bij mijn ouders thuis. In mijn ziel staat gekerfd hoe ze van mij gehouden hebben, hoe ze me beschermden. Dat ontroert me steeds meer. Hoe we in de kerk zaten om daar bescherming te vinden, om ergens in te geloven, dat heeft een enorme invloed gehad, want ik stond zo verduiveld sterk in de wereld dat ik er tot de dag van vandaag baat bij heb. Ik kan met gemak een hele reeks heerlijke voorbeelden geven, over de kachel die op een koude zondagochtend midden in de winter niet wilde branden en hoe het dan toch gezellig was en knus omdat mijn moeder naast mij op de bank zat terwijl mijn vader met houtjes en kranten probeerde de woonkamer te verwarmen (ik bedoel die man en die vrouw die niet met elkaar overweg konden, die in een gedoemd huwelijk zaten, en daar voelde ik me veilig), over de maaltijden aan tafel die altijd verstoord werden, over de bedden en de dekens op de ijskoude zolder waar ik moest slapen, de kerk waar ik zondagochtend om half tien naar de hoogmis zat te kijken als een kip naar het onweer, de geur van mijn moeder als ze zich over me heen boog om me te helpen bij het aantrekken van mijn jas, de hoop van mijn vader dat het ooit nog allemaal goed zou komen, door een mirakel, door het ingrijpen van de bisschop.

•

'Jij maakt me onzeker,' zei Paul. 'Dat heb ik met niemand. Jij doet iets met mijn chemische proces.'

Hij zat weer gekke bekken te trekken. Hoe bestaat het: iemand die mij onzeker maakt.

'Ik hou altijd zelf de macht, dat zeg ik ook tegen mijn patiënten: hou de macht over je leven zelf in handen. De meesten kunnen dat niet, te veel problemen. Maar als ze gewoon gingen joggen, dan maakte hun lichaam zelf het medicijn aan. Ik ben nu al twee keer wezen joggen, twee keer acht kilometer, maar het helpt vandaag niet.'

Hij vertelde over depressies. Wat je ertegen kon doen. Joggen natuurlijk. Paul had een theorie over het schudden van het lichaam tijdens het hardlopen. Door het schudden kwamen we weer bij onze basisemoties. Basiskenmerken. Je zou ook in een maanraket kunnen stappen, of solliciteren, dat riep ook spanning op. Andreas vroeg zich af of de man dronken was.

'Nee, ik ben niet dronken,' zei Paul, 'het is allemaal heel simpel, denk maar aan een shampoo of een haarlak: schudden voor gebruik, anders zit je haar niet goed.'

Bibi kwam tevoorschijn uit de keuken. Ze liep niet meer op hoge hakken. Vroeger leek het alsof naaldhakken een onderdeel waren van haar anatomie. Nu waren het lage, verende sportschoenen. Maar in zijn ogen was Bibi nog altijd volmaakt atypisch. Alle vrouwen die hij kende lazen damesbladen, maar Bibi niet, het was bijna verontrustend. En ook geen kasteelromans. Zappend op de bank liggen, dat wees ze ook af. Ga iets nuttigs doen, of lees een mooi boek, in plaats van dat ordinaire zappen.

'Het is zo banaal, zullen we erover ophouden?'

'Nee,' zei Paul onmiddellijk. 'Ik heb het gevoel dat er iets onder de tafel blijft.'

'Wat bedoel je daar nou weer mee?'

'Ik bedoel die geschiedenis met Metzelaar.'

'Als je het zo geweldig belangrijk vindt, dan moet je het maar zelf verzinnen.'

'Dat lijkt me een taak voor Andreas.'

Ze zaten Andreas aan te kijken alsof dit een heel fris nieuw idee was. Andreas werd er nerveus van, een ongekende opwinding ging door hem heen, alsof hij een wens kon doen. Hij zou het duizendmaal sterker maken dan de werkelijkheid. En Bibi begon te aarzelen toen ze merkte dat Andreas er zin in kreeg. Zocht weer uitvluchten, dribbelde weer eens op en neer tussen de tuin en de keuken, moest nog zoveel dingen doen. Wat voor dingen?

'Ik ben eigenlijk bang voor het ware verhaal,' zei ze.

•

(1973)
Ze stond op het plein te wachten tot zijn gestalte aan de horizon zou opduiken. Alsof het inmiddels vanzelf sprak: dat ze haar laatste krant verkocht en dat hij dan weer voor haar neus zou

staan. Maar hij kwam niet. Met de laatste krant onder haar arm bleef ze nog een tijdje rondhangen op het Stationsplein. Ze liep heel langzaam in de richting van het Damrak. Doolde rond in de eindeloze stoet voorbijgangers. Later lag ze op haar buik op bed en las *Het Parool*. Het was een interessante krant, een heel andere krant dan vorige week, toen ze Metzelaar nog niet kende en hij haar ook niet associeerde met die krant. Het nieuws was nu afkomstig uit een nieuwe wereld, een wereld waarin Metzelaar en Bibi elkaar kenden.

'Nixontapes blijven geheim.'

'Koffer met baby in gracht.'

'Perón komt terug.'

Als Metzelaar ergens *Het Parool* zag, in een winkel of een kroeg, dan dacht hij aan haar. Dat wist ze zeker, dat kon niet anders. Al het wereldnieuws was nu nieuws over Bibi. Als dat niet zo zou zijn, dan moest hij wel van een andere planeet komen – dan was haar belangstelling nog groter, trouwens.

Een paar dagen later was hij er weer. Hij nam haar in de auto mee naar een restaurant in de duinen, waar ze cocktails dronken. 'Wat is jouw oorsprong?' vroeg hij. Hij wilde alles weten over haar achtergrond. En erg toeschietelijk was ze niet. Hij begreep onmiddellijk dat hij beet had. Haar reactie viel in een patroon dat hij kende. Ze draaide eromheen, maar dat maakte Felix juist alert.

'Als je niet wilt praten, dan is er ook niks te bespreken, dan hebben we geen relatie.'

En ze wilde niks liever dan een relatie! Hij was niet zomaar een passant die belangstellend een praatje maakte. De grootheid van deze man kon je nauwelijks overschatten. Zelfs als je de pest aan hem had. Hij was een schrijver die alles in de hand had. Maakte zijn eigen universum. Metzelaar was een man in een cocon, net zo complex als het melkwegstelsel. Ze wou in die veilige cocon zitten en al zijn meningen leren kennen. Want de mening van een schrijver, daar heb je iets aan, die geeft je een soort richtlijn. Maar ze wilde zich groot houden en niet al te toeschietelijk zijn. Ze had hem al zoveel gegeven. Ze zei ronduit dat ze hem aan het lijntje wilde houden. Met omtrekkende bewegingen. Hij schoot in de lach, sputterde speels tegen, met een geamuseerde blik op zijn mooie gezicht. Wat nu? Ze dronken nog een cocktail. Om te plagen vergeleek ze hem met de grote schrijvers uit het verleden. Naast die beroemde godheden was hij een provinciaaltje. Zijn meningen legden geen gewicht in de schaal. Zelfs de meningen van grote schrijvers uit het verleden speelden geen rol van betekenis. Maar de slimme Metzelaar was haar meteen enthousiast bijgevallen. Wat zouden we aan moeten met de mening van Shakespeare over het begrotingstekort?

Paul droeg zijn steentje bij. Wat zouden we in godsnaam aan moeten met de opvatting van Rousseau over het kabinet-Kok? De mening van Erasmus over seks voor het huwelijk? Julius Caesar over Gerrit Zalm? Nou?

'Schrijvers,' riep hij, met opvallend enthousiasme, 'schrijvers zijn zo onbeduidend, zelfs als ze veel geld verdienen, en dan die sfeer van amusement die eromheen hangt, dat pedante van "ik ben het algemene wereldgeweten", die zelfverzonnen allure.'

'En Havel dan?' merkte Bibi op.

•

Ze bleef aan hem denken. Je kunt heel snel ontzettend verliefd worden op iemand, en je kunt er niks tegen doen, het is eigenlijk heel erg en het zou onverdraaglijk zijn als er niet een soort paradijselijke toestand in het vooruitzicht werd gesteld, een grote prijs die al het leed wegnam. Zo ging het met haar, ze was razendsnel redeloos verliefd geworden en het werd elk uur erger.

Lieve Felix, zou ze in zijn oor willen fluisteren. Ik moet je wat zeggen. Over mezelf. Iets wat je niet kunt weten. Intens gelukkig kon ze over straat lopen als ze aan hem dacht. Ze lag in bed aan hem te denken. Ze kon tegen zichzelf zeggen: kind, doe niet zo puberaal, maar wat hielp dat? Ze patrouilleerde in de buurt van het plein waar ze hem voor het eerst had gezien, op de route tussen het plein en zijn huis aan de gracht. Totdat ze hem eindelijk aantrof. Hij liep langs en ze riep hem. Als een uitgelaten kind dat puur en spontaan reageert.

'Felix! Hé, Felix!'

Dat kon je eigenlijk niet maken: op straat hardop zijn naam roepen. Niet tegen deze man. Maar ze deed het toch. Alsof hij iemand was die ze kende uit de studentenflat waar ze een tijdje had gewoond. Ze liep op hem af, klampte hem aan. Hij wist niet wat hij moest doen. Hij keek haar nog eens goed aan. 'Ik moet je wat zeggen, over mezelf.' Hij legde een hand onder haar kin.

'Kom dan maar mee.'

Ze stonden bij zijn voordeur. Het viel haar op dat er een ruitje in de voordeur kapot was.

Dat wist ze nog heel goed. Ze zag de randjes van het glas dat met geweld gebroken was nog voor zich, alsof ze zich er nog steeds aan kon bezeren. Hij liet haar toen het huis zien. Gaf een rondleiding van de kelder tot de zolder. Volkomen ontspannen. Alsof ze elkaar al lang kenden. Zelfs zijn heiligdom mocht ze betreden, de werkkamer. Hij lachte haar toe terwijl ze met haar vingers langs de boeken ging, over het tafelblad, de toetsen op zijn schrijfmachine. Ze zaten in de slaapkamer op het bed, hij leunend op een elleboog. Hij lag een beetje aan haar te frutselen, met een soort glimlach op zijn gezicht. Ik vind jou wel aardig. Jij stoort mij niet, misschien stimuleer je me wel.

•

'Terwijl hij tussen je benen peuterde kon hij rustig verder werken aan zijn roman,' zei Paul opeens.

'Doe niet zo onsmakelijk. Zeg niet zulke akelige dingen.'

'Voor mij is het allemaal nieuw, voor jou is het historie, ik zit er echt mee,' zei Paul, en hij ging het huis binnen. Bibi zat ernstig voor zich uit te kijken, alsof ze naar stemmen luisterde, ergens in haar binnenste.

•

Er werd gebeld. Hij deed niet open. Ze hoorde buiten op straat een vrouwenstem roepen: 'Klootzak, ontzettende klootzak! Lul!'

Zulke lelijke woorden, op zo'n schitterend punt in de stad. Van deze oude gevels bestaan prentbriefkaarten die over de hele wereld verstuurd worden. Met opwekkende teksten voor de thuisblijvers: *Waren jullie maar hier, dan wisten jullie wat dat is: genieten.* Het krijsen op straat had haar weer waakzaam gemaakt. Ze moest hem niet alles vertellen. Nog niet. Om te kalmeren probeerde ze rustig rond te kijken en nam een stortvloed aan details in zich op. Net als de duizenden meisjes die op datzelfde moment bezig waren de muren te bekijken in de kamer van hun nieuwe vriendje. Die meisjes zagen het donkere behang. Ze kon zich voorstellen hoe onhandig het toeging, hoe ze om de hete brij heen draaiden, een voorwerp oppakten en aandachtig bestudeerden, een foto aan de muur. Hoe ze even naar de keuken liepen, een la opentrokken. Hebben niet alle vrouwen zulke herinneringen? Ze weten nog hoe ze werden uitgenodigd, wat er gekookt werd. Schorseneren, kom je schorseneren bij me eten? Misschien was het wel op een woonboot. Ze vroegen zich af of het daar wel proper was, letten goed op het beddengoed, want ze wilden geen relatie met een viespeuk. Ze probeerden de geur in huis te determineren, stelden vragen. Wordt er hier geleefd? Is dit wel een bewoond pand? Zijn er tekenen van een smerige hobby? Is hij schoon? Wast hij goed af? Heeft hij een hulp? Hoe ziet de matras eruit onder het laken? Hoe doet hij de was? Hangt er iets te drogen? Staan er nog etensresten op tafel? Gebruikt hij drugs?

Bibi wilde alle vrouwen die Metzelaar ooit hadden, of zouden hebben, vervangen. Ze wilde op hem afkomen en hem de adem benemen door te zeggen: u hebt zo veel intuïtieve kennis van vrouwen, u begrijpt de vrouw zo goed. Ik wil bij u zijn, bij uw zachtheid en uw geestige conversatie. Ik vind u zo aardig, ik wil u prijzen voor uw begrip, en zelfs als u onzin uitkraamt zal ik zeggen: hij bedoelt het zo goed.

•

Met zijn moeder maakte hij op de fiets een tocht door de buurt, om te zien of ze iets van de oorlog konden merken. Nu zijn vader weg was waren er minder ogen die hem konden betrappen, maar toch had hij het gevoel dat er nog veel scherper op hem gelet werd. Ze passeerden het huis van zijn joodse klasgenootje David, die ooit zulke fantastische verhalen vertelde. Over zijn reizen naar India, over de jacht op tijgers en olifanten, over de schone prinses bij wie hij altijd logeerde. Bijna dagelijks zat Tobias in het plantsoen naar Davids verhalen te luisteren. Hij smulde ervan, tot op een dag zijn moeder opeens zei: David is nog nooit buiten Holland geweest. Tobias had naar het gezicht van David gekeken. Er kwam een geluid uit zijn keel, het kon lachen zijn. Het was niet te bevatten. Al die verhalen waren dus verzonnen, of gelogen, hoe moest je dat zeggen? David moest eens weten. Toen ze weer in hun straat fietsten kreeg hij ineens zin om zijn moeder mee te nemen naar de loopgraaf. Om te bewijzen dat hij geen fantast was. Hij niet. Dat er echt een man onder de grond zat. Dat ze vrienden waren. Maar hij hield zijn mond.

Ze zetten de fietsen in de bijkeuken en gingen het huis binnen. Hij plofte neer op de bank in de zitkamer. Hij zou daar wachten op een geschikt moment om weer naar buiten te gaan, en iets voor de man mee te nemen. Hij zou doen alsof hij naar boven ging, naar zijn kamer. Het leek wel of de achterdocht van zijn moeder was versterkt door de fietstocht en door alles wat hij dacht. In de keuken had hij een dik stuk ontbijtkoek besmeerd en een beker melk klaargezet. Met een blad stond hij klaar om de tuin in te sluipen. En toen kwam er een heel angstig moment.

Zijn moeder die voor hem stond.

'Waar ga jij met dat blad heen?'

Hoe ze hem aankeek, zoals toen hij betrapt werd op diefstal van een kwartje. De grootste schaamte die hij ooit had gevoeld.

'Naar de tuin.'

Het was eigenlijk heel gewoon. Maar er zat iets onder, alsof ze elkaar niet wilden toegeven dat ze het wisten. Dat er iemand onder de grond zat in hun tuin, dat ze erover konden twisten. Zouden schreeuwen en stampvoeten.

'Het kan zo niet langer!'

'Maar wat wil je dan?'

Zoals toen zijn vader nog thuis woonde. Toen hij zijn verlangen naar de Duitsers nauwelijks wist te camoufleren. Hij wilde met die koek en die melk de tuin in, omdat de man beloofd had: als de oorlog voorbij is, dan worden we allemaal gelukkig. Nu moest hij zelf die koek opeten en de melk opdrinken. Pas later kreeg hij gelegenheid om even ongemerkt de tuin in te glippen.

Hij vertelde de man dat zijn vader weg was. Voorgoed.

'Oei,' zei de man.

Haarscherp beschreef hij zijn laatste herinneringen aan zijn vader. Hoe ze de vorige avond met z'n drieën aan tafel zaten. Zijn vader die over zijn krant heel even naar hem keek. Ooit speelden ze dan het wenkbrauwenspel, probeerden elkaar aan het lachen te maken door het optrekken van de wenkbrauwen, in alle mogelijke standen. Maar de vorige avond was de blik van zijn vader neutraal, alsof hij ineens geconfronteerd werd met een obstakel dat opzij moest, om zijn doortocht niet te belemmeren. Hij toonde geen spatje humor of genegenheid. Na het dessert was zijn moeder meteen opgestaan terwijl zijn vader peinzend bleef zitten. Op dat moment wist die ook niet wat hem te wachten stond.

'Vertel eens wat over je vader.'

Zo'n vraag had niemand hem ooit gesteld. Als hij zijn ogen dichtdeed rook hij koffie en zag hij de krant, als je dat nog een krant kon noemen. De zwarte dikke letters, als verkoold hout, met de rookwolken op de nieuwsfoto er nog boven, dikke, smerige rook die de hele woonkamer omtoverde in een verstikkende hel. Dat was zijn vader, als hij de krant even liet zakken: een hoofd met om de hals een kraag van vuur en rook en puin. Wat wist hij van zijn vader? Een man die tot een paar dagen geleden dagelijks naar zijn werk ging, een man in een grijs pak. In de kast op de slaapkamer hingen zijn broeken en jassen, buiten stond zijn fiets. Hij kwam 's avonds om zes uur weer thuis, behalve de laatste dagen, toen hij meestal thuis was. Tobias had ernaar gevraagd.

'De zaak is dicht,' had zijn vader gezegd.

Het ging nog door hem heen. Zijn moeder die heel gewoon zei: je vader is nu weg. En daarmee uit. Zonder afscheid te nemen van zijn zoon. Hij is weg. Het liefst zou hij nu bij de man in de loopgraaf gaan zitten. Met de rugzak die hij bij de padvinderij gebruikt had. Jamboree in het onderaardse! En

waarom eigenlijk niet? Als de volkeren van de wereld op elkaar af renden met kogels en knotsen, waarom zou hij dan
zijn plunjezak niet uit de kast mogen trekken om in een kuil
te gaan wonen?

Op zijn kamer begon hij alles klaar te leggen. Eerst leek het
alsof het om een spel ging. Maar je wist nooit hoe moedig je
later nog kon worden. En later – toen hij alles op de vloer
van zijn kamer had uitgespreid, zijn slaapzakje, zijn zakmes,
zijn lantaarn, zijn hoge wandelschoenen, de zonnehoed, zijn
spaarpotje, zijn stok –, toen ging hij erin geloven. Dacht na
over de gevolgen. De reactie van zijn moeder. Die kon hij
uittekenen, haar boosheid. Hij hoorde haar verontwaardiging
al. Zeg, ben jij nou helemaaaaal! Zo riep ze het zo vaak, tegen
hem, maar ook tegen zijn vader, ze had het zo vaak geroepen:
'Laat die jongen met rust. Laat hem buiten de oorlog!'

Zo probeerde ze hem te beschermen. Dat was logisch en vanzelfsprekend, maar ook vernederend, alsof hij nog veel te
klein was voor een serieus gesprek met zijn vader. Hij zou
haar tergen met de steeds herhaalde vraag over zijn vader:
'Waar is papa naartoe?'

Nu voelde hij het heel sterk: als zijn vader het zinkende schip
mocht verlaten, waarom Tobias dan niet? Hij herinnerde
zich de laatste vraag die hij ooit aan zijn vader gesteld had:
'Papa, wat is een ultimatum?'

Hij sliep die nacht in een kamer die eruitzag als een kampe-
ment. Zijn slaap was ruig en vol afwisseling. Wilde dieren,
kolkende zeeën. Hij droomde dat hij bij zijn moeder in bed
lag. Nu hij alleen met haar was in het grote huis, iets waar hij
heimelijk altijd naar verlangd had, nu miste hij opeens zijn
vader, omdat hij wist dat zijn vader nooit meer zou terugkomen. Hij werd erdoor overvallen, zijn fantasie sloeg op hol, de

nacht was een opwindende koorts, af en toe werd hij even wakker om op adem te komen en dommelde weer in, als een curieuze patiënt, zoals hij weleens naast haar lag als hij ziek was, het hoogste genot: samen met zijn moeder in bed liggen, hij in de kom van haar buik en haar dijen, met haar borsten in zijn rug en haar handen op zijn knieën. Het was nu anders. Alsof hij voor het eerst van zijn leven nadacht. Nadenken! Het werd zo vaak gezegd, of geroepen, op school, of door zijn vader. Nadenken. Over alles wat gaande was. Als je daartoe in staat was, als je het beeld scherp kon krijgen, waar je ook naar keek, dan was je een hele stap verder. Dan werd je een ultramodern instrument waarmee je de bedding van een rivier kon volgen, in de richting van de bron, zoals vroeger de grote ontdekkingsreizigers dat deden, zoals Livingstone, die wilde weten waar de Nijl vandaan kwam. Waar kwam Tobias zelf vandaan? Uit een meer, waarschijnlijk, dat je nog altijd kon vinden, zoals het Victoriameer, als je maar bereid was om alles achter te laten en erop uit te trekken, met je tropenhelm, je malariapillen en een goed humeur.

•

Paul kwam terug. Met de roman op zijn hand, als een brevier.

'Nee maar!' zei hij. Hij had het boek bijna uit. Nog dertig of veertig bladzijden. Hij bleef lezen, keek toen op. Heel nieuwsgierig.

'Hé, zijn jullie er nog?'

Hij ging, naar voren gebogen, tastend langs de struiken, als een bijziende bejaarde. Had hij daar iets verloren, zocht hij iets? Plofte toen neer in een rieten stoel alsof hij een lange dagmars achter de rug had.

'Zijn er nog ontwikkelingen?'

De ironie werd kracht bijgezet door zijn gniffelen.

'Ze was echt heel emotioneel gisteravond, toen jij hersendood was.'

'Man, je was zelf emotioneel!' riep Bibi uit.

'Ik? Ik ben nooit emotioneel.'

Maar ze legden het niet uit. Andreas had nog steeds geen idee wat erachter zat. Er was iets, je moest wel zwaar emotioneel gestoord zijn om dat niet te merken.

'Ik lees dit boek, uit belangstelling, ik luister naar jullie herinneringen. Me dunkt. Ik wil er oprecht serieus naar luisteren. Het gaat mij ook aan. Ik ben haar man,' zei hij nu rechtstreeks tegen Andreas. 'Ik ben bereid om naar al die banale dingen te luisteren als het iets oplevert, een plotseling inzicht, een ogenblik van vrolijkheid.'

Hij sloeg zich op de knieën bij wijze van illustratie van wat hij bedoelde.

'Of niet dan?'

'Ja ja,' zei Bibi.

'Ik moet me eroverheen zetten, me ermee verzoenen.'

•

(1973)

Dit is echt een mooie herinnering, luister maar. Een dag met van die verrukkelijke luchten, met veegjes wolk die het blauw nog blauwer maken. Hij nam haar mee naar Artis. Speciaal voor de gelegenheid droeg hij een lichtblauw zomerpak en hij was spraakzamer dan ooit. 'Vandaag wapperen er vlaggen boven het verblijf van de koning der dieren,' zei hij. 'Om de wereld te melden dat hij thuis is. Deze tuin heeft zich opgemaakt om hem te begroeten.' Zijn woorden deden iets met deze oude dierentuin. Bij een van haar eerste bezoekjes aan Amsterdam had ze een keer in Artis rondgelopen, midden in een depressie, met bevende handen en verstopte darmen, uitslag op haar gezicht. Bij die gelegenheid had ze de lelijkheid van Artis gezien, de verwaarlozing, de rommel, de stank had ze geroken, maar nu, nu wandelde ze als Eva door het paradijs, naast Adam, met in de verte het geruis van de Eufraat.

Paul hield het niet meer uit.

'Denk je dat we dit leuk vinden?'

'Nou,' zei Bibi, 'jullie vragen er zelf om. Jullie hadden mij moeten zien.'

'Het is niet leuk.'

Bibi was al eindeloos veel verder, voor haar was die dag in Artis een miljoen jaar geleden, weg, voor altijd weg; voor de twee mannen was het een acute aanval, een koliek, een koppijn die steeds heviger werd, ze snakten naar een moment zonder pijn. Bibi draafde door. De mannen probeerden sterk te zijn, met hun zure gezichten; ze mobiliseerden hun herinneringen, de liefde, de vlinders in de buik; ze spanden zich in, uit alle macht, maar ze zagen natuurlijk alleen Bibi, of Ramona, of hoe ze mocht heten, met naast haar... En de gezichten stonden steeds zuurder. Terwijl Bibi jubelend over de paadjes van Artis zweefde. Het was alsof ze voor het eerst bestond, alsof ze nooit geweten had dat het mogelijk was om te bestaan, dat dit deel van de aardse werkelijkheid haar vóór die dag altijd was ontgaan. Ze wist nog precies hoe ze gelopen waren. Vanaf de ingang gingen ze via de papegaaien en de kamelen naar het terras, waar hij zat te glunderen, als een kind dat voor het eerst beseft hoe heerlijk het is om jarig te zijn en gefêteerd te worden. En zij was de oorzaak van zijn geglunder. Hij gaf haar meer moed en kracht dan ze ooit had gevoeld. Haar huppelpasjes lieten zien wat iedereen gelooft. Iedereen weet dit. De schone natuur, de lucht, de vogels, het licht, de mens als het hoogste en mooiste en natuurlijk vooral die ene. Die man daar. Ze had zin om een tientje te geven aan de eerste de beste junk of bedelaar. Ze liepen langs de kooien met grote katten.

Een oude dame hield ze staande en zei dat ze er zo gelukkig uit-
zagen. Wees er maar zuinig op, zei ze, het is afgelopen voor je er
erg in hebt. Metzelaar was verrast door dit vrouwtje, er was een
blos op zijn wangen, een intens plezier over deze waarzeggende
oude dame die uit het niets haar duit in het zakje deed. Want Metzelaar en Bibi zagen er misschien mooi uit, maar ook een beetje
verdacht. Die vrouw had ook kunnen schelden: viezerik, smeerlap, ik heb jou door, vader; maar ze was eerbiedig, alsof ze de zui-
verste vorm van liefde waarnam. Dat vrouwtje gaf Bibi een geweldige steun in de rug. Haar zelfvertrouwen groeide en ze voelde
hoe hij naar haar keek, met extra interesse, eindelijk haar eigen
verlangen spiegelend. Het zou kunnen, zeiden zijn ogen, jij en
ik; opgewekte ogen, de ogen van een complexe man die eindelijk
een punt bereikte dat hij dit durfde te zeggen. Ik wil jou, het gaat
gebeuren, o ja, het gaat ervan komen, geen twijfel mogelijk.

Wat hij toen zei maakte haar volmaakt gelukkig: 'Als ik met
jou zou trouwen, dan zouden we in Artis trouwen.'

Toen was het voor het eerst bij haar opgekomen. Waarom
niet? Waarom niet Felix Metzelaar?

•

'Ik word hier nog steeds niet *bien* van,' zei Paul, 'helemaal niet
bien.'

•

'Hebt u het al gehoord?'
'Wat, mijn jongen?'
'De koningin is weg.'
De ogen van de man kregen een starende uitdrukking.
'De Duitsers hebben bijna het hele land veroverd.'
'Nee, jongen, ik heb het nog niet gehoord.'
Van wie zou hij het gehoord moeten hebben? Tobias was ver-

baasd over zijn eigen onstuimigheid. Hij wou kijken op straat
om te zien of er al Duitsers door hun buurt rondreden. Heel
vreemd, die aanvechting, alsof hij dan later, na het waarnemen van de vijand in zijn buurt, triomfantelijk zou terugke-
ren in de loopgraaf: ik heb de Duitsers gezien!
'Ik hoor hier niks. Alleen wat jij me vertelt.'
'Iedereen is doodmoe, vooral de soldaten en hun officieren.'
Was de man geschokt? Verdrietig? Aangenaam verrast?
'U kunt weer naar huis, als het over is.'
De man ruimde zijn hol op, voor zover je een hol van aarde
op kon ruimen, alsof hij inderdaad verwachtte binnenkort
weer naar buiten te kunnen, als vrij man, niet langer een mol.
Hij streek met zijn vlakke hand over de muur van aarde.
Met twee handen drukte hij op een stapeltje vuile was dat hij
in een tas had gestopt.
'Ik dacht dat het op z'n hoogst een dag zou duren en ik zit
hier nu al bijna een week.'
In de oren van Tobias dreunde nog het geluid van de radio.
Hij had in de stoel van zijn vader gezeten en geluisterd naar
de stemmen die met de minuut somberder klonken, met af
en toe nog een oprechte vaderlander, die haast stikte in zijn
woede.
'Als het maar voorbij is, nietwaar, als we maar verder kunnen.'
De man greep hem bij zijn schouder.
'Is je vader nog weg? Is hij niet teruggekomen?'
Hij schudde zijn hoofd.
'Ik weet niet waar je vader is, of hij zich verstopt. Maar ik weet
wel wat het betekent om je te moeten verstoppen, wat het met
je doet, hoe je gaat denken, wat er gebeurt met je daadkracht,
die je niet meer kunt gebruiken. Je kunt niet meer de straat
op rennen, niks meer hardop zeggen, zodat iedereen het kan

horen, geen kar over een brug duwen. Ik zou wel naar buiten willen om ze allemaal door elkaar te schudden, heus, jongen, om jou te laten zien wat de oorlog met me doet.'

De man schoot vol.

'Weet je, Tobias, jij bent een grote jongen, dat ben je, de mensen zeggen het, ik kan het aan je zien, ik merk het aan je, en je wilt er veel voor doen om een grote jongen te zijn, je hebt er alles voor over, want dat is het fijnste dat er is: een grote jongen zijn. Je bent groot, maar weet je, Tobias, en je vindt het misschien niet leuk als ik het zo tegen je zeg...'

'Ik ben ook nog klein,' zei Tobias met enige tegenzin.

De man legde even een hand op zijn hoofd.

'Dat zeg ik niet om je te plagen, want ik meen het. Je hoort je ouders vast weleens zeggen: daar ben je nog te jong voor, en ik weet dat het heel onprettig is om dat te horen. Daar ben jij nog te klein voor. En toch is het zo; je zult nog veel groter en sterker worden dan je nu bent, dat weet je ook, je moet daarop wachten, maar uiteindelijk zul je zo groot en sterk zijn dat je veel meer weet en kunt begrijpen dan vandaag, meer dan ik ooit zal weten of begrijpen; je hersenen zullen groeien, je verstand — daarom kan ik je nu op dit moment nog niet alles vertellen.'

Stilte.

'Zou u het niet willen proberen?'

De man schudde zijn hoofd.

'Toen ik zo oud was als jij nu bent was het ook oorlog, maar in een oorlog kan een jonge knul heel gelukkig zijn, ik was in elk geval heel gelukkig. We merkten er eigenlijk niks van. Ik ging gewoon zeilen op de Friese meren, met mijn vader.'

De man begon vloeiend én haast zonder te haperen te vertellen over zijn leven. Het was alsof de herinneringen zo mooi waren dat het niet meer nodig was om te stotteren, hij voelde zich volkomen op zijn gemak. Hij zeilde met Tobias door

zijn jonge jaren, over de tafel waar hij zat te eten met zijn familie, door zijn dromen. Hij vertelde over het vertrouwen dat hij vanbinnen altijd gekoesterd had omdat hij geloofde in de vriendschap. Als je vriendschap wilde sluiten, dan moest je niets verzwijgen. Hij sprak ook over zijn geschonden liefdes. Hij was weleens verliefd geweest op een meisje dat hij niet kon krijgen, maar daar was hij heel gauw overheen, want dan zag hij de andere meisjes, die hij wél kon krijgen. Maar je moest op je hoede zijn. Je kon opeens iets ergs meemaken.
'Hebt u iets ergs meegemaakt?'
'Ja, jongen.'
Tobias had er altijd op gelet hoe het met de mensen ging. Als iemand in zijn omgeving een tegenslag ondervond, dan zag hij het; als een klasgenoot ongelukkig was, dan voelde hij het. En hij wilde er iets aan doen, dat wilde hij nog steeds. 'Ik wil jou ook helpen.'
Samen zaten ze koude thee te drinken bij een brandende kaars.
'Ik ben een hele rare. Want de hele wereld kan in brand staan en dan kunnen wij ons hier in deze kluit aarde nog gelukkig voelen – dat kan.'

Tobias wilde weten wat de man hem niet kon vertellen.
'Was het zo erg wat u hebt meegemaakt?'
Het ging over de dood van zijn vader, die hij zelf had meegemaakt op de zeilboot in Friesland. Toen de boot tijdens een storm omsloeg, raakte zijn vader vast in de touwen en verdween onder water. Hij zag hem nog één keer bovenkomen. En hij zag de blik in zijn ogen, die hij nooit kon vergeten. De dokter had later vastgesteld dat hij overleden was aan een hartaanval. Wat hem altijd zou bijblijven was zijn verbazing, het ongeloof dat hij dood was. 'Mijn vader kon niet dood-

gaan, dat bestond eenvoudig niet.' En later kwam alles terug, in haarscherpe details, hij beleefde het steeds opnieuw. Vaak was hij midden in de nacht wakker geworden in de hoop dat nu zou blijken dat hij alles gedroomd had, dat het een akelige nachtmerrie was waaruit hij eindelijk verlost werd. En nu nog, zo veel jaren later, nu hij zelf zo oud was als zijn vader toen, vroeg hij zich af: waarom gebeurde het? Wat ging er mis? Wat deed hij zelf verkeerd?

'Je moet uitkijken, jongen, uitkijken waar je loopt, opletten, niet dromen. Ik zeg niet dat het makkelijk is, want toch wil je vrij en blij over straat gaan, je wilt jong zijn en uitgelaten. Zo is het met alles. Met de oorlog. Je zult je altijd moeten verzetten tegen de oorzaken waar de oorlogen uit voortkomen. Je bent nog te jong om precies te begrijpen wat de oorzaken zijn, maar als je groter bent, dan ga jij knokken voor een betere wereld, zo'n jongen ben jij, dat merk ik aan je.'

Tobias wist zeker dat hij het begrepen had. Opletten! Een touw dat niet goed is vastgemaakt, een uitsteeksel waar je niet op gelet hebt, het schoeisel waar je op loopt, wat je gegeten hebt. Je mocht nooit ophouden erover na te denken.

'Ik denk zelf nog steeds na.'

Hij gaf Tobias een klap op zijn schouder.

'Er zijn hier ogenblikken, als ik het koud heb en dorstig ben, dat ik denk: ik heb het niet begrepen, ik doe iets helemaal fout, dit is mijn verdiende loon. Dat ik hier zit, in deze molshoop, dat is mijn eigen schuld. Omdat ik mijn vader had moeten redden.'

Dat was heel goed te begrijpen, ook als je pas twaalf was, want er waren vragen te over, nog steeds. Waarom zit hij hier? Wie wil hem iets doen? Waarom bestaan er mensen die geen vertrouwen stellen in deze man?

•

Paul verzette zich hevig: ik weet niet wat ik hiermee aan moet, het is zo zweverig, ik denk: en wat moeten we dan volgens u doen, meneer Metzelaar, voor die zogenaamde betere wereld? Welke weg moeten we volgen? En welke tegenstand verwacht u op die weg? Of bent u van plan alle tegenstand radicaal op te ruimen, met de flitspuit? Flikker toch op, man. Een betere wereld? Wees eens eerlijk, domme, naïeve Metzelaar van de gedroomde glorieuze toekomst van alle mensenkindertjes. Leg de kindertjes nou eens eerlijk uit dat een betere wereld het ergste is dat er bestaat.

•

'Ja, jongen, de dood van iemand in je familie, daar heb jij nog niet mee te maken gehad.'
Hij keek Tobias van opzij aan.
'Of wel?'
Tobias dacht ernstig na. Nee, in zijn familie had hij nooit te maken gehad met de dood. Gelukkig niet. Wat wist hij van de dood? De vraag bleef hem bezighouden, terwijl hij aan tafel zat met zijn moeder, terwijl hij zijn tanden poetste. Toen hij op bed lag kwam er een herinnering. De plotselinge dood van Theo Visser. Hij zat in de tweede klas van de lagere school, in het najaar van 1935. De volgende ochtend zou hij meteen naar de plank rennen. Meneer! Ik moet u iets zeggen. Meneer, ik heb het wel meegemaakt. Ik begrijp precies wat u bedoelt. Hij had het destijds diep gevoeld. Wekenlang had hij elke avond in zijn bed gelegen en kon hij aan niks anders denken. Theo Visser is dood. En vaak kon hij ook 's nachts niet in slaap komen omdat het telkens terugkwam. Theo Visser is dood. Hij was opgestaan en had naar buiten gekeken, naar de bomen en de struiken en naar de donkere lucht. Dat hielp allemaal niks. Onder de dekens was het net zo onbegrijpelijk als

daarbuiten in het donker, en overdag, als het licht was, dan werd de hele kwestie nog vreemder.

•

'Als het niet zo sentimenteel was,' zei Paul, 'vooruit, als die boodschap er niet steeds doorheen speelde, dan zou het me nog raken ook, dan deed het iets met me. Maar die betere wereld, daar heeft volgens mij ook niemand het meer over. De wereld is gewoon de wereld.'

'Ja,' zei Bibi, 'maar die man droeg dat toch uit? Dat voelde je aan hem, dat hij toch een soort optimistisch geloof had, dat maakte hem apart.'

'Apart,' geeuwde Paul, 'apart.'

Hij vond Metzelaar eigenlijk een heel kinderlijke man.

•

(1973)

Bibi ging anders leven. Alsof ze door zijn ogen naar de dingen keek, voor zover ze begreep hoe hij keek. De mysterieuze liefdesband schonk haar het voortdurende besef van zijn nabijheid. Hij zat in haar. Daarom las ze zijn boeken. Metzelaar was een vreemde kracht die op haar inwerkte, vreemd omdat ze met al haar charmes niet in staat bleek binnen te dringen in zijn bestaan. Hij was het hoogtepunt van haar jeugd en ook het eindpunt. De eerste grote liefde van haar leven, en, omdat ze nog zo jong was, in haar ogen de enige, altijddurende, zaligmakende. Eigenlijk wilde ze alleen maar verliefd zijn, de rest was bijzaak. Haar afkomst, de vreemde gang van zaken in haar jeugd, het vreemde contrast tussen haar en bijna alle andere mensen, de noodzaak om een opleiding te volgen, omdat je anders niet vooruitkwam in de wereld – dat waren allemaal bijzaken. Ze was verliefd. Bezeten door iets wat geen dichter ter wereld ooit afdoende had omschreven. Want wie kon zeggen waar verliefdheid

in bestond? Onbegonnen werk. Roep maar wat. De banaalste omstandigheden werden opeens overgoten met een heerlijke glans.
Alle vulgariteit was opgeheven. De fanfare kwam langs, de lucht-
macht, de koningin, je ouders en familieleden, allemaal in opper-
beste stemming. Iedere zonde was vergeven en vergeten, alles wat
je ooit had bedreven, elke vergissing. Een stommiteit was niks
meer of minder dan een opmaat naar de hemelse zaligheid.

'Blablabla,' zei Paul.

De avond van die dag in Artis. Dat was een openbaring, ze had
nog nooit zoiets meegemaakt. Ze zei het met een enigszins hese
stem, alsof ze geoefend had om dit nu eens heel helder, krachtig
en gevoelig over het voetlicht te brengen.

'Wat? Waar heb je het over?' kreunde Paul.

Ze had het over de mooiste dag van haar leven. Paul kon later uitroepen dat Metzelaar een prehistorisch monster was, een engerd,
nog niet eens een missing link tussen twee andere evolutionaire
vergissingen, rapalje. Maar die man gaf haar iets. Ja, zo naïef was ze
toen. En nu misschien ook nog wel. Het was eigenlijk niet te bevatten. Ze hadden die avond inderdaad de liefde bedreven. De liefde.

'Een man van tachtig en een kind van veertien, en dat moet
mij overkomen,' zei Paul.

Ze lachten ineens ontspannen. De sfeer leek opperbest. Ze
kon er dus toch over vertellen, met instemming van Paul, zoals je
over kalverliefdes op de middelbare school vertelde. Daar
schaamde je je niet meer voor.

'Nou ja, ik wel,' zei Paul met een grimas.

Bibi voelde hem in zich. Proefde zijn zweet.

Dit moet stoppen, dacht Andreas. Ik ben er even niet bij.

'Dit is niet juist,' zei Paul. 'Je gaat nu te ver, Ramona, zeker na
wat we gisteren beleefd hebben.'

Ze stopte niet. Het was alsof Bibi Paul strafte voor iets wat er de vorige avond was voorgevallen. Anders was haar gedrag onbegrijpelijk.

Metzelaar was zo teder! Haar vriendschap met deze minnaar zou uitgroeien tot een hartstochtelijke grote liefde. De hele wereld zou het kunnen zien. Zijn nerveuze haast, dat jachtige, het was weg. Hij had eindelijk rust gevonden bij Bibi Halbzwei. Haar gevoelens hadden haar niet bedrogen. Zij werd zijn vrouw. Hij hield haar vast, met warmte die van binnen kwam, met ware liefde.

Paul gleed zowat uit zijn stoel.

'Ramona, dat was geen ware liefde.'

'Nee? Maar wat deed het met me? Weet jij wat het met me deed? Ben jij ooit een meisje van zeventien geweest?'

'Nou, eh... nee, ik geloof het niet.'

'Nou dan! Ik was opeens een ander mens. Is het zo gek dat mijn fantasie op hol sloeg? Wou je me dat nu nog verwijten?'

Paul zat met zijn hoofd te zwaaien, alsof hij wilde weten hoeveel rek er in zijn nek zat.

'Maar ja,' zei Bibi, 'aan het eind van de dag wilde hij niet met mij uit eten.'

Dat scheen haar gekwetst te hebben.

'Je zit er nog mee. Dat je daar nog mee zit. Zit je er nog mee?'

Was ze nu nog niet van die man af? Toen was ze jong. Vanzelfsprekend kon ze het niet hanteren. Ze probeerde er greep op te krijgen. Op alles. Wilde een kind van haar tijd zijn, wat niet lukte omdat ze te jong was, en later werd ze ouder en probeerde uit alle macht er greep op te krijgen, wat weer niet lukte, hoewel ze soms dacht dat ze er verduiveld dichtbij kwam, en nu, met het verstrijken van de tijd, werd ze steeds minder een kind van haar tijd. Zo was het nu eenmaal, je kon niet je hele leven een kind van je tijd zijn, je werd het steeds minder.

'Wat bedoelt ze daar nu weer mee?' zei Paul. 'Dat ze er nog mee zit?'

'Wat bedoel je, Paul?'

'Wat ik bedoel? Je bent nog steeds nijdig dat hij niet met je uit eten wilde. Dat wil zeggen dat je nog steeds fout bent, nog steeds verlangt naar die demon. Dat betekent dat je nog steeds met hem uit eten wilt, dat je nog steeds naar hem verlangt als je minnaar en je man, dat je nog altijd zijn kind wil.'

De blik van Paul, als een boze en verdrietige Zeus.

'Wat is dit nou weer voor onzin?'

'Nou, je leest weleens over een man en een vrouw die elkaar vijftig jaar niet gezien hebben en ineens blijkt dan dat het vuur van de hartstocht nog altijd brandt. Zoiets. Dat de man vergeving zoekt en aan haar voeten neervalt. Want er is iets tussen gekomen, vroeger, een soort pech, of een schoftenstreek.'

Bibi gierde het uit. Maar was het lachen? Met een zakdoekje veegde ze haar ogen af. De mannen merkten hoe ze heen en weer werden geslingerd tussen uiteenlopende versies van haar banale liefdesrelatie. Wat was het nou eigenlijk? Moesten ze vast blijven houden aan het uitgangspunt: de flirt als een grap die net iets te ver werd doorgedreven? Was het een soap? Een stoffige herinnering? Een hilarisch verhaal? Ze kwamen er niet uit. Dit was hun lot: bungelen aan de draadjes die het fenomeen Bibi om hen heen en boven hun hoofden had gesponnen. Wat ze wilden duiden, begrijpen, vangen, onttrok zich aan hun waarneming.

'Ik wil jullie niet kwetsen, lieve schatten, ik ben een beetje verbaasd dat jullie zo aangedaan zijn, maar er is nu eenmaal iets...'

Er kwam een harde, starende trek op haar gezicht.

'Iets wat jullie allebei niet weten.'

Deel zes

Paul had kroketjes gemaakt en probeerde er nu eentje op te eten, maar hij verbrandde zijn tong. Bibi en Andreas schoten in de lach.

'Ik zie niet in wat er te lachen valt,' zei Paul, 'zeker niet voor mij. Ik word er labiel van.'

Hij wou het boek even uitlezen, voor zover zijn hoofd daartoe nog in staat was. Hij moest en zou het uitlezen. Nog tien bladzijden. Wilden ze hem niet heel even een time-out gunnen?

Konden zij niet een manier bedenken om met Paul mee te leven – want het ging zo niet langer –, een manier van praten die hij kon verdragen, waar hij in mee kon gaan? Bibi dempte haar stem terwijl Paul in het boek las.

'Ja, god, je gelooft er toch in. Je staat er niet bij stil dat je twintig jaar later alleen nog een stupide, lachwekkende herinnering overhebt.'

'Toe nou,' zei Paul op boze toon.

Hij hield het boek stevig in zijn vuist, met een duim tussen de pagina's, alsof hij bang was om de juiste pagina kwijt te raken.

'We naderen de geheimen,' mompelde hij.

Bibi's stem ging nog verder omlaag.

Metzelaar gaf haar gevoel van eigenwaarde, identiteit. Een plek op de wereld. Kon Andreas zich voorstellen hoe die man bijdroeg aan haar plaatsbepaling? Achteraf moest ze zeggen: dat was niet te tolereren. Absoluut verwerpelijk. Achteraf. Maar destijds was ze machteloos op de prettigst denkbare manier. Bibi moest zich nu bedwingen. Ze zou haast zeggen: Andreas, wat jammer dat je geen vrouw bent, dat je nooit kunt beleven hoe het is om door zo iemand betoverd te worden. Want vergis je niet, Andreas, de manier waarop hij mij met zijn magnetisme naar zich toe wist te trekken – en ze was bepaald niet makkelijk als prooi voor de mannen –, de manier waarop hij dat tot stand bracht was waarlijk virtuoos.

Paul draaide onrustig heen en weer in zijn stoel, zat hardop in zichzelf te praten.

'Laat dan eens zien hoe geweldig je kunt schrijven.'

•

Tobias fietste langs de stille villa's in de buurt, op weg naar school. Als je niet naar de radio luisterde en geen kranten las, dan bestond de oorlog niet. De zon scheen, de vogels kwetterden, het pleintje naast het schoolgebouw was gevuld met rondrennende en krijsende kinderen. Die hele dag ving hij één keer het woord 'koningin' op, uit de mond van de conciërge. Verder was alles normaal. Behalve dan de dood van Theo Visser. De man had hem eraan herinnerd. Net als toen maalde Theo weer door hem heen. De pedalen gingen op en neer terwijl hij de naam ritmisch uitsprak. Theo Visser. Hij fietste weer naar huis. Plofte neer in de stoel van zijn vader en draaide aan de knoppen van het radiotoestel. Zijn moeder wilde niet naar de radio luisteren, en als ze toch iets opving kwam er een rare glans in haar ogen, alsof ze hoopte dat een van beide partijen opeens op de proppen zou komen met een geheim wapen dat zo'n vreselijke kracht had dat de hele wereld ten onder ging. Het nieuws over de Duitse opmars leek geen indruk op haar te maken. Ze was er niet meer bij, alsof ze gek was geworden. Zelfs het vertrek van de koningin had bij haar geen reactie teweeggebracht.

Omdat er alleen sombere muziek te horen was, en geen nieuws van het front werd verwacht, ging hij naar boven, naar zijn kamer. Hij legde zijn spullen weer klaar. De slaapzak, sokken, hemden, zijn zakmes, zijn veldfles. Maar nu was het geen oefening meer, dit keer was het ernst. Zijn hart bonsde van opwinding, dit was geen kamp met de padvinders. Van zo'n kamp kwam je na één of twee weken weer terug naar huis. En dan begon alles weer van voren af aan. Vandaag zou hij proberen voorgoed te ontsnappen. Hier in huis was alles verwoest. De laatste maanden had hij zijn moeder niet eens meer aangeraakt. Ze had het opgegeven om, zoals gebruikelijk, nog even op zijn kamer te komen en hem vlak voor het slapengaan welterusten te wensen, hem te zoenen. Zijn moeder was zijn moeder toen ze samen met zijn vader voor hem zorgde, toen ze er alle drie waren, elk als onderdeel van een gelukkige eenheid. Mama de geliefde van zijn vader, keukenprinses voor de twee mannen. Die moeder bestond niet meer. Vandaag zou hij bij de man in de loopgraaf gaan wonen.

'Jongen, mijn jongen.'
Hij wrong zich naar binnen en liet zijn rugzak op de brits vallen.
'Wat heb je allemaal bij je?'
Hij moest onmiddellijk denken aan het verhaal van Theo Visser, het ergste dat hij ooit had meegemaakt.
'Ik ga toch niet meer terug naar huis.'
'Maar je kunt hier niet blijven.'
Op dat moment had hij kunnen huilen.
'Waarom wil je niet naar huis? Hier is niks.'
Maar bij ons thuis is ook niks, had hij willen roepen. Er is niks! U bent mijn laatste strohalm. Hij voelde zich een vluchteling. Wat hij over vluchtelingen in de krant las kwam altijd

op hetzelfde neer: ze verplaatsten zich van de ene ongewenste toestand naar de andere. En nu zat hij er zelf middenin. Hij kon nooit meer terug, dat kon hij zich eenvoudig niet voorstellen, zoals hij zich ook niet kon voorstellen dat op een dag zijn vader weer de kamer binnenkwam, alsof hij nooit weg was geweest. Dit was geen vingeroefening. Hij was uitgebroken, als een wild paard, om naar de horizon te draven en daar, in de verte, daar zou hij zich aansluiten bij alle anderen die ooit waren vertrokken, bij Sven Hedin, bij Livingstone.

En daar stond hij nu, als een onverwachte gast. De man maakte plaats voor Tobias. Hij liet zich zakken en nou kwamen hun schouders tegen elkaar, in een geur van verrotting. Maar de toestand was niet alleen maar pijnlijk, want hij voelde zich hier thuis, de man zou hem niet wegsturen. Ze zaten op de rand van de brits als een pasgetrouwd stel dat peinst over de aanschaf van een schemerlamp en een strijkplank. De man stelde geen vragen meer over zijn moeder of over school.

'Ze gaan ons bombarderen als we ons niet overgeven.'

De man had geen idee over het verloop van de strijd.

'Wat heb je vanochtend gehoord? Kun je het mij niet zeggen, jongen? Wat je gehoord hebt.'

'Bombarderen. Rotterdam, Den Haag, Amsterdam.'

Het was al de vijfde oorlogsdag. Zij wisten niet hoe lang het nog zou duren. De oorlog kon wel een beleg worden, Nederland verbeten standhoudend achter de waterlinie, zoiets als ooit het beleg van Leiden, met honger en duizenden doden, maar dan de moderne variant, nu in Rotterdam, dat gebombardeerd wordt en zich opoffert voor het vaderland. Zelfs God hield met alles rekening.

De man sloot zijn ogen. Hij zat daar als een blinde.

'Dat zal zeker niet gebeuren, zover komt het heus niet.'

'Zal ik de krant halen?'

Hij sloop terug naar het huis. Deed stil de deur open met zijn eigen sleutel.

'Tobias, ben jij dat?'

De krant lag nog op de mat. En hij sloop weer terug. Met een kaars ging de man langs de regels.

'De Duitsers zijn toch schoften? Dat is toch zo, meneer, dat vindt u toch ook?'

De ogen van de man maakten eindeloze omzwervingen langs de fronten. Tobias zag de vreemde honger in die ogen. Ogen die op weg waren naar de uitkomst van de oorlog. Naar dat ogenblik dat het definitief nooit meer oorlog zou worden. Misschien morgen. Iedereen zou weer naar huis kunnen. Wat niemand verwacht had was in een oogwenk tot stand gebracht, door een briljante strategische klap. Iedereen had het nu begrepen, nooit meer oorlog, zelfs de allergrootste zuurpruim moest toegeven dat het gelukt was.

•

'Wat was het toch een grauwe tijd!' zei Paul. 'Een tijd als een walmende natte dweil. Je krijgt medelijden met de mensen die toen moesten leven, in dat rotland. Dat maakt het op de een of andere manier zo triest. Die machteloosheid.'

Paul leek dus overstag te gaan, maar even later brulde hij het uit: 'Die sentimentele onzin op sommige bladzijden!'

Hij bleef het roepen, heel hard. 'Die onzin!'

Bibi keek even opzij en ging toen verder.

Elke ochtend keek ze in de brievenbus of er een bericht was dat haar geheim zwart op wit bevestigde. (En jaren later zou ze soms nog dromen dat ze opstond en in de brievenbus keek, met dezelfde verwachting, dezelfde smartelijke hunkering naar een reusachtig droomding dat nog altijd door haar kosmos wentelde.) Felix Met-

zelaar, de meest begeerde vrijgezel van Nederland, de spreekwoor-
delijke nerveuze kunstenaar, die zich aan niemand kon of wilde
binden, was na hun eerste ontmoeting op slag getransformeerd tot
een klassiek beeld van rust en evenwicht. Eindelijk had hij iemand
gevonden. Na al zijn rusteloze jaren. Na al die duizenden vrouwen.
De beruchte vrouwenverslinder had eindelijk zijn meerdere getroffen. Op straat, achter een stapeltje kranten. Haar had hij gezocht.
Zij zou hem leren wat liefde was. Ze zouden leuke dingen met elkaar
gaan doen. Elke dag een soort Artis. Ze probeerde te bedenken op
welke wijze de kennismaking met Metzelaar moest worden voort-
gezet. Met iets wat hem zou interesseren. Ze moest hem overweldi-
gen met haar eigen verhaal. Met haar grootste geheim. Andreas
veerde op. Bracht zijn hoofd bij dat van Bibi en fluisterde: 'Het verhaal van Bibi Halbzwei zal hem zeker interesseren. Haar geheim.'

'Dat bedoel ik,' zei ze zacht.

•

(1973)
Ze wist zeker dat ze hem kon vertrouwen. Bij de laatste ontmoeting had hij haar zijn telefoonnummer gegeven. Ze draaide dus
dat nummer en zei: 'Ik wil je mijn geheim verklappen.' Een half
uur later zat ze in zijn werkkamer. Maar toen ze daar eenmaal zat
wist ze niet hoe ze moest beginnen.

'Het gaat over mijn afkomst. En ik moet je wel waarschuwen,
want misschien vind je het helemaal niet leuk om dit te horen.'

'Hoezo niet?' vroeg hij.

'Het heeft met de oorlog te maken.'

Zijn gezicht klaarde op, alsof hij opeens erg in zijn sas was.

'Wacht eens even.' Hij ging de kamer uit om koffie te zetten.
Kwam met een blad terug en ging toen tegenover haar zitten.

'Vertel me alles wat je weet over je eigen afkomst, alles, en ga
daarbij zo ver mogelijk terug, zo ver als je denkt dat nodig is om

het voor mij begrijpelijk te maken.'

Ze snapte niet meteen wat hij daarmee bedoelde. Moest ze terug naar de tijd van de Batavieren?

'Wat deden jouw ouders op 10 mei 1940?' vroeg hij.

'Mijn vader was toen nog niet eens geboren!'

'Hè?'

Zijn stomme, gefascineerde verbazing.

'Dan is jouw vader drieëndertig, of zelfs nog jonger!'

'Ja, zo ongeveer. Hij is van 1941.'

Metzelaar verslikte zich in zijn koffie. Haalde een zakdoek tevoorschijn.

'Dan ben ik zeer benieuwd naar je vader.'

'Die ken ik niet.'

'Ken je die niet?'

'Nou, ik heb pas een brief van hem gekregen. Over mijn afkomst.'

Felix Metzelaar veerde overeind. Al zijn talent, heel zijn drang, alle nieuwsgierigheid die in hem zat werd opeens samengebald en op deze kwestie gericht. Maar hij werd niet ongeduldig, zei niet: 'Voor de draad ermee' – integendeel. Er kwam een soort behoedzaamheid over hem, alsof hij heel traag wilde genieten van de onthulling van haar geheim. Metzelaar was gemobiliseerd. Alle openbare diensten waren als het ware uitgerukt, de brandweer, ambulances, reddingswerkers. Het leger. De journalisten. Ze voelde zich een ster die aandacht kreeg van de media. Want hij wilde serieus op de kwestie ingaan. Dat zei hij ook, hij wilde hier heel zorgvuldig mee omgaan. Niet alleen vandaag. Ze kon altijd bij hem langskomen.

'Ook 's nachts.'

Hij drong erop aan dat ze zich bij hem thuis voelde.

'Dit is voor mij uiterst belangrijk, en ik zal heel discreet zijn, dat moet ook, dat beloof ik.'

Zij vatte deze belangstelling op als een signaal dat hij voor haar charmes definitief was bezweken. Die inschatting maakte dat ze zich los en gemakkelijk ging gedragen. Alles zou gebeuren zoals zij het zich voorstelde. Ze zou kennismaken met zijn familie.

'Zeg het dan maar. Wat is er met je afkomst?'

'Mijn grootvader was misschien een beruchte Duitser.'

Hij hield haar vast, innig. Daarom was het niet zo gek dat ze hem de brief liet zien die ze van haar vader had gekregen. Een brief met een foto erbij, aan een paperclip. Een foto van een vlezige man met fantastische blauwe ogen. Een vader die ze nooit had gezien omdat hij en haar moeder al snel uit elkaar gingen en omdat Bibi na haar geboorte door haar moeder was afgestaan. De brief ging over de vermoedelijke afkomst van haar vader.

'Mag ik hem lezen?' vroeg Metzelaar. Toen hij de brief uit de envelop had gehaald keek hij eerst naar de foto, en hij kon daar zijn ogen niet van afhouden. Hij bleef maar naar die foto kijken, alsof hij al geraden had wat er in de brief stond. Ze vond het niet erg, die starende blik, ze beschouwde zijn interesse als iets moois. Ze wilde hem ter wille zijn, het was misschien interessant voor hem, misschien kon hij er iets mee. Hij las de brief.

'Zie ik het goed? Is dat echt waar?'

Ze knikte.

Haar grootmoeder had in 1940 een aandeel gehad in de verkoop van een schilderij van Vermeer aan een Duitse verzamelaar. Na een feestelijk diner was zij met de Duitser meegegaan naar zijn hotel. Dat was om allerlei redenen onverstandig, maar vooral omdat ze verloofd was en een paar weken later zou trouwen. Negen maanden later was haar vader geboren. Haar vader was in zijn leven steeds minder op zijn vader gaan lijken en steeds meer op die Duitser. Het schilderij was later overigens een vervalsing gebleken van Han van Meegeren.

'Maar dan weet ik ook wie die Duitser was, daar hoef ik niet naar te raden.'

'Nee, dat zal wel niet.'

•

Paul las hardop voor.

'Zelfs nu, na al die jaren, wist Tobias nog precies hoe het toen gegaan was, van minuut tot minuut. Ze stonden te wachten voor de poort van de school toen er een jongen uit de zesde klas kwam aanfietsen. Hij was rood aangelopen, kwakte zijn fiets tegen de grond en riep uit: Theo Visser is dood. Ze geloofden het niet. Bleven wachten tot Theo zou arriveren. Elke ochtend kwam Theo op zijn rode fiets naar school, samen met zijn moeder. Het was een Batavus, met een spiegeltje op het stuur en echte handremmen. Bij aankomst voor de poort kneep Theo hard in de remmen en kwam dan piepend tot stilstand op het moment dat alle hoofden naar zijn fiets waren gedraaid. Ze stonden uit te kijken naar zijn komst. Maar hij kwam niet. Toen ze allemaal in de klas zaten zagen ze naast Tobias de lege stoel van Theo Visser. De hoofdmeester kwam de klas binnen met een somber gezicht. "Jullie hebben het misschien al gehoord," zei hij, "en misschien hoopten jullie nog dat het niet waar zou zijn. Maar ik heb met zijn moeder gesproken en het is wel waar. Theo is verongelukt. Laten we samen bidden."'

Paul keek op om te zien of er nog geluisterd werd. Sloeg een bladzijde om. Ging toen verder.

'De hoofdmeester had zijn handen gevouwen en zijn ogen gesloten, terwijl hij het Onze Vader begon op te zeggen. Tobias had ook zijn ogen gesloten.'

Paul las doodstil weer verder, ze hoorden alleen zijn rustige ademhaling.

•

Bibi drentelde heen en weer, met gevouwen handen.

'Nu moet ik iets gaan zeggen wat heel belangrijk voor me is.'

Ze maakte een knikkende beweging met haar hoofd om aan te geven dat het menens was.

'Het is raar,' zei ze, naar Paul kijkend, 'maar ik ben nog steeds bang dat je boos zult worden. Juist nu, nu ik zo gelukkig ben.'

'Reken maar,' zei Paul, 'dat ze altijd iets achter de hand houdt, altijd. Dat is spannend aan haar, maar ook verschrikkelijk. Daar heb ik het heel zwaar mee.'

'Want Andreas had gelijk.'

'Waarin?'

'Dat er nog iets is wat jullie niet wisten.'

'Dat had ik al verwacht!' zei Paul.

Hij zat ongemakkelijk op zijn stoel te schuiven.

'Maar moeten we daar nu over beginnen? Moet Andreas daarbij zijn?'

Zo onzeker had Andreas hem nog niet gezien.

'En ik weet ook wat het is. Is het wat ik denk dat het is?'

Hij zakte achterover, niet meer in staat tot een vrolijke opmerking.

'God, nee hè, het is niet waar.'

Maar het was wel waar, God mocht weten wat het was, maar het zou waar zijn. Paul kon alleen maar hopen dat hij zich zou beheersen, dat hij niet woedend en schuimbekkend in de planten ging bijten als ze het verteld had.

'Het is iets wat ik altijd voor mezelf heb gehouden.'

Hij zou haar niet de deur wijzen. En ook niet grommen. Hij zou heel lief reageren. Zo lief als ze hem nog nooit had meegemaakt. Zijn laatste restje humor zou hij uit de kast halen.

'Lieverd,' zei Paul, 'lieve Ramona, je bent mijn lieve schat, ook al is je ene been langer dan het andere.'

•

(1973)

Ze had gemerkt dat er iets met haar lichaam aan de hand was. Na een bezoekje aan de huisarts wist ze dat ze zwanger was. Vanzelfsprekend moest ze het aan Felix gaan zeggen. Ze wist alleen niet hoe. Had geen idee hoe het nu verder moest. Stond bij hem voor de deur, belde aan.

'Kan ik even binnenkomen? Het is belangrijk.'

'Kom dan maar gauw binnen.'

Hij had niks in de gaten. Zijn belangstelling voor haar afkomst was de laatste keren gegroeid. Hij had aantekeningen gemaakt. Waarschijnlijk verwachtte hij nieuwe onthullingen, of documenten. Sinds haar bekentenis werd ze door Metzelaar behandeld als een heel voorname bezoekster. Hij luisterde naar haar stem, als ze iets zei, aandachtig, devoot, met een vreemd flikkerende glans in zijn ogen, als een lid van de SA dat getuige is van een geestdriftige toespraak van zijn Führer.

En hij was aardig. Metzelaar sprak tegen haar, zoals hij nog nooit had gedaan, alsof hij haar goed kende en vertrouwde, alsof ze een van zijn vrienden was met wie hij elke week ging dineren en drinken. Hij sprak ook over het boek waarmee hij bezig was. Blijkbaar vond hij het logisch om dat thema aan te snijden, onder deze omstandigheden, alsof zijn boek en haar zwangerschap al met elkaar waren vervlochten of samengevloeid. Hij sprak heel vurig. Eigenlijk schreef hij altijd hetzelfde boek, met dezelfde thematiek. De eeuwige terugkeer. Het ging niet over Nietzsche, zei hij, maar over het verlangen naar de terugkeer van het huwelijksgeluk van zijn ouders, dat hij ooit had beleefd, en dat daarna voorgoed was verdwenen. Hij zei dat hij er elke dag aan dacht en elke dag naar verlangde. Hij wilde zijn vader weer zoals hij was vóór de oorlog uitbrak, en zijn moeder toen ze nog zingend de was ophing in de tuin. Ooit hadden zijn vader en moeder elkaar voor het eerst in de ogen gekeken. Ooit was er tussen hen een ogenblik van zachtheid. Het mysterie van dat moment hield hem bezig, de liefde die toen opbloeide had hem uiteindelijk het leven geschonken. Dat raakte hem als hij eraan dacht.

'Wat lag er toen een heerlijke toekomst voor ons.'

Zijn bekentenis maakte diepe indruk op Bibi. Ze hoorde dingen die ze alleen maar had kunnen hopen: dat Metzelaar een man was die liefde koesterde voor zijn ouders was nooit in haar opgekomen. Het deed haar goed om naar hem te luisteren.

'Ik wil mijn vader en moeder terug,' zei hij. 'Ze oproepen, zo geloofwaardig dat ze levend voor me staan, dat ik de kamer kan binnengaan waar ze zitten te ontbijten. Ik heb er een herinnering aan dat ze ooit gelukkig waren, samen. En hoewel die tijd voorbij is, wil ik ze terug, ik neem het niet dat ze wegdrijven in een nutteloze nevel. Dat maakt me opstandig. Geef me jullie hoop, de kracht van jullie jeugd, de goedheid van je idealen, papa, de gezelligheid van jouw meisjesdromen, mama; het hoeft niet echt te zijn, ik weet dat alles voorbij is, de jaren dertig, 1940, met alles erop en eraan, ik weet dat de meeste mensen dat jaar verafschuwen; maar ik niet, ik wil ervan redden wat er te redden is, niet om het terug te halen, niet om de geschiedenis eindeloos te blijven herhalen, maar om iets te hebben dat bij me blijft als ik uiteenval, op het moment dat ik de controle verlies, iets waarvan ik mag zeggen: daar ging het om, dat was de kern, daarom was ik zo gelukkig. Ik weet wel dat het sentimenteel is. Het is voor jou weinig meer dan een lijstje op een van de miljoenen schoorsteenmantels met een foto van een langgeleden gestorven kind of tante, vader of moeder. Ik zou niet willen reïncarneren – nee, maar ik zou wel mijn ouders gelukkig willen maken door ze te laten terugkomen, om het opnieuw op te nemen tegen de geschiedenis, tegen de leugens. Meer zoek ik echt niet.'

Deze gedachte ging altijd door zijn hoofd tijdens het schrijven. Die was aanwezig in elke zin, in elk woord. Terwijl hij erover sprak voelde hij alweer een aansporing, het liet hem niet los, omdat het zo fundamenteel was. Niet alleen voor hem, ook voor alle anderen. Ze hadden het er allemaal over. Over terugkomen. Dat was de reden waarom hij schreef.

'Ik wil niet weg,' zei hij, 'ik wil blijven, en ik zal blijven!'

Hij herinnerde zich dat ze gekomen was om hem iets te zeggen.

'Ga eens zitten. Je wilde me iets vertellen.'

Hij was naast haar komen zitten en had zijn armen om haar heen geslagen. Maar toen! Omdat ze iets op haar hart had, merkte ze, voelde ze dat het niet om haarzelf ging maar om haar verhaal. Dat maakte haar onwillig. Ze gedroeg zich alsof ze dingen wist die ze nog niet prijs kon geven. Dat maakte hem waakzaam. Ze voelde zijn achterdocht heel sterk. Maar ook haar eigen verbazing, dat hij opeens leek op een chirurg die een wetenschappelijk interessant knobbeltje bij haar ontdekt had, en zij verwarde zijn interesse met iets persoonlijks. Ze kon het hem niet zeggen. Dodelijk vermoeid voelde ze zich, alsof ze daar in het huis van Metzelaar ging flauwvallen. Geen trompetgeschal dus bij het melden van haar nieuws. De ontluistering van een glorieuze fantasie. Misschien, dacht ze, moeten we eerst de liefde bedrijven. Daarna zou ze het zeggen. Op het juiste ogenblik. Als hij warm was en zacht. Maar het ging allemaal anders dan zij gedacht had. Ze kreeg geen greep op het leven van deze man.

'Maar, Bibi, wat wilde je mij nou eigenlijk vertellen? Je draait eromheen, zeg het nou gewoon.'

Ze slingerde het hem in zijn gezicht.

'Ik draag jouw kind.'

Ze barstte meteen in tranen uit.

Hij reageerde ogenschijnlijk kalm.

'Dat heb ik niet gewild. Je bent nog zo'n jong meisje.'

In een snelle beweging kwam hij overeind en liep naar het raam. Eindeloos lang bleef hij naar buiten kijken. Toen ergens in huis de telefoon rinkelde ging hij meteen de kamer uit. Bleef een minuut of tien weg.

Ze dacht aan de schitterende passages in een van zijn boeken, over een tuin die een mythisch tintje kreeg. Wat waren dat heerlijke beschrijvingen. Ze brachten haar terug naar de fijnste momenten uit haar jeugd, die overigens schaars waren, maar daarom des te scherper in haar geheugen stonden gegrift. Ze zag de betere wereld van de kleine Tobias. Een wuivend korenveld dat omlaag kwam zweven uit het laken dat zijn moeder in de tuin uitklopte, de betere versie van deze wereld. Ze klampte zich vast aan haar mooie herinneringen, die waren beter dan het hier en nu, die nam niemand je af.

Toen hij terugkwam voelde zij zich naakt. Uit alle macht probeerde ze hun samenzijn een poëtische lading te geven, hoewel ze ernstig twijfelde, zich besmeurd voelde als een prostituee. Ze greep hem vast, wilde omhelsd worden. Maar hij stond roerloos tegen haar aan en liet haar begaan, terwijl ze met haar handen over zijn lichaam ging en hem haastig in een soort opwinding bracht. De man die ze meesleurde naar het bed in de slaapkamer was een soort houten pop. Het was om te huilen. Hij maakte het af, als een vorm van beleefdheid. Kwam aan zijn gerief op de snelst mogelijke manier. Zonder een spoor van tederheid. Ontreddert, in totale ontzetting lag ze naast hem op bed.

'Heb jij dan geen fantasie, Felix?'

Zijn reactie vond ze ijzig, arrogant, voortvluchtig. Waarom deed hij zo? Wat was er veranderd? Stonden er misschien allerlei vrouwen op zijn huisdeur te bonken? Vrouwen en meisjes die in precies hetzelfde parket zaten? Want hij had vrouwen genoeg ter beschikking. Het was een belachelijke vraag, aan zo'n man: heb jij geen fantasie? Natuurlijk had hij fantasie. Maar fantasie was voor hem volstrekt overbodig. Hij kon bij wijze van spreken op elke straathoek een vluggertje vinden. Bij vrouwen die zich volledig overgaven, zonder zich later gekwetst te voelen.

'Mijn kind een achterkleinzoon of -dochter van Hermann Göring!'

Bibi zweeg.

'Aan m'n hoela! Het idee! Wat verwacht jij van mij? Dat mijn zaad zich verenigt met het aanslibsel van dat monster? Zie je het voor je? Een foto van Göring op de schoorsteenmantel! Kijk, mensen, daar heb je opa. Moet ik er soms om lachen? Alles verder maar vergeten? Alleen nog denken aan de hilarische mogelijkheden, de wrange humor? Daar is je opa, en daar je overgrootvader.'

Hij foeterde door, sarcastisch, over zijn nieuwste thema's. Bezoekjes bij de sympathieke Duitse familie, zij met het bosje verse Hollandse bloemen, het uitwisselen van foto's zoals bij alle families overal ter wereld. Zijn bewegingen werden abrupt, hij was helemaal uit zijn doen.

'Dat kan niet, dat mag niet. Een erfelijke afwijking waar ik geen trek in heb, dank je feestelijk.'

Die woorden kwetsten haar veel dieper dan ze verwacht had.

'Je moet het laten weghalen.'

'Maar ons kind is toch niet Göring?'

'Zeg, ben je wijs?' riep hij uit. Maar wat bedoelde hij?

'Ik heb hier niets mee te maken.'

'En wij dan?'

'Moet ik er soms trots op zijn? Overal rond gaan vertellen dat ik zo gelukkig ben nu ik weet hoe de stamboom van mijn zoon of dochter in elkaar steekt?'

'Je hoeft het toch niet overal rond te bazuinen?'

'Nee, ik moet het geheimhouden, dat is leuk, eronder gebukt gaan, omdat ik het weet.'

'In Duitsland lopen honderden familieleden rond, nakomelingen, brave, normale burgers.'

'Maar daar gaat het niet om, ik wil gewoon geen kind.'

Ze moest een poging doen om de sfeer te zuiveren. Ze zou er een draai aan geven, iets doen wat niemand nog verwacht had, een kwinkslag die haar misselijkheid zou opruimen: happy end! Klaroenstoten!

'Zullen we ergens gaan eten?'

Daar ging hij niet op in.

'Heb jij mijn aansteker?' vroeg hij, alsof dat veel belangrijker was.

'Nee.'

'Ik dacht dat jij hem misschien had meegenomen. Dat gebeurt wel vaker, dat iemand iets meeneemt, als souvenir.'

Hij stak een sigaret aan, met een lucifer. Wat een lul! Ze herinnerde zich zijn massief gouden aansteker, met zijn initialen en het verzonnen familiewapen. Want hij was snob van beroep, hij had een wapen laten ontwerpen door een van zijn kennissen, een lans met links de F en rechts de M. Een aansteker beladen met nostalgische gevoelens. De aansteker waarmee hij de sigaretten aanstak in zijn gouden sigarettenpijpje. Het pijpje dat hem het uiterlijk gaf van een soort graaf die leunend op een flinterdunne wandelstok peinzend in de verte kijkt, het mondstuk omhoogbrengt en inhaleert. Had ze die vervloekte aansteker maar ingepikt!

'Godsamme!' zei hij.

•

'Dan had hij zijn leuter er maar niet in moeten proppen,' zei Paul. Hij kon niet meer stil blijven zitten. O gottegot, zei hij steeds. O gottegot. Of hij sloeg zijn handen voor zijn ogen, alsof hij achteraf nog een forse streep door dit deel van de geschiedenis kon halen. Door niet te kijken, niet te luisteren. Het boek lag nu opengevouwen op zijn hoofd. Hij liet het naar voren glijden en ving het op. Mechanisch las hij weer een passage.

●

Hij vertelde de man alles wat hij nog wist over die dag toen hij in de tweede klas zat. Over het vreemdste nieuws dat hij ooit gehoord had. Theo Visser die opeens dood was. De jongen die naast hem zat in de klas. Hij bestond niet meer. Kwam niet meer lachend aanfietsen. Stootte hem niet meer aan tijdens de les. De hele dag stond in het teken van dit nieuws. Hij begon zich steeds meer voor Theo te interesseren, alsof zijn belangstelling achteraf iets kon doen aan het wrede lot van Theo. Wie was Theo Visser? Waar woonde hij? Hoe gedroeg hij zich? Hoe zag hij eruit? Opeens was het een wonder en zeker een groot voorrecht dat hij elke dag zo dicht bij hem was geweest in de klas. Hij zag weer hoe Theo Visser naar hem zat te lachen, hoe hij iets vertelde, met lachende mond, voelde zijn enthousiasme, het vertrouwen. Theo was een jongen die boordevol ongeschonden vertrouwen zat. Hij had een zachte, gladde huid. Een lieve en intelligente jongen, zei de hoofdmeester. Later kwam hij thuis en vertelde het aan zijn moeder. Ze sloeg een hand voor haar mond. Haar grote blauwe ogen boven die hand, die zag hij nog voor zich, ogen vol ongeloof. Wat vertel je me nou? Theo Visser? Die lieve jongen? O god! Is dat echt waar? O gottegot. 'En er zat geen spatje kwaad bij,' hoorde hij zijn moeder zeggen.

●

Paul kon zich niet langer bedwingen. Hij legde het boek snel weg.

'Ramona, wacht eens even. Godverdomme!'

'Probeer eerst me te begrijpen, lieverd.'

'Jij heet echt Bibi. Andreas heeft gelijk.'

'Voor jou ben ik Ramona.'

'Kan me niks verdommen, ik wil weten wie je werkelijk bent. Ik wil die spelletjes niet.'

'Het is geen spel.'

'Je hebt me gewoon belazerd.'

Om hier de rust te herstellen moest er tijd verstrijken. Of misschien moest het conflict nog veel verder gaan. Het gedrag van Paul was op een bepaalde manier voor de hand liggend en normaal. Welke man zou zich nu beheersen? Paul kwam met confidenties over Bibi. Alsof ze nu een stad was die vrijuit gebombardeerd mocht worden, bij wijze van vergelding voor aangedaan leed. Hij sprak smalend over haar opvoeding, de puinhoop van haar jeugd. Maar dat was dus een verzonnen jeugd. Bibi stond op, ging het huis binnen.

'En jij, Andreas, wat weet jij van haar? Wat heeft ze jou op de mouw gespeld?'

Andreas vertelde hoe ze uit huis was gegaan bij haar voogd.

'Wat voor huis?' informeerde Paul. Maar Andreas wist daar eigenlijk niks van.

'Ze heeft iedereen altijd belazerd.'

Paul had haar paspoort gezien. Het stond gewoon op naam van Ramona Fromm. Paul vond dat fantastisch. Als hij eerlijk was, en dat was hij, en als hij niet zo verward en verdrietig was, en dat was hij helaas ook, dan zou hij al die verhalen over Bibi hartstikke leuk vinden, en dat mens knettergek. Het hoefde niet voorbehouden te zijn aan criminelen om een spel met paspoorten en identiteiten te spelen, aan dat spel mocht iedereen meedoen wat hem betrof. Maar dat andere... Bibi kwam weer naar buiten. Ze luisterde heel even en stortte zich toen ook in de strijd.

'Hij kan zo onmogelijk zijn,' zei ze tegen Andreas. 'Zo achterdochtig. En dat drinken!'

'Ik drink niet!'

'Hoor wie het zegt.'

Nee, voor een lichtvoetige komedie had Andreas de vorige dag beter iemand anders tegen het lijf kunnen lopen.

'Jij hebt een relatie met iemand die je vertrouwt, die van je houdt, in je wil investeren. En jij verzwijgt de essentie over je identiteit.'

'Dat doe ik helemaal niet.'

'Heet jij Bibi Halbzwei en niet Ramona Fromm, zoals je mij hebt wijsgemaakt?'

Ze verroerde zich niet.

'Jij verhult de essentie.'

'Mijn essentie zit niet in mijn naam.'

Ineens was er een clash. Bibi en Paul stormden op elkaar af, als dolgedraaide deelnemers aan een toernooi. Met echte lansen en knotsen. En ze raakten elkaar.

'Die Metzelaar had gelijk. Hoe onsympathiek ik hem ook mag vinden. Hij had gelijk omdat hij niet zeker kon weten of dat kind van hem was.'

'Jij bent ziek, je hebt een zieke, achterdochtige geest.'

Ze probeerden Andreas erbij te betrekken, in de hoop dat hij voor een van beiden zou kiezen.

'Andreas, zeg jij eens wat.'

'Doe normaal,' zei Bibi.

'Het woord normaal moet jij niet meer in de mond nemen, dat recht heb je verspeeld,' zei Paul.

Andreas wist zich geen houding meer te geven.

•

(1973)

Nu was hij zelfs niet beleefd meer. Hij was alleen maar streng en kortaf, als een rechter tegenover een beruchte verdachte.

'Je zit me gewoon te belazeren, je hebt me erin geluisd.'

Er kwamen rare puffende geluidjes uit zijn keel.

'Ga maar weg, duvel op, ik hoef je niet meer te zien, je zoekt het maar uit.'

Ze bleef stokstijf zitten. Met geen tien paarden kreeg hij haar weg.

'Ik heb het ook veel te druk met mijn boek.'

Ze ging ertegen in, alsof het een normale huwelijkstwist was.

'Maar je hebt zeeën van tijd om te schrijven. Ik zie je hoogstens een uur in de week, nog niet eens. En zelfs in dat uur ben je bezig met je boek.'

'Dan misschien nog wel het meest,' zei hij beslist. 'Dan voel ik het sterkst dat jij me afleidt.'

Haar armen gingen machteloos omhoog.

'Als je met mij samen bent, dan ben je toch niet bezig met je boek?'

Hij was altijd bezig met zijn boek. Hij kon er niet niét mee bezig zijn. Dat ging gewoon niet. Ze hoefde het ook niet te begrijpen, als ze maar wist dat het zo was.

'Ik kan me niet concentreren. Niet in zo'n zwarte komedie.'

Hij had zijn ogen op haar gericht, af en toe driftig aan zijn sigaret zuigend. Ze gaf hem alle ruimte. Hij sprak over het belang van schrijven. Daar kon zij zich eenvoudig geen voorstelling van maken. Maar ze zou het eens proberen, dat beloofde ze. Daar moest hij om lachen. Nee, zo simpel zat het niet in elkaar. Als schrijver moest hij zijn concentratie beschermen, de veiligheid van zijn geestelijke rust mocht nooit verstoord worden.

'Luister,' zei hij, 'ik zal met genoegen de hele wereld door de plee trekken als ik daarmee kan voorkomen dat het schrijven mij ontnomen wordt. Dit klinkt misschien vreemd, en ik zal het waarschijnlijk niet kunnen bewijzen, maar ik ga niet opzij, voor niemand, zeker niet voor een huilend baby'tje en al helemaal niet voor een kind dat...'

Hij nam haar bij de arm, trok haar mee naar de trap, dwong haar in haar jas.

'Je gaat weg.'

'Maar je kunt mij niet zomaar wegsturen, niet in mijn toestand.'

'Ik kan niet voor jou opzij gaan,' zei hij, 'hoe bijzonder ik je ook vind, want je bent de vreemdste en interessantste vrouw die ik ooit heb ontmoet, jij hebt iets, zo jong als je bent, dat moet ik allemaal toegeven en ik doe het graag, ik wil je niet kwetsen. Ja, het is waar, misschien misbruik ik je wel, om aan mezelf te bewijzen dat ik het kan, om me aan jou op te trekken. Ik wil me niet paternalistisch opstellen, ik wil het jou niet allemaal uitleggen, daar heb ik mijn lezers voor, misschien sta jij wel hoger dan al mijn lezers bij elkaar.'

Met zijn smalle borst duwde hij haar naar de deur.

'Je gaat hier weg, ik moet nadenken. Ik zal je wel bellen.'

Ze had het gevoel dat hij haar niet definitief de deur wees, dat er nog een connectie was die hij niet zomaar zou verbreken. Felix Metzelaar interesseerde zich voor haar, dacht ze. Hij wilde haar leren kennen. Nog steeds. Zij was zijn belangrijkste onderwerp, het vleesgeworden thema van zijn werk. Opnieuw beloofde hij haar te zullen bellen, en toen ging ze het huis uit. Ze liep naar het kleine kamertje in het huis van haar vriendin. Er was niemand thuis. Ze kreeg een heftige huilbui die niet tot bedaren leek te komen. Die nacht deed ze geen oog dicht en ook de nachten daarna niet. Ze was zo blij geweest, voor het eerst van haar leven, toen ze met kloppend hart bij hem voor de deur had gestaan. Maar nu was ze bedrukt. Het was alsof haar hele lichaam pijn deed. Waarom? Ze had toch een gezond lichaam? Ze haalde zich hem voor de geest. In zijn charmantste gedaante. De prins op het witte paard die haar geanimeerd een verhaal vertelt. Maar het was niet prettig meer om aan hem te denken.

Hij belde inderdaad. En wat hij zei ontroerde haar.

'Denk je dat ik geen pijn voel?'

Ze smolt. De emoties joegen door haar lijf. De hele wereld bestond weer uit aanwijzingen dat Felix Metzelaar een schat was. Neem bijvoorbeeld de foto die ze zag in een of ander blad. *Op de sokkel bij Felix Metzelaar*, stond erboven. Hij zat op een paard, met een pet op zijn hoofd en hij keek in de camera, met de arrogante zelfverzekerde blik die ze zo goed kende. *Wie doet me wat? Ik ben geweldig!* Je moest wel stront in je ogen hebben om niet te zien wat een heerlijke man hij was. Een kruising tussen James Bond, John Kennedy en Jean-Paul Belmondo, met als extraatje een vleugje onbestemde kruiderij, uit een ver land. Ramses Shaffy was er niks bij. Waarom zou ze weerstand bieden aan zijn charmes? Ze zou voor altijd onder zijn bekoring raken als hij de moeite nam na alle verschrikkingen zijn aandacht op haar te richten. Hij zou weer een nieuwe Bibi aanschouwen, als een spiksplinternieuwe Venus die voor zijn neus oprees uit een blauwe zee. Ze zou voor hem knielen, Felix, haar liefste, steeds als hij zijn charmes wilde mobiliseren. Wie zou dan nog steeds durven volhouden dat zij gek was geweest om voor hem te vallen?

•

'Ho eens even,' zei Paul.

Hij was volkomen uitgeput. Deed zijn uiterste best om er nog bij te blijven, om er iets van te begrijpen. Wist niet meer waar hij moest beginnen.

'Met wie hebben we nu te doen? Naar wie gaat onze sympathie uit? Wat ervaren wij als smartelijk? Is er nog een restje van sympathie of begrip voor Metzelaar?'

Hij sprak niet spottend, helemaal niet, want hij was hevig aangedaan, en dat zou voorlopig niet overgaan. In zijn woorden lag nu eenmaal altijd een vleugje spot, ook als hij ontroerd was.

'En trouwens,' voegde hij er nog aan toe, 'voor alle duidelijkheid: een van mijn grootvaders is door de Duitsers vermoord, dat kon jij ook niet weten, en het maakt verder ook niks uit, maar je moet het wel weten, dat ik niet onverschillig...'

Ze begon te gillen: 'Ik heb jouw grootvader niet vermoord!'

Hij gilde iets terug, bedoelde het niet zo, maar kon zich niet beheersen.

'Lieverd, nee, asjeblieft,' zei Bibi.

Maar ze kon de lucht niet doen opklaren. Paul wenste haar aanhankelijkheid niet langer te verdragen, zei hij.

'Ik zou je eruit moeten schoppen. Precies zoals die Metzelaar. Ik voel me besmeurd. Ga! Ga asjeblieft weg met je vreselijke buik. Ga.'

Het scheen niet tot hem door te dringen wat hij deed, wat zijn gedrag impliceerde. Misschien maakte hij misbruik van de situatie om zich van haar te ontdoen. Andreas kon het niet geloven, maar ze stond op, diep beledigd. Aarzelde. Wist niet wat ze moest doen, volkomen radeloos. Ging dit nu echt gebeuren? Zou Andreas getuige zijn van een ijskoud afscheid tussen zijn gastvrouw en gastheer? Paul was ook opgestaan – lange, slanke ijsbeer die zich klaarmaakt om zijn geliefde definitief uitgeleide te doen, met een uitgestreken smoel. Moest Andreas niet ingrijpen? Hoe had hij ooit kunnen denken dat hij hier zijn slag zou slaan, dat hij Bibi zou veroveren? Dat was volkomen belachelijk en smakeloos. Maar het was geen afscheid. Paul slaakte een zucht, alsof hij haar nog één kans wilde bieden.

'Waarom ben je ooit voor dit monster gevallen?'

'Ik was een blaag van zeventien.'

'Jij was geen meisje van zeventien, jij bent nooit zeventien geweest. Jij was een meisje van zeventig!'

•

Tobias herinnerde zich hoe hij opeens van Theo Visser begon te houden vanaf het moment dat hij dood was. Aandachtig staarde hij naar de houten bank naast hem. Daar had hij gezeten. Daar was het inktpotje en daar lag de kroontjespen die hij elke dag vasthield en die hij in de inkt doopte. Inkt die soms in zijn mondhoek zichtbaar was als hij de pen tussen zijn lippen schoonlikte. Hij beleefde weer hoe hij met Theo Visser op het schoolplein aan het stoeien was. Hij voelde zijn wang tegen Theo's wang terwijl ze elkaar omkneld hielden, hij rook de geur van Theo Visser. Eigenlijk had hij altijd al van hem gehouden. Hij beleefde weer hoe ze soms naast elkaar fietsten op weg naar school. Want Theo had op de fiets gezeten, terwijl zijn moeder naast hem op de stoep liep, toen het ongeluk gebeurde. Tobias had later alleen nog het berichtje in de krant. Aan tafel, de volgende dag, had hij het berichtje samen met zijn vader en moeder van a tot z gespeld. Hij kon nog nauwelijks lezen. Dat was er over van Theo: een paar regels in de krant, meer niet. Hij werd gek van die gedachte. Hij ging met zijn vader op de fiets naar de plek waar het gebeurd was. Er stonden nog dikke krijtstrepen op het wegdek. Hij stond met zijn vader op de stoep bij de plek waar het gebeurd was. Zijn vader had zijn hoed afgenomen. Er was veel verkeer. Fietsen, auto's, karren en bussen. Daar fietste Theo.

•

(1973)

Haar vonk van hoop werd door zijn telefoontje resoluut gedoofd. Hij belde niet om excuus te maken. Niet om te vragen hoe het met haar ging. Ook niet om haar te troosten, zelfs niet om een regeling te treffen. Ze kreeg het geleidelijk in de gaten. Dat hij bezig was een mededeling voor te bereiden. Dat hij zocht naar een nette vluchtroute. Als een geestelijke die niet langer bereid is haar de biecht af te nemen.

'Ik kan hier niet mee doorgaan.'

Ze zette zich schrap. Hij vertelde haar dat hij erin geloofd had, net als zij, op die dag in Artis. Dat het een mooie herinnering was. En weer kwam de hoop, terwijl hij de herinnering ophaalde, als een akelig duveltje dat steeds weer de inspiratie vindt om erop uit te gaan en ergens zin in te hebben. Ze smeekte hem.

'Wat is er dan veranderd? Ik ben nog altijd dezelfde als op die dag in Artis,' zei ze met een opkomende machteloze woede. 'Ik ben niet anders dan toen.'

'Maar ik wel,' zei hij.

Ze wilde zich vastgrijpen aan dat moment bij de flamingo's toen Felix Metzelaar een hand om haar middel had gelegd en goedkeurend had gekeken, van die schitterende sprookjesbeesten naar haar gezicht. Zijn blik was heen en weer gegaan. Hij had haar losgelaten en was een paar passen achteruitgegaan om nog beter in zich op te nemen hoe betoverend ze was. Jammer dat er toen geen foto's waren gemaakt. De andere bezoekers hadden het wel in de gaten: daar liep een gezegend stel.

'Je hebt me toen iets beloofd,' zei ze, 'weet je dat nog?'

'Wat dan?'

'Dat je me nooit pijn zou doen.'

'Nee,' zei hij, 'wat ik gezegd heb is dat ik je nooit zou kwetsen. Dat is iets anders.'

Ze wist niet meer met wie ze medelijden moest hebben, met zichzelf of met Felix, die zo openlijk en zo pijnlijk op zoek was naar een excuus, een restant van fatsoen. Wat kon ze nu nog ondernemen om haar liefde te redden, om hem te bezielen tot eindeloos veel sympathie jegens haar, om niet van een koude kermis thuis te komen? Kon ze bij hem een gevoel losmaken dat geloofwaardig was en waar ze steun aan had? Iets wat natuurlijk was, meer dan plichtmatig, empathisch. Zodat ze kon vergeten wat al zo vaak door haar heen was gegaan. De bruuske wenken: meisje, pas toch op, doe dat niet, kijk toch uit je doppen.

'Maar ik laat je niet in de kou staan,' zei hij. 'Zo iemand ben ik niet. Ik wil je helpen.'

'Hoe dan? Waarmee?'

Er ging een bang vermoeden door haar heen.

'We zullen contact houden. Vrienden blijven.'

Dat was wel het ergste, het meest vernederend.

'We gaan naar de opera, dat beloof ik.'

Hij zaaide verwarring met deze vreemde belofte. Want ze klampte zich er meteen aan vast. Wilde een concrete afspraak.

'Welke opera?'

Hij dacht na.

'*Othello*. In de Stadsschouwburg.'

Hij noemde de datum van de première, de tijd, de plaats waar hij haar zou kunnen ontmoeten. Ze schreef het op in haar agenda. Met deze strohalm leek ze een paar dagen zowaar gelukkig. Een afspraak met Felix! Naar *Othello* met Felix. In de schouwburg. Zo stond het in haar boekje. Met uitroeptekens en met sierlijke krullen eromheen. En een tekeningetje van twee figuurtjes. De lange, slanke Metzelaar, met naast zich de kleine, slanke Bibi, met haar dikke buik. Dus op de dag van de première stond ze voor de spiegel om zich klaar te maken voor deze avond. En daarna zat ze op de fiets. Stond in de hal van de schouwburg, met haar zichtbaar dikkere buik. Wat een heerlijk vooruitzicht, om voor het oog van alle bezoekers naast hem in het openbare leven te verschijnen. Ze zag het al voor zich, had erover gedroomd. Hoe hij op haar af zou komen, zoals die keer op het Stationsplein, in zijn belachelijke korte broek. Dat zou hij nu wel uit zijn hoofd laten. Hij zou de hal binnenkomen, alle hoofden zouden zijn kant op draaien, daar komt Felix Metzelaar de hal binnenschrijden, om bij haar halt te houden, om haar aan te raken, zijn mooie hand op haar buik te leggen, wie weet te zoenen, en dan zouden ze samen bij de vestiaire hun jassen afgeven, twee jassen op één knaapje.

Maar nou stond ze daar al tien minuten te wachten. Ze hoorde de gong. Hij was er gewoon niet.

Diezelfde avond stond ze te posten bij zijn voordeur, ze zag hem aan komen lopen, gelukkig was hij alleen, en glipte achter hem aan naar binnen toen hij de deur opendeed.

'Dit flik je mij niet!'

'Wat niet?'

'Waar was je? In de schouwburg?'

'De schouwburg?'

'Ja, de schouwburg.'

'Hoezo?'

'Wij hadden een afspraak.'

'Een afspraak?'

'Je zou samen met mij naar de première van *Othello* gaan.'

Zijn reactie was zonderling.

'Dat was een mogelijkheid, het had kunnen gebeuren, maar het gebeurde niet.'

Ze stonden in het halletje. Hij wilde beslist niet dat ze mee het huis binnenging.

'Kon je dat niet even laten weten, dat je het vergeten was, bijvoorbeeld om je excuus te maken?'

'Je kunt even een kop thee komen drinken, maar dan moet je weer gaan.'

Dus daar zat ze, in zijn koele keuken. Om de ergste kop thee van haar leven te drinken. En het ergste gesprek te voeren. Geen enkel perspectief. Hij deed geen moeite meer om zelfs maar de schijn op te houden dat er ooit iets van betekenis tussen hen had bestaan. Het was alsof het op de blanke muren gekalkt stond: kom gewoon weer met beide benen op de grond. Je bent nog een kind, met kinderlijke pleziertjes, je houdt van dingen die modern zijn, zoals de muziek waar je naar luistert. Je begrijpt nog niets van bepaalde oeroude wetten in het verkeer tussen man en vrouw. Toen ze na de thee niet meteen opstond om te vertrekken sprak hij geen woord meer. Ze vroeg of ze nog een kop thee kon krijgen.

'We kunnen toch over je werk praten?'

'Daar heb ik mijn vrienden voor.'

Ze spartelde als een vis aan de haak. Zei weer iets stoms.

'Laten we nog één keer vrijen.'

Hij liet even een stilte vallen en zei toen resoluut: 'Ik kan niet aansprakelijk zijn voor een onvoorzichtigheid die jij bovendien met een ander begaan zou kunnen hebben.'

'Ik heb het met niemand anders gedaan,' riep ze uit.

Ze was diep verontwaardigd. Wat dacht hij wel om zoiets te suggereren? Wat gemeen. Dat gaf wel aan hoe hij met mensen omging, hoe hij werkelijk over mensen dacht. Ze schreeuwde het uit. Hij reageerde niet. Haar woede barstte uit haar lijf. Ze beledigde hem, om hem een reactie te ontlokken.

Maar hij bleef in een beleefde plooi, terwijl hij zei: 'Die Jethro Tull, dat afschuwelijke gefluit, je denkt toch niet dat ik dat echt mooi vond? Zo naïef zul je toch wel niet zijn?'

Ze was de trap af gerend. Hij rustig achter haar aan om de deur dicht te doen. Maar eerst maakte ze nog een scène. Ze had in haar hele leven tegen niemand zulke vreselijke dingen gezegd als tegen hem.

•

'Zelfs niet tegen mij?' informeerde Paul.

'Nee.'

'Maar...'

'Jij bent heel anders. Vergeleken bij Metzelaar ben jij een lieverd.'

'Wat zei je dan tegen hem?'

Ze was ver doorgeslagen. En ze meende elk woord.

'Maar wat zei je dan?'

248

•

(1973)

'De hele wereld mag voor jouw boeken door de plee getrokken worden, nietwaar, dat heb je toch beweerd? Nou, weet je wat ze met jou mogen doen?'

'Nee, Bibi, dat weet ik nog niet.'

'Ze hadden jóú moeten doodschieten, jou hadden ze mogen neerknallen, van mij wel. Voor mijn part als jongetje van twaalf.'

Ze moest zelf huilen om die woorden. Jankte machteloos.

'Ga dood, sterf, verpoeier. Waarom leef je? Waarom ga je niet dood?'

•

'Ik word hier even niet *bien* van,' zei Paul. 'Zoiets zeg je niet.'

'Nee, natuurlijk niet.'

'Maar waarom zei je dat dan?'

'Schiet jij dan nooit uit je slof?'

Paul liep weer eens weg.

•

(1973)

Ze was radeloos.

Op het Stationsplein riep ze luid de krantenkoppen, ze schreeuwde het slechte nieuws naar de slaperige hoofden van de reizigers, ze brulde het uit, ze krijste. 'Negen doden bij explosie in kerk!' Het gaf haar een satanisch genoegen. 'Poolse priester levend gevild!' De reizigers keken verbaasd op. Hoorden ze het goed? Was dat een nieuwe sekte die zich manifesteerde? Nee, het was gewoon het krantenmeisje. Wat een enthousiast kind.

•

Paul liep in vreemde houdingen op en neer, behoedzaam, met de handen op de rug, alsof hij een acute hernia had.

'Je nam die zwangerschap toch niet serieus, dat kun je niet menen. Daar kun je toch niet over discussiëren?'

Ze wilde haar onschuldige kind verdedigen. Bibi had zin om te pleiten voor alle onschuldige baby'tjes, vanaf de kindermoord van Herodes tot de atoombom die neerkwam op alle kinderen van Nagasaki. Wat konden die kinderen eraan doen? Ze hield een pleidooi dat bestond uit krantenkoppen. Ze zat er boordevol mee. Ze kwamen spontaan in haar opborrelen. Alle krantenkoppen over in het bad achtergelaten jongens en meisjes die nog niet konden kruipen en dus verdronken. Ze begreep eens te meer wat het met haar deed, en met alle andere lezers, elke keer als ze weer zo'n berichtje in de krant zag. Zuigeling overgoten met kokendhete bakolie. Kleuter gestikt onder slapend lichaam moeder. Zwangere vrouw verkracht en daarna met knotsen op de buik geslagen. Hoofd peuter onder achterwiel vrachtwagen, en dus niet: hoofd vrachtwagenchauffeur onder hiel peuter geplet – nooit nooit nooit. Mocht dat niet eens een enkele keer, om het evenwicht te herstellen, om een klein beetje revanche? Of liever nog: geniale kop van Felix Metzelaar geplet onder foetus.

•

(1973)

En daar kwam Metzelaar aanlopen op het plein. Ze stond op, zwaaiend met een krant, ze liet haar stapeltje achter en rende in zijn richting, roepend, bezwerend. Weer keken de reizigers bevreemd op. Was het tóch de geboorte van een rare nieuwe sekte? Metzelaar deed of hij haar niet zag, probeerde weg te komen. Ze draafde door, ze was goed voorzien van krantenkoppen. Alle rake klappen die de koppen in de kranten kunnen uitdelen had ze bij de hand. 'Zuigeling onthoofd door dronken vader en daarna over rand balkon gegooid.'

Ze stond hem in de weg.

'Begrijp je wat ik zeggen wil?'

'Daar gaat het niet om!' riep hij uit.

'Ik ben verbijsterd.'

'Ga weg.'

'Ik had me dit heel anders voorgesteld.'

'Ik ook.'

Wat heeft hij zich voorgesteld? Een banale affaire waarin hij snel aan zijn trekken kon komen en die hij in stand hield zolang als het nodig was voor zijn kermende hormonen, en waaraan hij als ze uitgekermd waren, zonder enig probleem een eind kon maken? Hij verdween haastig in de massa. Ze dacht na over wat haar te doen stond. Geen modderfiguur slaan. Maar ware passie stoort zich niet aan modder. Ze rende achter hem aan, als een bezetene, kon hem nergens vinden, bleef hijgend rennen, tot ze uitgeput stilstond.

Wat moest ze doen? Zich losscheuren van die man. Het idee uitbannen dat ze iets van hem mocht verwachten. Ja. Maar de verschrikkingen die ze zichzelf aandeed waren nog niet voorbij. Aan een tafeltje zat ze in het grand café, wachtend tot hij zou verschijnen. Wat hij natuurlijk niet deed. De hysterische scène op het Stationsplein had haar blijkbaar niets duidelijk gemaakt. Het kwam niet in haar op dat ze beter onzichtbaar kon blijven. Dus ze liep op en neer bij zijn voordeur. Als een onervaren veiligheidsagent, opvallend, hinderlijk. Ze werd al herkend door een buurvrouw die met een boodschappentas naar buiten kwam. De vrouw hield in voor een vriendelijke groet. 'Hij is er niet,' zei de buurvrouw, 'ik heb hem tenminste nog niet gezien.' Weer een vriendelijk knikje. Of zag ze een ironisch lachje? Kind, wat laat jij je bedotten.

Ze stond voor zijn deur. Doe dit niet, dacht ze nog. Bel hier nooit meer aan. Belde natuurlijk toch aan. Waarom ook niet? En ze zag er goed uit. Had haar mooiste jurk aangetrokken, haar oorlogskleuren. Er gebeurde niks. Na herhaald bellen ging de deur nog steeds niet open. Ze bleef wachten. En niet vijf minuten of een kwartier – nee, een uur, en nog een uur, en nog een. Zonder last van honger of dorst. Het werd donker. Zo zat ze een hele avond te wachten voor zijn deur. Hij moest toch thuiskomen. Iedereen kwam vroeg of laat thuis. Hij kwam niet. Ze viel in slaap. De buurvrouw was nog langsgekomen en had haar aangesproken. Ze had een hand op haar schouder gelegd.

'Wat is dat toch met jullie?' zei ze peinzend.

Pas de volgende morgen, terwijl ze klappertandend op het koude treetje zat, dook hij op aan de gracht. Haar kleumende lichaam kwam overeind in het portiek. Naast hem zijn verse verovering. Ze zag hoe hij de sleutel uit zijn zak haalde. Toen hij haar zag zitten aarzelde hij even. Maakte een halve draai, alsof hij ernstig overwoog om op zijn schreden terug te keren. Bedacht zich en ging voorwaarts naar zijn voordeur. Ze keek tussen haar zogenaamd slapende oogleden door. Wie was die vrouw? O god, het was een slanke vrouw, met lange benen en smalle knieën. Waarom was het niet zijn moeder die met hem mee naar huis kwam om hem mores te leren? Om hem op zijn donder te geven zoals hij nog nooit op zijn donder had gehad? Om iets recht te zetten? Felix! Ik wil dat je dat meisje netjes behandelt.

'Wat gaan jullie doen?' hoorde ze zichzelf zeggen.

'Mogen wij even passeren?'

De hoop verliet haar toen definitief. Ze wist nu dat ze alleen stond. Er was een hemelsbreed verschil tussen de dromen en verlangens die voor haar dagelijks vanzelf spraken en de wereld van deze taaie man. Deze wereld. Ze was ermee klaar. Alles wat ze geïnvesteerd had in haar droom – en dat was eindeloos veel en volkomen belachelijk – was voorgoed verloren. Zijn gezicht kwam heel even dicht bij het hare. Ging hij haar kussen? Zijn verse verovering wegsturen?

'Je hoeft niet meer te komen,' zei hij in haar oor.

Hoe hij dit zei. Op neutrale toon. Alsof hij iets bestelde bij een correcte ober. Ober! Ja, meneer? Mag ik 'je hoeft niet meer te komen'? Zeker, meneer.

Heel even had ze oogcontact met de lange vrouw, die zich er niet van kon weerhouden te kijken welk meisje zich letterlijk aan de voeten van Metzelaar had neergevlijd. Graag had Bibi nog iets gezegd, over de aflossing van de wacht, om een eresaluut te brengen aan de nieuwe heldin in het leven van de grote man, en om heel subtiel te laten voelen dat ook deze nieuwe erewacht op haar beurt zou worden afgelost. Het moment was daar, het leek gerekt te worden door haar bezielde aandacht voor deze vrouw, en ze was geïnspireerd. Haar woorden zouden de vrouw betoveren en tegelijk met afgrijzen vervullen. Ze wilde het zien in de ogen. Wat zegt dat meisje? Wat bedoelt ze? En dan genieten van een volkomen verstoord evenwicht. Want ze zou gesproken hebben als een auteur. Met evenveel beheersing in haar stem als de schrijver. Ze zou alle poorten naar de lust van deze hoer dichtmetselen met haar sarcasme. Maar ze was niet snel genoeg, er was geen tijd.

De deur ging open en de deur ging dicht.

'Het was ook je verdiende loon,' zei Paul.

Wat ze toen deed was beschamend. Als ze er later aan terugdacht, dan kreeg ze een blos over haar hele lijf, een hete schaamte tussen haar dijen. Nog altijd, tot de dag van vandaag. Ze hoefde er niet lang aan te denken, een ondeelbaar ogenblik, en hup daar was de schaamte, het bloed in haar wangen, het bloed dat zich alles herinnerde, elke misslag, iedere vergissing, en vooral de stommiteiten en vernederingen waar anderen getuige van waren.

Tobias had het ongeluk in zijn fantasie met zorg bedacht en weer precies zo laten gebeuren. Theo keek opzij naar zijn moeder, om te zien of zij zag hoe goed en hoe hard hij al kon fietsen. Hij werd gepasseerd door een blauwe stadsbus. Ze beleefden even een intiem moment naast elkaar, Theo en de bus, afgescheiden van de rest van het drukke verkeer. Theo in de schaduw van dat enorme voertuig. Op weg naar huis. De bus bewoog zich langzaam voort, kwam iets dichterbij, raakte zijn elleboog. Theo begon te slingeren, kwam toen heel even met zijn stuur tegen de zijkant van de bus, die opeens sneller ging rijden. Theo verloor zijn evenwicht en begon te vallen. Daar ging hij, als een drenkeling die uit een boot valt en om zich heen kijkt of hij zich nog ergens aan vast kan grijpen. De zijkant van de bus bood geen enkel houvast. Daar ging hij omlaag, schoot van zijn fiets af en kwam tegen de stenen. Eerst met zijn schouder, daarna met zijn hoofd. Hij keek nog even om en zag de verschrikte ogen van een andere fietser. De ogen van zijn moeder. En toen gebeurde het. Zijn moeder hoorde iemand roepen: 'Niet kijken!' En daar stopte de nachtmerrie. Het was alsof Tobias werd vastgegrepen door de handen van een man die hem meetrok. Een arbeider met stoffige handen, bedekt met eelt. Overal klonk gegil en geschreeuw. De man legde een hand over zijn ogen. Dit kun je beter niet zien. Elke avond lag hij in zijn bed en dacht aan Theo Visser, die er niet meer was. Met de hele school marcheerden ze een paar dagen later langs de plek waar het gebeurd was. Op weg naar de begrafenis. Tobias zag weer het wegdek en de precieze plek waar Theo was omgekomen. Hij zag de krijtstrepen. Ze begonnen al te vervagen.
'Dag, lieve Theo,' zei de moeder aan het graf.
'Ik moest er elke dag aan denken,' zei hij. 'Aan die moeder. Wat moest ze nou doen?'
Er blonken tranen in de ogen van de man.

'Ja, jongen.'

De man legde een arm om zijn schouder, drukte hem tegen zich aan.

•

'Het is nu al zo lang geleden,' zei Bibi, 'maar als ik eraan terugdenk voel ik weer steken in mijn hoofd.'

'Denk er dan niet aan!'

'Dat kun je niet tegenhouden. Ik schaam me er nu nog voor, maar het is wel de waarheid. Ik heb alarm geslagen.'

'Je hebt wat?'

Ze had zich afgevraagd hoe ze zijn leven kon verstoren. Wat ze dan moest doen. De autoriteiten bellen en zeggen dat hij in gevaar verkeerde? Dat hij haar had aangerand of verkracht?

'O god,' zei Paul, 'krijgen we dat ook nog, o gottegot.'

Ze had de telefoon gepakt, de brandweer gebeld en in de hoorn geschreeuwd: 'Het huis van Felix Metzelaar staat in brand.'

Paul reageerde met een abrupte beweging. 'De groeten,' zei hij, alsof hij het spuugzat was.

Ze zagen hoe hij de bladzijden omsloeg, hoe hij soms een paar pagina's terugbladerde, en dan weer verderging, hoe hij de laatste bladzijden naderde.

•

De loopgraaf stond opeens vol met Nederlandse soldaten, de helden die de afgelopen dagen het land als leeuwen hadden verdedigd. Maar ze gedroegen zich niet als helden.

'Daar heb je dat brok gluiperd,' zei er een. 'Wat doen we met hem?'

Tobias voelde zich aangesproken, zoals dat soms op school kon gebeuren als hij heel even niet zat op te letten, wegdromend. Tobias! Verdomme! Let je wel op? Ze kwamen hem natuurlijk halen, daar had zijn moeder voor gezorgd. Maar hij besefte al gauw dat ze niet boos waren op hém.

'Als een hond afmaken, dat verdient hij.'

Een geweerkolf daalde met kracht neer op het hoofd van de man. Tobias wilde tussenbeide springen.

'Niet slaan.'

Hij werd opzij geduwd. Maar hij liet zich niet zomaar opzij schuiven. Hij spartelde tegen terwijl sterke handen hem bij zijn bovenarmen vasthielden.

'Niet schieten!'

'Wat zeg jij, knul?'

'Schiet mij dan maar dood.'

Zijn curieuze heldenmoed wekte de verbazing van de soldaten. Het was alsof hun agressie door deze woorden extra werd gevoed.

'Ga jij eens even opzij.' Hij werd weggedrukt achter de lichamen, hij kon haast niks meer zien.

De man maakte geen afwerende beweging, wilde niet wegduiken, smeekte niet om genade, wendde zijn bloedende hoofd niet af. Er klonk een oorverdovend kabaal.

•

(1973)

Ze was zo opgefokt, zo totaal krankzinnig, zo verkrampt, zo verzenuwd, ze kon nergens meer normaal op reageren. Van de mooie, mysterieuze Bibi bleef dit over: een botte blaag die iedereen afsnauwde. In feite was ze hartstikke contactgestoord, niet meer in staat om een ogenblik van rust te beleven. Alle spieren in haar lijf stonden strak en deden pijn. Ze kon er niet meer van slapen. Als ze eindelijk na lang draaien en piekeren in slaap viel, werd ze een paar seconden later wakker van de pijn aan haar zenuwen. Echt wakker werd ze pas als ze bij zichzelf zei: ik krijg een kind.

'Ramona, toe nou.'

Nog steeds als Andreas Paul die naam hoorde uitspreken was hij verbaasd.

'Andreas, zeg jij eens iets, wat vind je daar nou van?'

Andreas merkte ineens dat hij helemaal niet meer aanwezig was in het verhaal. Dat hij alleen maar luisterde. Wat deed hij hier nog? Zijn verliefdheid lag ergens onder een dik pak kranten met ander nieuws, als een ziekte, verscholen onder kleren en huidcellen. Het was gewoonweg onmenselijk en eigenlijk weerzinwekkend.

'En toen?' informeerde Paul. 'Wat gebeurde er toen?'

'Nou,' zei Bibi, 'ik wou toen, en nog heel lang daarna, dat hij in de ogen van alle Nederlanders een crimineel was, en een waardeloze kutschrijver. En later, toen hij getrouwd was, hoopte ik dat zijn huiselijk geluk een illusie zou blijken en dat zijn vrouw en zijn kind hem zouden haten. Dat hij te gronde zou gaan. Dat heb ik heel lang volgehouden. Maar nu is het voorbij.'

Paul wreef met zijn handen over haar schouders en bovenarmen. Het was een ongemakkelijke poging tot intimiteit.

'Laten we zeggen,' zei hij met een stijf lachje, 'ze heeft een fout oorlogsverleden en probeert er nu om te lachen.'

Bibi lachte, maar het was een bittere lach.

'Maar het kind?' vroeg Andreas.

Maar het kind! Want dat was veel belangrijker. Metzelaar was een schrijver die weliswaar mooie boeken schreef, maar nu moest hij opzij voor iets dat veel belangrijker was. Ze zeiden het in koor. Maar het kind!

'Ik besloot om het kind te houden.'

Ja, zo gek was ze, zo idioot. Ze had wel geprobeerd om er se-

rieus over na te denken. Maar de abortus, waar dat denken al-
maar op uitliep, vond zij een oplossing die precies zou passen in
het denken van Metzelaar. Dat nooit. Dus het denken was eigenlijk niet mogelijk. Alle goede adviezen die ze kreeg, alle goedbe-
doelde wenken, leverden maar één ding op: nooit een abortus.
Denk na, zei de arts wie ze om steun had gevraagd, denk goed na,
want je kunt hier erg veel spijt van krijgen. Het was een jonge
arts, pas afgestudeerd, dus het was heel makkelijk om met hem
te praten. Hij sprak haar taal, en het makkelijkst was waarschijnlijk geweest om precies te doen wat hij zei, wat hij geleerd had,
wat heel redelijk was en eigentijds.

'Je kunt niet opgefokt en zwanger tegelijk zijn, niet goed voor
de moeder en ook niet goed voor het kind,' zei hij. Het woord
'opgefokt' hoorde ze hem nu nog zeggen, omdat ze inderdaad
zo opgefokt was. Nog altijd op van de zenuwen. Dat gaf aanlei-
ding tot allerlei valse bespiegelingen over hoe het zou kunnen
gaan. Waarom zou ze het kind niet kunnen baren? Er waren duizenden vrouwen van achttien die een kind kregen. Zelfs zonder
vader. Het kon goed gaan. Je kon niet in de toekomst kijken, en
omdat dat niet kon dacht ze dat elke wilde of zoete fantasie best
nog eens uit zou kunnen komen. Hij zou bij haar terugkeren om
alles recht te zetten. Deze idiote droom liet haar – ze moest het
helaas erkennen – nog steeds niet los. De droom dat hij vanzelf
wel zou voelen hoe ze opzwol, dat hij het zo sterk en emotioneel
zou voelen dat hij vol trots contact zou opnemen. Niet dus. Bij de
telefoon zat ze te wachten. Hetzelfde toestel dat nog zo zelden
gerinkeld had omdat híj het was die haar nummer draaide.

Niet dus.

De maanden verstreken. Ze maakte zichzelf wijs dat Metzelaar
zou verschijnen voordat ze drie maanden zwanger was, dat ze in
het uiterste onvoorstelbare geval dat hij niet verscheen altijd nog
zelf een ingreep kon overwegen. Maar er gebeurde niets en ze deed

niets. Toen ze vijf maanden zwanger was, en een abortus allang niet meer mogelijk was, werd de ernst van haar toestand veel groter, ingewikkelder. De wat oudere vriendin bij wie ze in huis woonde, in een kast, was een verknipte vrouw die heen en weer zwalkte tussen een burgerlijk leven en een soort hippiestatus. De vriendin zei steeds dat ze haar zou helpen met het kind en dat ze desnoods graag zelf voor het kind wilde zorgen. Ze gingen in de laatste weken van de zwangerschap vaak samen zwemmen in het zwembad bij het Leidseplein, dat toen nog bestond. De laatste dagen zat ze in de kast, als een bal, te wachten. Ze kreeg visioenen, over wie ze was en wie ze ging baren en wat haar kind met de wereld zou gaan doen. Waarschijnlijk had ze gewoon koorts. Van de dag zelf herinnerde ze zich de pijn natuurlijk, hoe haar hele lijf uit elkaar getrokken werd. Wat een marteling. Dat ze een kind ging baren, dat het gewoon zou gebeuren, drong nog steeds niet goed tot haar door. Toen de eerste wee kwam was ze op slag een ander mens. En dat was nog maar het begin. Ze lag in het bad en zag zichzelf in de spiegel aan de voet van het bad: een lijdende vrouw, alleen op de wereld. Het was een mensonwaardige, schandelijke, schunnige bedoening, maar het gebeurde elke dag. In het begin deed ze nog moeite om de pijn te controleren door niet al te hard te schreeuwen. Maar al gauw kwam er een rauwe grom uit haar keel, alsof er een volwassen beer werd gevild. Waarom stond er niks in de krant over deze verschrikking? Op de voorpagina van *Het Parool* had ze er nooit iets over gelezen. Laat staan een brullende krantenkop, druipend van de inkt. Vette letters: 'Vrouwen zwaar gefolterd!' Als de schoften in de menselijke geschiedenis op zoek waren naar een nieuw type foltering, dan hoefden ze maar heel even te denken aan de gang van zaken bij een bevalling en ze hadden weer iets nieuws ontdekt om hun slachtoffers te kwellen. Schokken aan de geslachtsdelen, water in de darmen pompen, klappen op de lever, op de rug – zelfs boksers konden daar hun inspiratie vandaan halen.

Waren de mensen al zo afgestompt door het andere nieuws dat ze hun schouders ophaalden? Of bestonden er geen journalisten die in staat waren om erbij te zijn en verslag te doen, zoals ze dat ook deden bij een aanslag of een rel, of een ordinaire knokpartij? Kon niemand over deze wantoestand een artikel schrijven, of desnoods een passage, spannend, meeslepend en emotioneel, zodat de lezers eindelijk begrepen waar het over ging? Kon dat verhaal niet verteld worden? Ze huilde van pijn, maar verkeerde tegelijk in een vreemde staat van opwinding, van nieuwsgierigheid naar de uitkomst. Het moest afgelopen zijn, onmiddellijk, het was te erg, maar ze wilde niet dood, dat niet. Ze wilde weten wat de uitkomst zou zijn van dit lijden. Het was zo'n chaos dat het leek alsof ze op een schip zat, in een woedende storm. Waarom had ze ooit iets gedaan om dit toe te staan? Had iemand haar verdoofd? Nee. Zij moest zo nodig. Of iets moest nodig.

En toen lag daar dat hoopje roze bevlekt vlees op haar buik. Haar zoon. Ze had alle moederlijke gevoelens die in haar waren door zich heen voelen gaan. Elke herinnering aan pijn werd weggespoeld. Ze huilde.

'Wie kwamen je dan feliciteren?' vroeg Paul.

'Mijn familie wist nergens van. Ik had geen contact met mijn familie.'

Op de derde dag na de geboorte ging ze hem zelf aangeven. En ze verstuurde één kaartje. Naar Felix Metzelaar.

> *Geboren: Gijs Halbzwei.*
> *Zoon van Bibi Halbzwei.*

Makkelijk was het niet. Ze dacht, omdat iedereen zo aardig tegen haar deed, omdat overal mensen opdoken die haar wilden helpen: ik red het wel. Maar toen begon de ellende pas. Op een avond had ze hem gevoed en hij ging slapen, en na vier uur wilde ze hem wakker maken, voor de volgende voeding. Maar hij werd niet wakker. Ze schudde hem een beetje door elkaar, hij reageerde niet. Wakker worden! Het was eerst nog een soort spel, een diep slapend kindje, dat sluimert en luistert naar het gezang van de engelen in de hemel. Laat hem toch nog even slapen. Na een kwartier begon ze hem weer te schudden, eerst lieflijk en rustig, daarna heviger, en toen bezorgd en panisch.

De dokter, die meteen kwam, belde na een paar seconden al een ambulance.

Tijdens het onderzoek was ze niet ongerust of bang. In het ziekenhuis was hij veilig. Het was nooit in haar opgekomen dat er iets met Gijs aan de hand kon zijn. Maar de dokter die haar de uitslag van het onderzoek ging meedelen zag er niet bepaald uit als iemand die alles in de hand had. Het was geen luchtige ontmoeting met een specialist die de mensen uit de penarie kwam redden, tussen zijn skivakanties door. Hij sprak langzaam.

'Uw zoon heeft SCID.'

Het was een erfelijke aandoening. Een stoornis in de witte bloedcellen. Gijs zou nooit ouder kunnen worden dan een jaar. De woorden van de dokter vlogen door de witte ruimte. Immuundeficiëntie. Afweerstoornis. Hij sprak zonder enig teken van mededogen, deze specialist met kennis van afweerstoornissen. Misschien beoefende hij zijn vak met passie. Maar wat moest Bibi? Bij wie kon zij hulp krijgen? Ze nam als vanzelfsprekend aan dat de erfelijke aandoening van haarzelf afkomstig was. Maar het onderzoek wees anders uit. Omdat de ziekte niets met haar te maken had, was hij dus afkomstig van de vader. Het waren de genen van Felix Metzelaar. Die daar natuurlijk ook niks aan kon doen. Die het hoogstwaarschijnlijk zelf niet eens wist.

'Wie is de vader?' vroeg de dokter.

Ze weigerde dat te zeggen.

'Maar,' zei de dokter, 'het zou toch heel goed zijn als hij dat wist.'

'Waarom? Is er dan iets aan te doen?'

'Dat bedoel ik niet. Als hij het weet, dan is hij voorbereid op de mogelijkheid.'

Ze barstte in tranen uit.

'Ik wist het toch ook niet, ik was toch ook niet voorbereid?'

De dokter vond haar onredelijk, speelde op haar gevoel. Ze gaf toe. Hoopte misschien dat er via deze vreselijke weg weer een soort verzoening zou volgen. Misschien dat Metzelaar, als hij ervan hoorde, weer probeerde in contact met haar te komen. Ze schreef een brief met de bijzonderheden en vermeldde het telefoonnummer van de specialist die hij als hij dat wenste kon bellen. Er kwam inderdaad een reactie. Metzelaar schreef een meelevend briefje. Stuurde bloemen.

•

Ze schoten op de man. In zijn buik. In elkaar gekrompen, met de handen tegen zijn onderlichaam, begon hij te vallen. Hij zakte omlaag alsof hij opeens geen benen meer had. In zijn ogen al de dood. Hij had niet eens tijd gehad om Tobias nog een knipoog te geven: dag, jongen, ik had gehoopt dat het anders zou lopen, ik vond je een flinke vent, jij zult het meemaken, hoe het afloopt, zorg dat je altijd rechtop kunt blijven lopen. Wat Tobias zag: het mes dat hij de man gegeven had, en een stuk bewerkt hout, vol barsten en scheuren; hij kon niet zien wat het moest worden omdat er te weinig tijd was geweest om het vorm te geven. En de stank, ineens drong de walgelijke geur van uitwerpselen tot hem door. Het deed hem denken aan de walm in de gebouwen van Artis. Zijn hele leven zou dit beeld hem bijblijven: de vallende man in de loopgraaf. Tobias kreeg geen gelegenheid om te treuren bij het lijk. Ze duwden hem de loopgraaf uit naar boven door de tuin, naar het huis.

'Ga maar spelen.'

Jij weet niets, jij hebt niets gezien, jij houdt je mond. Wat hij nog zag toen hij over de rand van de loopgraaf heel even naar beneden keek. Een volstrekt ongewenste herinnering, gekleurd door het bloed van de man, en de absurde raadgeving die de schutters hem gaven, een herinnering die hij tegen zijn zin levenslang zou koesteren. Aan de hand van een van de soldaten liep hij door de tuin naar de keukendeur. Zijn moeder stond hem daar met grote ogen op te wachten. Sloot hem met betraande ogen in haar armen. Samen zaten ze in de kamer aan de voorkant van het huis en zagen de ambulance voor de deur stoppen. Hij beleefde het allemaal in een trance. Tobias zou later kunnen zeggen: ik was er even niet, ik heb niet kunnen zien wat er gebeurde, ik heb niet eens een schot gehoord. Wat weet ik ervan? Hij zou het moeten ontkennen, verdringen, er niet meer aan denken, er nooit meer over praten. Maar ongevraagd zouden de beelden altijd terugkomen als er weer iets aan de hand was.

•

Het boek klapte dicht.

'Dit is zo schofterig. Het doet me iets.'

'Weet je dat het echt gebeurd is?' vroeg Bibi.

Paul smeet het boek door de tuin.

'Alles bij elkaar genomen wijs ik dit af. Zo mag je niet schrijven: vanuit het idee dat de vijand ook zijn menselijke trekken heeft. Natuurlijk heeft hij ze, maar het voelt gewoon niet goed, ik begrijp ook niet dat er zo veel mensen zijn die dit gelezen hebben en dat die het mooi vonden. Ik zou haast denken dat ons land voor een groot deel uit vijanden bestaat als er zo veel begrip heerst. Ja, het gaat over een kind, maar de schrijver is een volwassen man, en ik als lezer wijs deze houding af.'

Even later probeerde hij dit radicale standpunt weer te nuanceren. Paul was de grootste scepticus van de buurt, beweerde hij zelf. Maar nu was hij verward, want het boek had hem veranderd, en dat zei hij met een vreemde nadruk. Hij had een emotionele dreun gekregen. Dat had hij nooit verwacht.

'Ik zeg niet dat het een pretje is, ik ben er niet gelukkig mee. Boeken lezen, ik doe het weinig, en nu begrijp ik weer waarom. Niet omdat mijn grootvader altijd riep: *Das kommt vom Lesen* – zo erg was het niet. Ik heb zelf weer eens ervaren hoe schadelijk het kan zijn.'

Andreas en Bibi veerden overeind. Wat zei die man toch allemaal? Ze protesteerden heftig. Lezen was onderdeel van het beschavingsproces. Maar Paul gaf geen duimbreed toe.

'Als de Europeanen in de jaren dertig meer gelezen hadden,' vroeg hij, 'was de oorlog dan niet uitgebroken?'

Hij was uitgebroken.

'Zulke boeken zouden misschien niet verboden moeten worden, maar het lezen ervan mag niet aangemoedigd worden. En dat doen ze in het onderwijs, zoals er tegenwoordig zo veel rotzooi op de verplichte leeslijsten staat. Ik voel me bezoedeld door dit boek, ik zeg het maar zoals het is, ik ben niet meer clean, want het gebeurt heel geraffineerd, je wordt meegesleurd in een soort medelijden, in begrip dat feitelijk volkomen misplaatst is. Er wordt als het ware gejaagd op je laatste restje menselijk mededogen, het wordt eruit geperst, om niet te zeggen dat het met een koevoet naar buiten wordt gewrikt: laat je gevoel zien, smeerlap, ja, zo onderga ik dit – alsof de schrijver mij bij voorbaat beschuldigt van antihumanistische kilheid als ik niet meedrijf met zijn geschrijf, als ik niks voel. Nou, ik voel heel veel, als ik een film zie over iemand die ter dood is veroordeeld, dan... nee, ik ga het niet zeggen, dat is het kwalijke effect van dit boek.'

(1973)

En zo leefde ze opeens in de omgekeerde wereld. De bloemen van Felix Metzelaar stonden in een glazen vaas op een tafeltje naast de couveuse. Dagelijks zat ze uren achtereen door het glas naar haar zoon te kijken. Haar zoon die geen kans had. Ze pendelde op en neer tussen haar kamer en het ziekenhuis. Op een dag zag ze, vanuit het raam, Metzelaar bij de ingang van het ziekenhuis. Hij liep daar op en neer, met een paraplu tegen de grond tikkend, in een gebogen houding, peinzend, alsof hij overwoog om naar binnen te stormen. Hij stond ineens op de gang van de afdeling. 'Heb je gezien wie er op de gang staat?' vroeg de verpleegster. 'Ken je die man?' Hij kwam de kamer binnen, heel behoedzaam. Bleef staan. Keek naar de couveuse. Ze dacht dat ze zich dit allemaal verbeeldde, dat het een droom was. Maar daar stond hij. De blik in zijn ogen was zo smartelijk, zo echt; die bewees wel dat hij misschien toch een mens was, een echt mens, geen monster.

'Bibi.'

Hij zag hoe ze naast het glazen kastje zat waar het jongetje op zijn sterven wachtte. Dat er niemand bij haar was. Daar zat ze, op een rechte stoel, naast het kansloze kleine leven van haar zoon, met haar zakdoek en haar roodbehuilde ogen. Felix Metzelaar deed een stap in haar richting, kijkend naar het kleine mensje, intens observerend, alsof hij voor het eerst het dodenmasker van Toetanchamon aanschouwde. Hoofdschuddend. Hij probeerde haar hand vast te houden, maar ze stond het niet toe, kon het niet, alsof zijn hand een koud ding was waar je voor op moest passen, iets wat je kon besmetten of verwonden. Voor het eerst besefte ze toen dat deze geboorte een soort wraak teweeg had gebracht, wraak op de onbereikbare schoft Metzelaar, die nu zelf ook met de gebakken peren zat, een soort erfelijk letsel waar zij hem tegen zijn zin mee had opgezadeld, omdat hij het nu wist en er hopelijk ook onder gebukt ging. Maar hij greep haar hand. Samen zagen ze hun zoon.

Toen hij een maand later voor haar ogen stierf dacht ze dat ze een zenuwinzinking zou krijgen. Wat moest ze nu doen? Wegrennen? Dit kleine lijkje achterlaten? Er verder niks meer mee te maken hebben? Er waren zo veel mensen die opeens weggingen. Zonder afscheid. Zich omdraaiden. De groeten. Bekijk het maar. Geen zin in de financiële gevolgen. Maar ze kon niet wegvluchten. Dat hadden haar huilbuien wel duidelijk gemaakt. Ze had geen tranen meer over. Het enige dat ze nog had was die brandende pijn in haar hoofd. Tranen die niemand kon zien.

Ze moest dingen regelen met een man in een zwart pak. Wilde ze een begrafenis? Wat wilde ze voor kist? Een plechtigheid? Met familie, genodigden, belangstellenden? Wilt u een kennisgeving? Wilt u een rouwkaart? Ze hadden aan tafel gezeten en ze had bij die vragen de antwoorden niet geweten, was volkomen alleen op de wereld met deze enge zwarte kerel. Nee, ze wilde geen kennisgeving. Ze wilde hem alleen maar begraven. In stilte. Alleen. Achteraf kon ze het zich niet meer voorstellen dat het zo gegaan was. Dat ze het doorstaan had. Dat ze in haar eentje daar stond, op het voorplein van de begraafplaats, met de mannen van de onderneming in hun zwarte pakken met daarboven hun uitgestreken smoelen. Ze waren langzaam aan komen wandelen, met het kistje, naar het deel van de begraafplaats waar de kinderen lagen. Het idee alleen al, dat er op de wereld zulke plekken bestonden, waar de kleine kinderen liggen. Dat idee, daar kon je van in tranen uitbarsten. De laatste meters van de route op de begraafplaats nam ze zelf de kist en voelde het gewicht, de planken, het kussentje, de houten rammelaar, zijn vlees, zijn zachte botjes, zijn bloed, zijn oogjes, en wat ze vooral voelde: haar emoties, zo zwaar.

Ze had besloten dat zijzelf en niemand anders een laatste woord sprak. Tegen niemand in het bijzonder, omdat er niemand was, tegen de bomen en de struiken, tegen de wolken en de blauwe lucht, tegen de duistere panden van de mannen in het zwart, tegen hun plechtige gezichten, waar ze wel op kon timmeren. Ze sprak vrijuit. Over het verdriet dat volkomen nieuw voor haar was, over het niet kunnen bestaan van iets of iemand die al bestond. Haar stem was soms omhooggegaan, uit onmacht. En ze fluisterde, terwijl de mannen in het zwart aarzelend hun hoeden afnamen.

Dag, lieve kleine onbekende, dag, jongen van mij, dag, Gijsje, ik ken jou niet, rust zacht in deze aarde, ik zal af en toe bij je komen om de boze geesten te verdrijven, en de boze dromen over wat je is overkomen, misschien moet je blij zijn, ik weet het echt niet, lief klein jongetje, ik heb je zieltje bij me en ik neem je overal mee naartoe.

Dat was de begrafenis van haar zoon.

Toen ze klaar waren moest ze afscheid nemen van het bleke, kwetsbare hout. Dat hout en de spijkers! Ineens sneed de emotie als een mes door haar lijf. Het dekseltje werd nog één keer opgetild. Waarom was hij er heel even geweest, bijna zonder zijn ogen te openen? Zonder iets te zien. Want hij bestond, had moeizaam ademgehaald door dat kleine mondje en die kleine neusgaatjes. Alles was aanwezig, behalve dat ene. Ze boog naar voren, ging op haar knieën zitten. Met haar handen op de natte aarde zat ze naar zijn ronde gezichtje te kijken, het dunne ooglid dat het oog bedekte. Ze werd overspoeld door de ontroering die dat ooglid bij haar losmaakte. Wat hadden zijn ogen allemaal kunnen zien als hij was blijven leven en gezond was geweest? Ze stelde zich voor hoe zijn ogen haar geleidelijk ontdekt zouden hebben. Zijn moeder. Dat hij haar naam zou uitspreken. En zij de zijne. Gijsje. Toen ze aan Metzelaar dacht stond ze met een ruk op. Hij was er niet bij. Natuurlijk, ze had hem niets laten weten.

•

'Achteraf, door de jaren heen, begin ik het allemaal veel erger te vinden.'

'Kom je hem nog weleens tegen?'

'Ja, natuurlijk, iedereen komt hem weleens tegen, iedereen die door de stad wandelt, elke dag loop ik de kans dat ik hem zie.'

Ze veegde met haar hand een traan van haar wang.

'Begrijpen jullie nu, begrijp je, lieve Paul, dat ik niets liever wil dan... dat ik, kun je begrijpen dat ik bepaalde dingen liever voor me wilde houden omdat ik zo bang was en ben om mijn geluk te bederven? Dat ik op slot ging. Begrijp je dat?'

Het was makkelijk om terug te kijken en er nu een heel stellige mening over te koesteren. Over wat ze fout had gedaan, hoe het anders had gemoeten. Maar dat wilde ze helemaal niet. Het was gegaan zoals het gegaan was. Als ze er nu anders tegenaan keek, dan veranderde dat toch niks aan de loop van de gebeurtenissen toen. Ze kon nu ook geen beslissing nemen met de inzichten die ze pas over twintig jaar zou bezitten.

Paul zat ineens ook te huilen.

'Waarom heb je me dat nooit verteld?'

'Dat zeg ik net.'

Paul zat gekwetst en tegelijkertijd ontroerd met afhangende schouders in de stoel. Van zijn bravoure was niks meer over. Hij had meegekeken, over de rand van het graf, naar de kleine kist, en wist zich met zijn emoties geen raad.

'Dat is dus de reden waarom jij geen kind wilt!'

Andreas hoorde Paul stamelen, kreunen. Zijn stemgeluid leek een andere stem op te roepen. De klanken kwamen van ver weg. Het was alsof de kater plotsklaps definitief uit zijn lijf wegtrok. Hij wist het weer. Dit was de stem die hij de vorige avond gehoord had en die hij in zijn dronkenschap was kwijtgeraakt. Wat riep die stem? Het ging ook over een kind. Waarom wil jij geen kind? Was het dat?

Ja, iemand die deze woorden steeds opnieuw en met stijgende ver-ontwaardiging uitsprak. Waarom wil jij godverdomme geen kind? Het was een akelig geluid, dat verwarring en pijn opriep. En nog meer lawaai dat horen en zien deed vergaan. Het ging over on-macht en passie. Iemand zou hier de rust moeten herstellen. Een autoriteit. Het hoogste gezag dat met een paar kalme woorden de spoken verdrijft. Laat deze arme mensen met rust.

'Wat is er hier gisteravond gebeurd?'

Behalve de geluiden kwamen er nu ook beelden terug. Het was begonnen met die onbelangrijke affaire van langgeleden. En de verbazing dat Bibi zo lichtgeraakt was over een kwestie uit de prehistorie. Zelfs Paul had het niet begrepen. En nu kwamen er weer nieuwe beelden en geluiden terug. Dat Bibi zo gehuild had en dat Paul niet begreep waarom.

'Waarom huil je?' had hij geroepen. 'Waarom huil je niet van geluk? We zijn toch gelukkig?'

Maar hij voelde dat er een grote pijn blootlag.

'En weet je waarom ik zo boos was,' zei Paul, 'zo woedend, zo verbijsterd?'

Ze had altijd gezegd dat ze geen kind wou, dat ze zichzelf er te oud voor vond, terwijl Paul de mogelijkheid nog openhield. Dat had ze goed gevonden, omdat hij het wou, ze had ermee in-gestemd, er zou een moment kunnen komen dat ze dachten: we doen het toch. Andreas luisterde naar een soort gezamenlijke be-kentenis van Paul en Bibi over wat zich de vorige avond laat had afgespeeld, terwijl hij had liggen snurken. Maar het leek nu alsof hij, zelfs terwijl hij zijn roes uitsliep, aanwezig was bij het drama in de tuin. Hij zag hoe Paul met zijn handen plat tegen zijn oren radeloos door de tuin banjerde, alsof hij nog kon voorkomen dat het nieuws tot hem door zou dringen. En het was hem gelukt.

'Andreas!' zei Bibi. 'Paul! Ik zou het moeten scanderen. Dat die zwangerschap nog altijd in mij zit, dat het jongetje nog altijd een geluidje maakt dat ik kan horen, elke avond als ik in bed lig, als ik midden in de nacht wakker schrik.'

Ze was nu kalm. Ze moest iets kwijt, over de vorige dag. De essentie.

'Ken je het gevoel dat je er een eind aan moet maken, aan je relatie, bedoel ik, en dat je het niet kunt omdat je het niet durft en dat je weet dat je die moed wel zou moeten hebben omdat je dan veel beter af bent, dat je de mogelijkheid schept om heel even werkelijk intens gelukkig te zijn? Ken je dat?'

Paul zat bevend te knikken.

'Je stelt je voor hoe het zal gaan. Wat er zal gebeuren. De ballast die er van je af valt, de bevrijding, dat je intens kunt genieten, opeens, net als die twaalfjarige jongen die op de koude aarde onder de grond op zijn dekentje ligt en het grootste avontuur van zijn leven meemaakt, ver weg van zijn vader en moeder, die hij eigenlijk hard nodig heeft, en toch ligt hij daar en is gelukkig. Dat geluk, dat je bij je beste vriend intrekt, op een avond, als je het nieuws brengt dat het uit is, en dat je de opluchting voelt, je mag daar blijven slapen, op de bank of in een logeerkamer, omdat ze je een plek gunnen, een smalle strook voor jou, waar je het weer zult voelen, de heerlijke vrijheid, waar je weer kunt ademhalen.'

Hier pauzeerde ze even.

'Maar,' zei ze, 'na een paar nachten ga je nadenken en terugverlangen. Je krijgt het koud, ik tenminste wel. Heel erg koud.'

Ze gaf antwoord op de vraag die al eerder bij Andreas was opgekomen. Waarom liep Bibi de vorige dag aan het eind van de middag en het begin van de avond alleen op straat toen Andreas haar tegenkwam? Hij wist het nu. Ze was het huis uit gelopen tijdens een bittere en pijnlijke ruzie met Paul.

'Die ruzie,' zei Paul, 'kregen wij toen Bibi gisteren vertelde dat ze zwanger was. Ik was heel blij, maar zij niet.'

Het was de eerste keer dat hij haar Bibi noemde.

'Maar nu,' zei Bibi, 'nu weet ik hoe het moet gaan.'

Ze sprak over haar aarzeling en het verlangen van Paul om vader te worden van haar kind. Over haar stilzwijgen van de afgelopen vierentwintig uur. Ze had diep nagedacht. 'Want ik ben negenendertig, vergeet dat niet.' Die ochtend had ze nog een inzinking gehad, het gevoel: dit gaat fout. Ik ben nog niet zover. Misschien ben ik nooit zover. En dan de angst dat de ander ineens af zal haken. Om nog maar te zwijgen van het afgrijselijke alternatief: abortus. Ze had de hele avond en nacht en ook die ochtend nagedacht. Ze moest een wereld bedenken voor haar kind. Een wereld waarin het kon leven. Ze moest wennen aan het feit dat ze weer zwanger was, uiteindelijk, na jaren van aarzelen, conflicten, verdriet. Wennen aan de mogelijkheid dat ze weer een kind zou baren, dat eindelijk het geluk op komst was. Ze moest een zekerheid vinden en die had ze gevonden, ergens in dat verhaal over het twaalfjarige jongetje. Ze wilde het kind van Paul baren. Dat was haar duidelijk geworden. Er zou nu niks tussen komen. Ja, de ongerustheid was er altijd. De bezwaren. Maar als je alleen aan de bezwaren dacht werd er nooit meer een kind geboren.

'Ik ga de haard aanmaken,' zei Paul. 'Ik heb zin in rook en vuur.'

De bittere toon was verdwenen.

•

(1973)

Ze stond weer op het Stationsplein, met *Het Parool*. Als een vrouw met een verleden. Het feest van de krantenkoppen ging weer vrolijk verder. Ze vouwde een exemplaar open en brulde het uit. Alsof ze na een korte terugval weer enthousiast het wereldnieuws aan de man bracht, met al het jeugdig elan dat ze bezat, altijd zou bezitten.

'Driejarig jongetje in bagageruim Boeing.'

Haar vermogen om te improviseren, als een cabaretière, was groter geworden. Als ze al haar talenten mobiliseerde, met luide stem de kop over het plein liet schallen, dan zag ze de mensen even inhouden. De aandacht trekken, wat kon ze dat goed, de voorbijgangers het idee geven dat er werkelijk iets aan de hand was, iets wat zij nooit hadden gedacht. Ze gaf hun allemaal een opgewekt gevoel. De mensen waren die ochtend volkomen fut-loos wakker geworden. Maar daar was Bibi Halbzwei, met de al-lernieuwste rottigheid. Hier moest je wezen. Zij liet zien en ho-ren hoe het ervoor stond, met de laatste oorlog. En waar het op uit zou draaien. Voorgoed een andere wereld. Eindelijk.

'Persoonlijke mededelingen van Bibi. Losse nummers dertig cent.'

Ze ging boven op haar stapeltje staan, zwaaiend met het blad, zodat je de kop goed kon zien, en begon nog luider te roepen, zo-dat iedereen in de buurt het kon horen, en bij sommige berichten met heel veel heimelijk genot. Alsof ze het nieuws zelf had ver-oorzaakt en er haar goedkeuring aan hechtte door het op deze manier uit te venten.

'Handgranaat doodt kaapster.'

•

Toen Andreas ontnuchterd weer op straat stond, zette hij er flink de pas in. Hij vervolgde zijn wandeling van de vorige dag op het punt waar hij Bibi tegen het lijf was gelopen. Binnenkort werd hij vijftig. Er was nog van alles mogelijk. Om te beginnen zou hij het boek van Metzelaar lezen. Als hij bedacht wat Felix Metzelaar sinds zijn vijftigste nog allemaal gepresteerd had, dan lag er nog een heel leven voor hem. En er was materiaal genoeg.